Verpasste Gelegenheiten und andere Missverständnisse

Für meine Töchter Cindy, Janina und Paula

GÜNTER TIEDE

Verpasste Gelegenheiten und andere Missverständnisse

Erzählungen

Bibliografische Information der Deutschen Nationalbibliothek
Die Deutsche Nationalbibliothek verzeichnet diese Publikation in der Deutschen
Nationalbibliografie; detaillierte bibliografische Daten sind im Internet über
http://dnb.de abrufbar.

© 2018 Günter Tiede
Satz, Umschlaggestaltung, Herstellung und Verlag: BoD – Books on Demand
ISBN 978-3-7528-4292-0

Inhalt

Vorwort

Wenn du diese Zeilen liest, bin ich vielleicht längst Geschichte. Nein, nicht einmal Geschichte. Mein Leben ist vergangen und es blieb am Ende nichts als Erde zurück. Sicher gibt es oder gab es noch die eine oder andere Erinnerung in einem mir bekannten oder mir nahestehenden Menschen. Aber auch das ist vorbei bzw. geht vorbei. Die Zeit frisst auch diese letzten Zeugnisse. Ich bin vergessen und für immer und in alle Ewigkeit ausgelöscht. So als ob es mich nie gegeben hätte. Mein Leben war nur ein Augenblick im großen Universum. Ein Hauch, ein Windzug. War da was? Und doch wünsche ich mir, wie vielleicht viele Menschen, etwas Bleibendes zu schaffen, nicht ganz vergessen zu werden. Ich möchte den Generationen nach mir etwas mitgeben, das ihr Leben vielleicht leichter und sinnvoller macht. Dass sie bestimmte Fehler gar nicht begehen und die Konsequenzen voraussehen können.

Ich will damit nicht sagen, dass man sich nicht ausprobieren sollte. Man muss auch Wege gehen, die noch nicht gegangen wurden und die vielleicht in eine Sackgasse führen. Das kann man korrigieren, indem man umkehrt bzw. einen anderen Weg geht. Ich meine insbesondere die Fehler und Versäumnisse im zwischenmenschlichen Bereich und in der Natur. Wie gehen wir miteinander um? Genießen wir den Augenblick? Achten wir den anderen und unsere Umgebung? Nutzen wir unsere Zeit sinnvoll? Haben wir den Blick für die kleinen, aber schönen Dinge des Lebens? Tun wir alles, um zufrieden und glücklich zu sein? Freuen wir uns über das Glück der anderen? Lassen wir die Natur, die uns nicht braucht, die aber wir brauchen, in Ruhe? Oder zerstören wir sie weiter und damit uns, die Menschheit?

Es ist die Summe der kleine Dinge, Empfindungen und Gefühle, die das Leben ausmachen. Sie zu sehen und zu fühlen, halte ich für wichtiger als vergänglichen Ruhm.

Ich habe meine unspektakulären, aber authentischen Erlebnisse, Erkenntnisse und Lebenserfahrungen in einem kleinen Büchlein aufgeschrieben. Ich hoffe, dass sie euch nachdenklich machen und eure Sinne schärfen. Mehr wünsche ich mir eigentlich nicht.

Nicht zuletzt ist dieses Buch eine Liebeserklärung an meine Heimat Graal-Müritz mit seiner einmaligen Landschaft und den hier lebenden tollen Menschen.

Der verliebte Schmetterling

In einem urwüchsigen Kräutergarten lebte vor nicht allzu langer Zeit ein Schmetterling aus der Gattung »Kleiner Fuchs«. Er hatte erst vor zwei Tagen das Licht der Welt erblickt. Neben dem Wein an der Hauswand lag noch ein von Spinnweben umhülltes Häufchen Staub. Das war sein bisheriges Zuhause – seine Puppe, die in der Sonne vor sich hin trocknete und vom Wind langsam zerzaust wurde. Zu diesem Zeitpunkt hatte sich der Schmetterling noch nicht allzu weit vorgewagt. Er hielt sich nur im Umkreis seiner Puppe auf, so als ob er die Sicherheit seines Nestes brauchte. Noch ängstlich, roch er aber schon die verführerisch duftenden Kräuter und Gewürze. In ihm keimten Abenteuerlust und der Drang nach Nahrung.

Seine in den nächsten Tagen folgenden Erkundungsflüge beschränkten sich zunächst auf die Nähe seiner langsam verfallenen Puppe. Für weitere Flüge fehlte ihm der Mut. Der Kräutergarten war ein Sammelsurium von Kräutern, Gemüsepflanzen und kleinen Obstbüschen. Ganz am Ende des Gartens befand sich, direkt an einem Jägerzaun, ein üppig blühender Stachelbeerstrauch. Die Blüten versprachen eine reiche Ernte. Auch an den kleinen angrenzenden Johannisbeerenbäumchen schienen viele Früchte heranzuwachsen. Der rechteckige Kräutergarten beherbergte auf seiner Längsseite auch malerische Stockrosen in unterschiedlichen Farben. Der Kleine Fuchs konnte sich gar nicht sattsehen. Immer wieder startete er in die Richtung der rotvioletten, rosa und auch weißen Blüten. Es reizte ihn sofort loszufliegen. Doch immer wieder brach er den Flug dahin ab.

An den folgenden Tagen wurden der Duft der Kräuter und auch der Anblick der Blüten immer verführerischer. Eines Tages, es war ein sonniger warmer Tag, hielt es der ängstliche Schmetterling nicht mehr aus, er spreizte die Flügel und segelte vorsichtig in Richtung eines Lavendelbusches, dessen blaue Blüten mit ihrem betörenden Duft ihn dermaßen lockten, so dass er nicht widerstehen konnte. Er umrundete vorsichtig das Objekt der Begierde und ließ sich erst nach etlichen Runden erschöpft auf der erstbesten Lavendelblüte nieder. Als er gierig den süßen Nektar aufnahm, hörte er plötzlich ein leichtes Flattern über sich. Ängstlich schaute er nach oben. Was er da erblickte, ließ ihn das Herz in die Flügel rutschen. Eine für ihn wunderschöne Schmetterlingsdame wurde ebenfalls vom Lavendelduft angelockt, traute sich aber auf Grund der Anwesenheit des Schmetterlingsmännchens nicht zu landen. Verschämt wendete sich der Kleine Fuchs ab und tat, als interessierte ihn der Falter nicht. Die Schmetterlingsdame landete daraufhin in angemessenen Abstand ebenfalls auf einer Lavendelblüte und begann gierig zu trinken.

Dieser Vorgang wiederholte sich in den nächsten Tagen. Sobald die Sonne ihr gelblich weißes Licht auf den Kräutergarten richtete, flatterten beide im gewohnten Abstand auf die Blüten und saugten genüsslich den süßen und aromatischen Nektar auf. Sie würdigten sich dabei aber keines Blickes. Wobei der Kleine Fuchs aus dem Augenwinkel jede Bewegung der Schmetterlingsdame mit klopfendem Herzen beobachtete.

In den darauffolgenden Tagen, als auch Kräuter wie Rosmarin, Thymian und Oregano zu blühen begannen, fielen ganze Schmetterlingsgruppen, darunter hauptsächlich die gelblich weißen Zitronenfalter, über die duftenden Kräuter her. Sicher hatten auch sie erst vor einigen Tagen ihre Puppe verlassen und stillten ihren Hunger in dem üppigen Garten. Da die meisten Schmetterlinge nur einen Sommer lang lebten, verloren die Falter keine Zeit und suchten den Kontakt zu ihren Geschlechtspartnern. Das Balzen beginnt mit einem besonderen Flug. Während dieses Fluges berühren sich oft die Flügel des Pärchens. Immer mehr Schmetterlinge besiegelten mit diesem Hochzeitstanz den Bund für ein kurzes, aber intensives Leben. Es dauerte nicht lange, da feierten die Ersten Hochzeit.

Wochen später waren alle Schmetterlinge im Umkreis des Kräutergartens verheiratet und bald darauf legten die ersten Schmetterlingsweibchen ihre Eier unter die Blätter der Kräuter. Nur der Kleine Fuchs und die Schmetterlingsdame hatten noch keinen Partner. Immer wieder beäugte der Schmetterlingsjüngling den Falter, traute sich jedoch nicht Kontakt aufzunehmen. Scheinbar interessenlos saugte er eine Blüte nach der anderen aus und vermied es, sich dem Schmetterlingsweibchen zu nähern.

Mittlerweile waren über zwei Monate vergangen. Der Sommer neigte sich dem Ende. Die Sonne stand schon tiefer, so dass sie immer weniger wärmte. Ihre Kraft ließ von Tag zu Tag nach. Die ersten Herbststürme zogen auf. Graue Wolken schoben sich immer öfter vor die schon schwächelnde Sonne. Viele Kräuter waren verblüht, so dass die Nahrung immer spärlicher wurde. Das Leben der ersten Schmetterlinge ging zu Ende und auch der Kleine Fuchs begann langsam schwach zu werden. Von Tag zu Tag fiel ihm das Fliegen immer schwerer. Als er, wie jeden Tag, auf den restlichen Blüten sein Mahl einnahm und voller Erwartung nach der Schmetterlingsdame Ausschau hielt, setzte sich ein Artgenosse zu ihm auf eine Pflanze. Er schaute ihn besorgt an und berichtete, dass sich die schöne Schmetterlingsdame am Morgen besonders hübsch gemacht hatte. Lange schaute sie in einen Wassertropfen, der ihr als Spiegel diente. Es sah so aus, als ob sie zu einer Hochzeit wollte. Als sie dann ihr Nachtquartier entschlossen flatternd verließ, ergriff sie plötzlich eine Windböe und der damit einsetzende Regen schleuderte sie mit solcher Kraft zu Boden, dass sie regungslos liegen blieb.

Sommerduft

Gerüche, vielfältig wie lange nicht mehr.

Lavendel, ein Hauch von Provence.

Pfefferminze, so frisch und rein.

Thymian und Oregano, würzig und belebend.

Frisch getrocknetes Heu.

Liebliche Erinnerung an Kindheit und Spiel auf der Wiese.

Die Frau am Strand

Als ich sie das erste Mal sah, dachte ich, die ist aber ausdauernd. Noch in den späten Abendstunden saß sie am Strand und schaute versonnen aufs Meer. Die Sonne war längst untergegangen. Touristen, die das Sonnenschauspiel mit einer Flasche Wein beobachteten, hatten den Strand schon seit Stunden verlassen. Es begann bereits dunkel zu werden. Der Horizont wurde langsam, aber bestimmt schwarzgrau übertüncht. Bald sah man nur noch eine schwarze Wand. Kein schöner Anblick mehr. Einzig das Rauschen und Plätschern der Wellen durchbrachen die Stille. Ein ungastlicher Wind zerstörte jegliche Behaglichkeit. Eine Art Todesstimmung macht sich breit. Ein Tag stirbt und das stimmt mich immer aufs Neue traurig. Das Gute daran ist, dass alles vergeht, auch die Nacht.

Am nächsten Morgen, noch vor dem Sonnenaufgang, war ich wieder am Strand. Das Meer lag unter einer Dunstglocke und schien seine Weite eingebüßt zu haben. Keine Welle suchte den Weg an den Strand. Ruhig und spiegelglatt lag die See vor mir. Der Platz, an dem die Frau am späten Abend gebannt aufs Meer schaute, war leer. Mein Hund, der freudig am Strand rumtollte, spitzte plötzlich die Ohren und lief schnurstracks auf ein Bündel im Sand liegender Kleidung zu. Als ich so schnell wie möglich, innerlich etwas aufgewühlt, sein Schnüffeln unterbrach, sah ich, dass dort ein Mensch zusammengerollt in einem Schlafsack schlief. Da das gerade in den Sommermonaten öfter vorkam, schenkte ich der Tatsache wenig Beachtung und setzte erleichtert den Spaziergang mit meinem braunen Neufundländer Bruno fort.

Beim Abendspaziergang sah ich die Frau schon von den Dünen aus erneut am Strand sitzen und aufs Meer schauen. Sie schien völlig abwesend und in sich versunken. Um sie nicht zu stören, leinte ich den Hund an und machte, sie nicht aus dem Auge lassend, einen großen Bogen um die Meditierende. Auch als ich Bruno in einiger Entfernung von der Leine nahm und der bellend die kreischenden Möwen aufscheuchte, ließ sie sich nicht stören.

An dem darauffolgenden Wochenende kamen Bruno und ich erst sehr spät an den Strand. Die Sonne stand schon hoch am Himmel und schickte ihre wärmenden Strahlen auf die Erde. Der sonst ruhige und menschenleere Strand von Graal-Müritz hatte sich mit Touristen und Einheimischen gefüllt. Einige Kinder bauten mit ihren Vätern Sandburgen, andere wieder kreischten beim Durchwaten der noch kühlen Ostsee vor Schmerz und Vergnügen. Auch die Möwen stimmten in diesen Chor ein. Von weitem hörte man eine Säge kreischen. Irgendwo hupte ein Auto. Viele Strandbesucher lagen faul in der Sonne und genossen die warmen Sonnenstrahlen. Immer wieder wanderten neue Strandgäste durch den Sand und hielten Ausschau nach einem sonnigen Plätzchen.

Auch mein Neufundländer und ich suchten uns einen ruhigen Platz am Ende des Hundestrandes, direkt am Anfang des FKK-Bereiches. Hier hielten sich nur wenige Leute auf. Sicher befürchteten sie von herumtobenden Hunden belästigt zu werden oder hatten Angst um ihre Kinder. Wir ließen uns gerade gemütlich nieder, da sah ich sie. Die Strandfrau lag ca. zwanzig Meter entfernt nackt in der Sonne und genoss wie alle anderen den schönen Sommervormittag. Wie sie so dalag, konnte man sie von den Touristen nicht unterscheiden. Wohlig streckte sie ihr Gesicht der Sonne entgegen und räkelte sich entspannt auf einer Stranddecke. Ihr Körper war fast makellos. Gleichmäßig braungebrannt verunzierte keine Speckfalte ihre Figur. Sie war keine mehr ganz junge Frau, im ersten Moment schätzte ich sie auf Anfang fünfzig. Später, als ich ihr Gesicht aus der Nähe sah, ahnte ich, dass sie doch schon sehr viel älter sein musste. So ging es den ganzen Sommer weiter. Morgens sah ich sie ruhig und unbeweglich in ihrem Schlafsack liegen. Am Abend konnte ich mich darauf verlassen, dass sie am Strand saß und auf das Meer schaute. Im Ort erzählte man sich, dass die Frau eine Aussteigerin sei. Was hatte sie dazu bewogen, dem gesellschaftlichen Leben den Rücken zu kehren? Hatte sie ihr gutbürgerliches Leben mit oft einhergehendem Stress und kaum zu vermeidender Hektik satt? Hat ihr das Schicksal arg mitgespielt und sie Liebgewordenes verloren? Besann sie sich auf die wirklich wichtigen Dinge, wie die Natur und deren nicht durch Menschen beeinflussbare Gesetzmäßigkeiten? Oder wollte sie einfach mit sich allein im Einklang sein.

Hilfsangebote von sich sorgenden Menschen, vor allem an kalten und regnerischen Tagen, nahm sie nicht an. Offensichtlich war sie in der Lage für sich selbst zu sorgen. Jeden Tag suchte sie das in der Nähe befindliche Fischrestaurant »Zur Boje« auf und kaufte sich zwei Zitronen. Wiederholt sah man sie beim Durchsuchen von Abfalltonnen. Als ihr eine hilfsbereite Bewohnerin in meiner Nachbarschaft ein frisches Brot anbot, lehnte sie das mürrisch, ja schimpfend ab.

Mittlerweile war es Hochsommer. Der Ort platzte aus allen Nähten. Menschenmassen bevölkerten den Strand und lagen mehr oder weniger entspannt in der Sonne. Der sonst dominierende Geruch von Tang und Fisch wurde von Sonnencremewolken übertüncht. Auch die Frau am Strand nutzte die Tage zum Sonnenbaden. Mittlerweile war sie am ganzen Körper dunkelbraun und unterschied sich nicht mehr von Langzeiturlaubern, die jedes Jahr an der Küste den Sommer verbrachten. Es war erstaunlich, dass sie es trotz des Andrangs schaffte, immer etwas abseits von den Menschenmassen zu liegen. War da eine Hemmschwelle, die Strandbesucher davon abhielt, ihr zu nahe zu kommen? Ihr entspannter Gesichtsausdruck, ihre schönen braunen Augen waren nicht gerade abweisend. Trotzdem sah sie aus wie jemand, der in Ruhe gelassen werden wollte. In Gedanken war sie weit weg. Man sah ihren Körper, doch geistig schien sie ganz woanders zu sein. In einer Welt fernab vom Trubel dieses Strandes. Nur ihr Gesichtsausdruck und das Leuchten ihrer Augen verrieten, dass diese Welt sehr schön sein musste. Ein immer wieder aufflackerndes Lächeln erahnte glückliche Momente. Im Spätsommer wurde dann der Strand von Tag zu Tag leerer. Jetzt konnte man wieder fast ungestört den Möwen und Wellen lauschen. Die Luft war klar und sauber. Selbst der Gesang des Windes war wieder zu hören. Mein Neufundländer Bruno konnte wieder an einigen Strandabschnitten ohne Leine herumtollen und glücklich ein Bad in den Fluten genießen. Auch die Tagesabläufe wiederholten sich jetzt fast wieder im gleichen Rhythmus. Wenn wir morgens vor Sonnenaufgang an den Strand kamen, lag die Frau in ihrem Schlafsack und ließ sich durch uns nicht stören. Beim Abendspaziergang schaute sie an gleicher Stelle versunken aufs Meer und schien weit weg zu sein.

Auch als die Herbststürme begannen, änderte sie nichts an ihrem Tagesablauf.

Die Nächte wurden kälter und immer noch schlief sie in ihrem Schlafsack. Auch das abendliche Bild war für mich ein Déjà-vu. Der einzige Unterschied war, dass sie jetzt eine bunte Pudelmütze trug. Mittlerweile war sie auch aus meinem Tagesablauf nicht mehr wegzudenken. Es wurde selbstverständlich, dass ich sie am Strand erwartete, so wie ich die Möwen, den Sand, die Buhnen und das Meer erwartete. Sie wurde zu einem festen Bestandteil meiner visuellen Erlebnisse und Gedankenwelt.

Eines Tages, die Ostsee begann schon leicht zu überfrieren, sah ich am Morgen nur das Bündel Kleider und den verlassenen Schlafsack am Strand liegen. Auch am darauffolgenden Abend sah ich nur den Haufen Stoff, schon vom Wind zerzaust. Ich machte mir Sorgen, wusste aber nicht, was ich tun sollte. Auch an den nächsten Tagen blieb sie verschwunden. Ein seit Tagen wütender Sturm begann die Habseligkeiten der Frau mit Sand zu überdecken. Lediglich ein Zipfel des Schlafsacks wedelte noch ein paar Tage im Wind und wehrte sich hartnäckig, nicht auch unter dem Sand begraben zu werden.

Eines Tages, ich dachte schon kaum noch an die Frau am Strand, sah ich in den Wellen die Mütze der Frau. Ich machte mir Vorwürfe und fühlte mich irgendwie schuldig. Nun bereute ich sie nicht doch angesprochen zu haben. Vielleicht hätte ich ihr doch helfen können? Diese

Gedanken geisterten noch einige Zeit in meinem Kopf. Aber irgendwann waren auch die verschwunden. Bis ich sie eines Tages in Rostock
in der Fußgängerzone Kröpeliner Straße wiedersah. Ihre Bräune war
verschwunden. Dafür war sie im Gegensatz zum Strand elegant gekleidet. Sie trug etliche Einkaufstüten, machte einen gehetzten Eindruck
und ihr einst in sich gekehrtes Lächeln war einem traurigen Blick
gewichen. Ihr ziemlich schneller Gang erinnerte mich an Frauen, die
nach der Arbeit schnell nach Hause mussten. Mit zerstreutem Blick
und gerunzelter Stirn schien sie noch von Problemen des Tages in
Anspruch genommen. Dabei schaute sie verloren ins Leere.

Wellenrauschen

Wellen rauschen endlos;

Wann kommen sie zur Ruh,

Eigentlich nie,

Nur wenn der Wind schläft,

Schlafen auch sie.

Der Mann im Rollstuhl

Endlich war ich meinem Traum ein Stück näher gekommen. Ich wollte schon immer am Meer leben. Und jetzt hatte ich ein Vorstellungsgespräch in einem ehemaligen Fischerdorf an der Ostseeküste in Graal-Müritz. Dort sollte ein neues Freizeitbad gebaut werden und dafür suchte man einen Geschäftsführer. Das Leben in der Stadt Magdeburg in Sachsen-Anhalt hatte zwar seine Reize, aber mit den Jahren sehnte ich mich nach Beschaulichkeit, Ruhe und Frieden. Mein Managerjob in einem großen Freizeitzentrum forderte mich rund um die Uhr, fraß an meiner Seele und ließ ein Leben außerhalb des Berufs kaum noch zu. Man war immer aufgewühlt und unter Spannung. Ruhe und Entspannung kannte ich nur aus Urlaubsaufenthalten an der Ostsee. Nur das Rauschen des Meeres, das Kreischen der Möwen, der Geruch des Seetangs und ein ständiger Wind ließen meine Seele zur Ruhe kommen. Diese Gleichförmigkeit, die Berechenbarkeit eines jeden Tages gaben mir Halt und Sicherheit und ich fühlte mich im Einklang mit mir selbst. Lange Spaziergänge am Meer verliehen mir neue ungeahnte Kräfte. Euphorisch und zuversichtlich sah ich dann auf mein Leben. Doch schon wenige Tage nach der Rückkehr aus dem Urlaub war alles wie vorher. Probleme bestimmten wieder mein Leben. War eines gelöst, traten die nächsten auf. Immer wieder versuchte ich die Urlaubsstimmung in Gedanken aufzurufen, aber da sie weiter verblasste, fiel mir das zunehmend schwerer. Nichts blieb als ein Hauch von Erinnerung an unbeschwerte Tage. Das Vorstellungsgespräch war an einem Montagmorgen angesetzt. Aus diesem Grund reiste ich bereits am Vortag an die Ostsee. Nichts wäre in so einer Situation schlimmer, als zu spät zu erscheinen. Quartier nahm ich im »Haus am Meer«. Das kleine Hotel in der Strandstraße bot in den obersten Zimmern Meerblick. Ich warf meine Reisetasche auf das Bett und konnte mich nicht sattsehen. Obwohl es diesig war, schaute ich ergriffen auf die

Weite des Meeres. Ich saugte die klare, leicht nach Seetang riechende Luft ein und berauschte mich am Kreischen der Möwen. Das sollte jetzt meine Heimat werden? Ich konnte es kaum fassen. Beschwingt lief ich runter an den Strand. Frohen Mutes wanderte ich in Richtung Seebrücke. Mittlerweile wurde es klarer und der Himmel zeigte sich in einem hellen Blauton. Was ich sah, konnte keine Postkarte dieser Welt besser abbilden. Ein breiter, gelblich beiger Strand, das bläulich schwarz schimmernde klare Wasser, das unaufhörlich seine Wellen schäumend an Land schwappte und majestätisch segelnde Möwen machten die Bilderbuchatmosphäre perfekt. Mir war, als träumte ich. So schön hatte ich das Meer bisher noch nie erlebt.

Als ich später den Ort durchwanderte, trat etwas Ernüchterung ein. In meiner Phantasie hatte ich alte reetgedeckte Fischerhütten erwartet. Was ich sah, war ein Sammelsurium von Baustilen. Dominierte in der Kurstraße der noch ansprechende Bäderstil, so waren die Nebenstraßen mit unterschiedlichen Haustypen bebaut. Von einem idyllischen Fischerdorf war weit und breit nichts zu sehen. Nur punktuell tauchte an einigen Ecken ein reetgedecktes Haus auf. Sehr schade, dass die Gemeinde diese architektonische Vielfalt zugelassen hat und damit der Charakter von Graal-Müritz verloren gegangen ist.

Etwas entschädigt wurde ich auf meinem Rückweg. Ein atemberaubender Küstenwald erstreckt sich, parallel zum Meer, durch den gesamten Ort, hundertjährige, Wind und Wetter trotzende Bäume wiegen sich kraftvoll in der rauen Seeluft. Märchenhaft anmutende Wege laden zum Träumen ein. Windflüchter beugen sich den Stürmen standhaft. Man spürt, wie die Kraft der Bäume die Seele kräftigt und beruhigt. Man fühlt sich einerseits irgendwie klein und unbedeutend, andererseits aber stark und elektrisiert. Vielleicht hat der Mensch hier deshalb kaum eingegriffen. War es nun Ehrfurcht oder Achtung vor dieser unglaublichen, natürlichen Kulisse? Dieser fast märchenhafte Wald und das offene, weite Meer könnten meine Heimat werden? Das Vorstellungsgespräch am nächsten Morgen dämpfte meine Euphorie.

Der Geschäftsführer einer großen Kurklinik ließ mich zunächst fast eine Stunde warten. In dem dann folgenden Gespräch wurde ich den Eindruck nicht los, dass ich ihn eigentlich nur störte. Majestätisch saß er auf einem reich verzierten, antiken Stuhl und sah mich an, als hätte er vergessen, dass er mich eingeladen hatte. Er hatte fast weißes, dichtes Haar und seine graugrünen Augen schauten mich unruhig an. Meinen Blicken wich er immer wieder aus. Er wies darauf hin, dass noch gar nicht sicher war, dass das Freizeitbad überhaupt gebaut wird. Sowohl notwendige Fördermittel als auch die finanzielle Beteiligung waren nicht klar. So wurde ich nach schon kurzer Zeit aus dem Gespräch entlassen. Traurig, am Boden zerstört, fuhr ich wieder zurück nach Magdeburg.

Wochenlang hörte ich nichts von ihm. Anfragen folgten Vertröstungen. Bis nach einigen bangen Wochen eine erneute Einladung zu einem Gespräch ausgesprochen wurde. Und diesmal erhielt ich den Auftrag, das Freizeitbad Graal-Müritz mit aufzubauen und nach Fertigstellung zu leiten. Meine Freude kannte keine Grenzen. Ich lief den Strand entlang und hätte hüpfend vor Freude laut aufschreien können. Als ich an einen menschenleeren Strandabschnitt kam, tat ich das auch. Erschrocken flogen die Möwen auf und eine Gruppe Enten flatterte ängstlich aufs Meer hinaus. Ich war endlich angekommen – in meinem Paradies.

Die Arbeit war zunächst ganz interessant. In Projektberatungen konnte man seine Ideen einbringen und an der Gestaltung des Bades mitwirken. Doch nach einigen Wochen hatte ich das Gefühl, dass der Investor das Vorhaben abbremste. In Gesprächen äußerte er immer wieder Zweifel, ob das Bad je fertiggestellt wird. Ich machte mir Sorgen. Hatte ich doch alle anderen Projekte abgesagt und meinen beruflichen Lebensmittelpunkt schon an die Küste verlagert. Da ich zunächst ohne Familie in Graal-Müritz anreiste, hatte ich schnell damit begonnen, alles für das Nachholen meiner Frau und der Kinder zu tun. So war es mir mit großer Mühe gelungen, ein Baugrundstück aufzutreiben, und auch der passende Haustyp war schnell gefunden. Der Baubeginn war geplant.

In dieser Phase tat ich alles, um meinen Beitrag zur Realisierung des Freizeitbades zu leisten. In Einwohnerversammlungen stellte ich den Bürgern das Projekt vor und bat um Unterstützung. Die meisten Bewohner des Küstenortes vermieteten Ferienzimmer an Urlauber. So waren nicht nur sie, sondern auch ihre Gäste potentielle Kunden. Auch gelang es mir nach monatelangen Besuchen, die örtliche Hotellerie und den großen Campingplatz für das Vorhaben zu begeistern. Ich war optimistisch, dass nach der Eröffnung die notwendigen Besucherzahlen erreicht werden könnten. Diesen Optimismus teilte der Geschäftsführer der Kurklinik nicht. Sein Interesse an dem Projekt kühlte von Tag zu Tag ab. Er wies mich darauf hin, dass der Familienclan, mit Ausnahme seiner Frau, gegen den Bau der Freizeitanlage sei. Hatten sie das nicht früher gewusst? Warum haben sie mich dann eingestellt? In mir tobte die Verzweiflung.

Zwischenzeitlich war der private Hausbau fast abgeschlossen. Alles war für den Umzug von Magdeburg nach Graal-Müritz vorbereitet. Auf der Arbeit bekam ich immer weniger zu tun. Stundenlang wartete ich auf angesetzte Beratungstermine. Meine anfängliche Euphorie war längst verschwunden. Einziger Trost war die atemberaubende Natur des ehemaligen Fischerdorfes. Ich hatte es mir angewöhnt, jeden Morgen vor Arbeitsbeginn einen Strandlauf zu machen. Die Begeisterung, wenn ich nach dem Überqueren der Dünen das Meer sah, war unbeschreiblich. Ich sah das langsam wach werdende Meer mit seinem stetigen Wellenschlag und ich wusste: Ich hab nichts falsch gemacht. Noch immer konnte ich mich nicht sattsehen. Das Glücksgefühl ließ auch nach Monaten nicht nach. Ich freute mich darauf, das alles mit meiner Familie zu teilen.

In dieser Zeit begann das Vertrauen in meinen Arbeitgeber zu bröckeln. Hatte ich ihn zunächst als seriösen Vorgesetzten kennengelernt, kamen mit der Zeit andere Seiten zum Vorschein. So musste ich monatlich meine Gehaltszahlungen anmahnen, die dann oftmals erst nach Wochen überwiesen wurden. Schockiert aber war ich, wie ruppig der Geschäftsführer mit seinen Mitarbeitern umging. So demütigte er gestandene Ärzte und machte sie klein und unbedeutend. Ich werde nie vergessen, wie er den schon zu DDR-Zeiten bekannten Bäderarzt Dr. Kohl strammstehen ließ, ihn maßregelte und kurz und klein redete. Die einzige Gefühlsregung, die ich je mitbekommen habe, war am 11. September 2001. An diesem Tag wurde ein Terroranschlag auf das World Trade Center verübt. Er holte mich in sein Büro, wo im Fernsehen der Einschlag der Flugzeuge in die Zwillingstürme immer wieder gezeigt wurde. Aber schon am nächsten Tag war er wieder kaltherzig und unnahbar.

Das alles versuchte ich zu verdrängen. Ich freute mich, dass zwischenzeitlich meine Familie bei mir war. Obwohl wir das Haus in unfertigem Zustand beziehen mussten, genossen wir gemeinsam unser neues Zuhause. Auch weil die Kinder nach anfänglichem Trennungsschmerz endlich angekommen waren. Sie begannen, wie auch ich, das Meer zu lieben, gewannen neue Freunde und freuten sich über gemeinsame Erlebnisse.

Arbeitsmäßig war die Vorbereitung des Bades fast ganz ins Stocken geraten. Trotzdem unternahm ich alles, um das Feuer nicht ausgehen zu lassen. Entsprechend meiner Aufgabenstellung informierte ich kontinuierlich die Öffentlichkeit über das Vorhaben. Vor allem auch deshalb, um die Neugierde und freudige Erwartung bei den Einheimischen und ihren Gäste hochzuhalten. Diese Erfahrung hatte ich in Magdeburg gemacht. Immer wieder platzierte ich in der Volksstimme Pressemitteilungen, so dass die Bevölkerung der Eröffnung des dortigen NEMO Freizeitbades entgegenfieberte. Nach einer wiederholten Veröffentlichung in der hiesigen Ostseezeitung wurde ich eines Morgens zum Geschäftsführer gerufen. Wie schon des Öfteren erwartete ich ein Lob über die gute Presseinformation. Als ich aber stattdessen die Kündigung bekam, wurden mir die Knie weich. Ich wurde aufgefordert meine Sachen zu packen und das Büro zu verlassen. Sofort wurde das Büro hinter mir versiegelt. Ich hoffte, dass ich nur schlecht träumte und bald erleichtert erwachte. Aber das geschah leider nicht. Ich war plötzlich arbeitslos und das mit einem nicht unerheblichen Hauskredit und einer Frau und zwei Kindern, die ich an die Ostsee gelockt hatte. Ich war verzweifelt und wusste nicht, wie es weitergehen sollte.

Meiner Familie sagte ich zunächst nichts. Ich versuchte einen unbeschwerten Eindruck zu machen und bemühte mich um familiäre Harmonie. Doch in mir brodelte es. Schlaflose Nächte nagten an meinen Nerven. Mir musste schnell, ganz schnell etwas einfallen. Ich begann hektisch Bewerbungen zu schreiben. Doch darauf zu hoffen, reichte mir nicht. Aus der Presse wusste ich, dass im Nachbarort Ribnitz-Damgarten auch ein Freizeitbad gebaut werden sollte. Kurzerhand bemühte ich mich um einen Termin beim Investor und Geschäftsführer der zukünftigen Freizeitoase. Ich hatte Glück. Er zeigte sich interessiert und da ich in der Branche mittlerweile einen guten Ruf hatte, wurden wir uns schnell einig.

Die Markteinführung des neuen Freizeitbades wurde dann auch ein großer Erfolg. Die Besucherzahlen übertrafen die Erwartungen. Mein Selbstwertgefühl nahm wieder Fahrt auf. Ich fühlte mich rundherum wohl.

Doch noch viele Jahre beschäftigte mich das Verhalten des Geschäftsführers der Kurklinik. Zwischenzeitlich wurde dann auch das Bad in Graal-Müritz gebaut. Dass es nicht so erfolgreich lief wie das Bad in Ribnitz, gab mir nur wenig Befriedigung. Immer wieder grübelte ich über den Grund des Rauswurfs nach. Hatte er nur vor, meine Erfahrungen in der Projektentwicklung von Freizeitbädern abzuschöpfen? Hatte der Mohr seine Schuldigkeit getan? Ich konnte mir einfach nicht vorstellen, dass man so mit einem Menschen umgehen konnte. Das Trauma begleitete mich auch die nächsten Jahre. Es schwächte sich etwas ab, aber es war immer noch da. Bis ich eines Tages bei einem Besuch des Restaurants im Freizeitbad von Graal-Müritz einen Rollstuhlfahrer sah. Irgendwie kam mir das Gesicht mit den weißen Haaren bekannt vor. Als ich den Mann dann im Kreise seiner Familie sah, erkannte ich ihn. Es war der Geschäftsführer besagter Klinik. Er saß so kümmerlich und traurig da, dass mein jahrelanger Groll plötzlich verflog.

Graal-Müritz

Breite naturbelassene Strände,

nur von einer Seebrücke zerschnitten.

Ein Küstenwald,

dessen uralte Bäume seit Jahren dem Wind und dem

Menschen trotzen.

Ein Moor und Salzwiesen als Heimat

andererenorts längst vergessener Tiere und Pflanzen.

Ein Wind, der beflügelt,

und ein Licht, das beseelt.

Und ein Duft mit einer Mischung aus Wildrosen und

Seeluft, der betört.

Und ein Dorf, das anschaulich zeigt,

wenn der Mensch eingreift.

Der Fischer und das Meer

Helmut ist ein alter Graal-Müritzer. Hier geboren, hat er den Ort noch nie verlassen. Sein Leben sind das Meer und der Fischfang. Jeden Morgen, noch vor dem Frühstück, fährt Helmut mit dem Fahrrad über den Mittelweg zum Strand, um zu schauen, wie hoch die Wellen schlagen. Eine Mischung aus innerer Unruhe und Vorfreude ergreift ihn. Sein Herz pocht in freudiger Erwartung. Bei ruhiger See packt er ein paar Brote ein und lässt seinen Kahn zu Wasser. Sein Boot ist eigentlich ein Ruderboot mit Außenbordmotor. Innerlich aufgewühlt schiebt er, bekleidet mit einer wasserundurchlässigen Gummihose, das Boot ins tiefe Wasser und springt im letzten Moment in den Kahn. Wenn er dann den Motor anschmeißt, steigt die Spannung und es erwacht langsam ein Glücksgefühl, das er nur hier empfindet. Das Meer trägt ihn und die Wellen spielen mit seinem Boot. Er schaut hinaus, reckt das Gesicht energisch in den Wind und eine Woge von immer wiederkehrenden wohligen Momenten durchdringt seinen Körper. Gierig atmet er die klare Luft ein. Er könnte so stundenlang fahren, aber er will ja Fische fangen.

Helmut kennt sich aus. Ganz gezielt fährt er Stellen an, wo die Fische sich in Schwärmen aufhalten. Es dauert auch nicht lange, bis er die ersten an der Angel hat. Er achtet streng auf die entsprechende Größe. Kleine Fische lässt er sofort wieder frei und wünscht ihnen von ehrlichem Herzen ein weiteres schönes Leben und gutes Gedeihen. In der Regel dauert es trotzdem nicht länger als drei Stunden, bis er seine zwei Eimer bis oben hin mit Fisch gefüllt hat. Er verharrt dann noch eine Weile, schaut auf das Meer und bedankt sich für den guten Fang. So macht er das nun schon viele Jahre.

Früher war das anders. Das Meer war für ihn ein Ungeheuer, das den Fisch verbarg und ihm nichts abgeben wollte. Es schäumte oft vor Wut und riss an seinem Boot. Er schimpfte auf die Wellen, hasste den

Wind und ärgerte sich, wenn er dann mal was fing, über die viel zu kleinen Fische. Trotzdem nahm er sie mit. Widerwillig fuhr er immer wieder raus und hoffte auf den großen Fang. Doch er hatte nicht viel Glück. Wenn überhaupt etwas anbiss, dann waren es junge Fische, die noch nichts zwischen den Gräten hatten.

Das alles erzählte er einmal schimpfend einem alten Fischer. Der lächelte versonnen, steckte seine Pfeife in den Mund, zog genüsslich daran und begann nach langem Zögern zu erzählen: »Auch das Meer hat eine Seele. Je nach Stimmung ist es mal rau und grob, mal zart und behutsam. Es kann Schiffe untergehen und Menschen ertrinken lassen. Seine Wellen können hart und unbarmherzig zuschlagen, sie können aber auch zärtlich streicheln. Auch das Meer kann sich ärgern. Es tobt und brüllt, wenn ihm etwas nicht passt. Es liegt ganz sanft und ruhig, wenn es zufrieden und glücklich ist. Über Jahrtausende hat sich durch die vielen Erlebnisse ein Charakter entwickelt, der sehr empfindsam auf die jeweiligen Ereignisse reagiert. Der Mensch und auch insbesondere die Fischer haben dabei oftmals das Meer verärgert. Respektlos wurde das Meer ausgebeutet, verschmutzt und beschimpft. Als Müllabladeplatz musste es Öl, Plaste und andere Abfälle verkraften, es musste den Abbau von Kies hinnehmen und das Überfischen der Meerestiere mit ansehen. Wenn die Geduld des Meeres mal wieder am Ende war, rächte es sich mit Sturmfluten. Es ließ Schiffe untergehen und Menschen ertrinken und es zerstörte Häuser. Doch mit den Jahren hörte das Meer mit pauschalen Bestrafungen auf. Menschen, die es behutsam und respektvoll behandeln, werden auf einer Woge von Wohlwollen getragen. Sie werden gestreichelt und erfahren, wie zärtlich das Meer sein kann. Großes Glück haben diejenigen, denen es sogar ein Lied mit den Wellen spielt. Bestraft werden vor allem die Meeresverschmutzer und jene Fischer, die den Fischnachwuchs vernichten. Ich würde zum Beispiel nie Schwimmen gehen, wenn ich vorher meinen Abfall ins Meer geworfen hätte. Und ich würde nie mehr fischen gehen, wenn ich junge Fische gefangen hätte. Das Meer freut sich auch, wenn man ihm dankt. Danken für das glasklare und erfrischende Bad, danken für ein schönes Wellenrauschen, danken für den guten Fang …«

Ungläubig dachte Helmut noch lange über die kauzigen Worte des alten Fischers nach. Zunächst hielt er ihn für wunderlich, nahm das Ganze nicht so ernst. Aber in seinen Träumen überspülten ihn haushohe Wellen, zogen ihn tief unter Wasser oder trieb er, ohne Land zu sehen, auf dem offenen Meer. Wenn er dann schweißgebadet erwachte und das Herz bis zum Hals klopfte, wälzte er sich stundenlang in seinem Bett und immer wieder, wenn er dann endlich eingeschlafen war, kamen diese Träume.

Als er dann, nach Tagen, das erste Mal wieder hinausfuhr, sprach er zunächst zögernd mit dem Meer. Er begrüßte es leise, damit ihn ja niemand hören konnte, und dankte für die ruhige See. In Gedanken dachte er, was mache ich eigentlich hier? Bin ich noch ganz bei Sinnen?

Als er dann auf die offene See kam, wurde er plötzlich von einer leichten Brise in eine andere Richtung geschoben. Jetzt begann sein Herz schneller zu schlagen. Nach einigen Minuten flaute der Wind wieder ab und kein Lufthauch war zu spüren. Helmut warf irritiert, aber voller Hoffnung seine Angel aus und es dauerte auch nicht lange, da hatte er den ersten Fisch am Haken. Da dieser Fisch aber sehr klein war, befreite er ihn kurzerhand und warf ihn zurück ins Meer. Von da an angelte Helmut etliche große Fische. Er traute seinen Augen kaum und er hatte Angst, dass er nun aus einem schönen Traum erwachte. Wenn aber wieder ein kleiner Fisch anbiss, ließ er ihn mit den besten Wünschen frei. Bevor er dann nach erfolgreichem Fang die Heimfahrt antrat, bedankte er sich versonnen und nachdenklich beim Meer. Glücklich lauschte er noch eine ganze Weile dem Rauschen der Wellen. An manchen Tagen klang das wie ein Lied. Und er dachte mit Wärme an den alten kauzigen Fischer.

Bruno und Mischka

Wir hatten so viel Freude. Gemeinsam durchstreiften wir jahrelang den Küstenwald von Graal-Müritz, beobachteten im Moor die dort lebenden Tiere und machten lange erholsame Strandspaziergänge. Wir genossen in vollen Zügen die fast unberührte Natur. Die gemeinsam besuchten Orte wurden zu Refugien, taten unserer Seele unsagbar gut. So gab es auf unserem Weg etliche hohle Baumstümpfe, in denen Bruno seinen Durst löschte. Schon von weitem raste er plötzlich los und stoppte mit dem Schwanz wedelnd abrupt vor der Tränke. Das laute Schlappern signalisierte uns schon von weitem, wo er war. Auch in den Gräben im Moor machte er eine Pause und ließ sich im Wasser stehend nicht davon abhalten, sich abzukühlen. Am Strand angekommen, verfolgte er übermütig das durch den Wind bewegte Seegras oder den Seeschaum. Wenn wir uns dann an den Strand setzten, konnte er stundenlang aufs Meer schauen oder herumtollende Hunde beobachten. Wir ließen den Sand durch die Finger rieseln, er verrann, wie die Zeit. Was für einfache Gedanken durchströmten uns. Es war so schön, einfache Gedanken zu haben. So konnte es immer weitergehen.

Dann passierte das Unfassbare: Bruno, unser Neufundländer, wurde krank, fraß nicht mehr und starb bald darauf. War die Zeit des Bangens und Hoffens während der Krankheit schon schlimm, so war die Leere nach seinem Tod noch viel schlimmer. Er fehlte in allen Lebenssituationen. Wie still es plötzlich in unserem Garten war. Wie oft hatte ich über sein Gebell geschimpft, und nun ertappte ich mich dabei, wie ich mit meiner Arbeit innehielt und lauschte. Was hätte ich dafür gegeben, wieder sein Bellen zu hören. Morgens vermissten wir sein aufforderndes Scharren und Hin- und Herlaufen vor dem Schlafzimmerfenster und seine unbändige Freude, wenn er die Gürtelschnalle beim Anziehen der Hose hörte und endlich die tägliche Gassirunde begann. Am Tage fehlte seine ständige Anwesenheit im Garten und im Haus, auch wenn er nur so dalag und vor sich hin döste. Niemand meldete mehr Besucher an. Plötzlich standen sie in unserem Garten oder schon im Hausflur. Selbst die Nachbarskatze Pinia, die vorher nie unser Grundstück betreten hatte, stand auf der Terrasse und wagte sich sogar bei geöffneter Tür ins Wohnzimmer. Schmerzlich vermissten wir am Abend den letzten Stupser vorm Schlafengehen und das entspannte plumpe Fallenlassen und erschöpfte Seufzen vor der Nachtruhe. Wir merkten, dass diese Ruhe eine andere war als die jetzige, die wir nur noch als Totenstille empfanden.

Wochenlange Trauer, dabei immer wieder Weinkrämpfe, bestimmte unsere Tage. Wir wollten keinen Menschen sehen. Konnten kein Wort darüber sprechen. Der Schmerz ließ einfach nicht nach. Wir redeten uns ein: Es ist doch nur ein Tier, weit entfernt menschliche Gefühle zu entwickeln. Doch vergebens. Auch in uns war etwas gestorben, war für immer verschwunden. Fast apathisch streiften wir durch die Wälder, besuchten die Plätze gemeinsamer Erinnerungen und kehrten traurig und unzufrieden heim. Die Spaziergänge taugten gar nichts mehr, ohne den fröhlichen dankbaren Begleiter. Ist das nicht idiotisch – wir vermissten sogar das von uns verabscheute Jagen der Kaninchen und das Aufnehmen der Wildschweinspuren. Kann es sein, dass ein Hund einen großen Teil des Lebensinhalts ausgefüllt hat und sich nun, da er nicht mehr da war, eine Leere breitmacht, die fast unerträglich ist? Wir konnten und wollten es nicht glauben. Sicher würde die Zeit alle Wunden heilen.

Wir schmiedeten Pläne, die vorher mit Hund nur schwer zu verwirklichen waren. Versuchten eine Zeit danach auszurufen. Doch vergeblich. Es gelang uns nicht, uns unbekümmert und entspannt auf dieses »neue Leben« zu konzentrieren. Fast in allen Lebenslagen fehlte uns Bruno. Wenn ich jetzt an diese Zeit zurückdenke, fällt mir nicht ein schönes Erlebnis ein. Im Gegenteil. Auch in den schönsten Hotels war da schon morgens die Leere. Ohne vorige Gassirunde zum Frühstück, Spaziergänge ohne das freudige Herumtoben unseres Hundes und

Abende ohne den beruhigenden Anblick unseres zufrieden schlafenden Neufundländers. Meist reisten wir schon vorher wieder ab.

Aber am schlimmsten war es zu Hause. Nachts hörten wir, wie all die anderen Jahre, Bruno über die Terrasse laufen. Wir hörten weiter sein Schnaufen und das erschöpfte plumpe Fallenlassen. Auch das Wechseln des Schlafplatzes und die damit verbundenen Geräusche hörten wir. Doch am Morgen war er nicht da. Alle seine Liegeplätze waren verwaist und unberührt. Wir waren verzweifelt, was war mit uns los? Die Zeit schien diese Wunde nicht zu heilen. Wehmütig schauten wir fremden Hunden beim Herumtollen zu. Sahen neidisch die Idylle hundebesitzender Familien. Auf dem Weg zur Arbeit, in Höhe eines Hundeplatzes auf der Bäderstraße, fuhr ich fast mit Tränen in den Augen gegen einen Baum. So konnte das doch nicht weitergehen.

Eigentlich hatten meine Frau und ich verabredet, dass wir uns keinen neuen Hund mehr anschaffen. Beide wollten wir nicht noch einmal so leiden. Dann entdeckten wir, dass wir beide unabhängig voneinander im Internet nach Hundezüchtern und deren aktuellen Würfen schauten. Doch wir zweifelten. Können wir einfach Bruno durch einen neuen Hund ersetzen, nur um unseren Schmerz zu lindern? Was sollten wir tun? Wir wollten Bruno nicht ersetzen, sehnten uns aber nach einem Leben mit unserem Hund!

Es war allerdings nicht so einfach, einen Neufundländer zu bekommen. Alle aktuellen Würfe waren bereits vergeben. Und wir dachten schon, dass es so sein sollte. Wir wollten uns unserem Schicksal fügen.

Doch wir suchten weiter und fanden einen Züchter, der demnächst einen Wurf erwartete. Wir meldeten uns an und wurden für würdig befunden, einen Neufundländer reservieren zu können. Dazu muss man sagen, dass Züchter von Neufundländern sehr eigen sind. Ihnen geht das Tierwohl über alles. Wenn sie nicht davon überzeugt sind, dass der Welpe ein gutes Zuhause bekommt, verzichten sie auf den Verkauf und behalten das Tier lieber selber. Es ist auch ganz selbstverständlich, dass Züchter ihren Nachwuchs zurücknehmen, wenn der neue Besitzer überfordert ist oder erkrankt. Wir aber boten die besten Bedingungen. Schon einmal hatten wir, noch vor Bruno, einen Neufundländer. So galten wir schon als erfahrene Hundebesitzer. Der große Garten um unser Fachwerkhaus war schon vor vielen Jahren neufundländergemäß angelegt. Emma, so hieß unsere erste Neufundländerin, hatte ideale Bedingungen für ein artgerechtes Hundeleben. Es gab einen kleinen Teich, in dem sie ihren Durst löschen und ihren Leib abkühlen konnte. Es gab schattige Bäume und Büsche, unter denen sie ihre Ruhemulden gegraben hatte. Dass in diesen Bereichen kein Platz für Blumen war, akzeptierten wir großzügig. Und was dabei am wichtigsten war: Sie hatte immer Zugang zum Haus und damit Kontakt zu allen Familienmitgliedern. Immer wieder schaute sie zu uns rein und erst wenn es ihr zu warm wurde, verschwand sie hechelnd nach draußen.

Wochen vergingen, bis wir eines Tages die freudige Nachricht über die Geburt gesunder Welpen erhielten. Es wurde uns gestattet, das Rudel zu besuchen und uns einen Hund auszusuchen. Als die jungen Welpen auf uns zustürmten, brach ein Schauer von Glücksgefühlen los. Wir fühlten uns, als hätten wir soeben ein Kind geboren. Da alle Welpen niedlich aussahen, fiel uns die Auswahl sehr schwer. Fest stand, wir wollten wieder einen braunen Hund. Da es davon nur zwei gab, die übrigen waren schwarz, machten wir, um die Auswahl zu erleichtern, den Schrecktest. Wir klatschten plötzlich laut in die Hände und der Welpe, der sich nicht erschrak, also keine Angst hatte, wurde ausgewählt. Doch noch blieben die jungen Hunde bei ihrer Mutter. Wir zählten die Tage, bis wir ihn endlich nach Hause holen konnten – Mischka, unseren Neufundländer.

Der neue Neufundländer lebte sich schnell ein. Er nahm das Haus und den Garten in Beschlag, als wenn er schon ewig hier lebte. Sonderbarerweise nutzte er all die Plätze, die vorher Bruno bevorzugt hatte. So lag er an der gleichen Stelle auf der Terrasse, ruhte an der windigen Ecke am Carport und schlief während der Nacht vor dem

Schlafzimmerfenster. Was er aber streng mied, war die Stelle an der Bruno begraben war.

Doch etwas war anders. Nachts bzw. mit der ersten Dämmerung wurde Mischka unruhig. Er schaute ängstlich ins Dunkle und bellte fast panisch. Schauten wir dann nach, ob ihn vielleicht ein Igel, Marder oder Fuchs zum Bellen animierte, sahen wir nichts. Es war weit und breit niemand zu sehen. Das wiederholte sich jede Nacht. Erst wenn wir ihn ins Haus holten, kehrte Ruhe ein. Auch bei unseren täglichen Gassirunden erschreckte er oft ohne jeglichen Grund. Panisch drehte er sich dann um und lief mit eingezogenem Schwanz seitwärts weg. Das Ganze war uns unerklärlich. Wie von Hundeexperten empfohlen, hatten wir doch noch in der Welpenkiste den Schrecktest gemacht. Keine Reaktion, der Hund war damals nicht schreckhaft.

Beim genaueren Beobachten fiel uns auf, dass hinter den Geräuschen, die Mischka verursachte, Parallelgeräusche zu hören waren. Es war so, als wenn das Hinlegen, Aufstehen, ja eigentlich alle seine Geräusche wie ein Echo widerhallten. Es war uns, als wenn ihn jemand nachmachte. Auch nachts, wenn der Hund tief schlief, geisterte etwas durchs Haus, durch den Garten, durch unsere Gedanken. Es war ein leises Rumoren, Ächzen und manchmal auch Brummen. Und immer war es irgendwie vorwurfsvoll. Hörten wir etwa Gespenster? Spukte es oder waren wir emotional zu sehr aufgeladen?

Als Mischka ein Jahr alt wurde, die zwei Kirschbäume vor dem Haus standen in voller Blüte, änderte sich sein Verhalten. Die Schreckhaftigkeit ging stark zurück, das Bellen ohne sichtlichen Grund schien vergangen. Er blieb die ganze Nacht ruhig draußen. Auch diesen plötzlichen Wandel konnten wir uns nicht erklären. Bis wir ihn eines Tages friedlich dösend neben Brunos Grab fanden.

Der Tag, der langsam vergeht

Es ist immer wieder ein Wunder. Wenn der neue Tag anbricht, ist er noch unberührt und jungfräulich. Er strotzt vor Kraft und ungebändigter Schönheit. Er versprüht in mir eine Aufbruchsstimmung, die ungeahnte Kräfte freisetzt. Das Licht wird von Stunde zu Stunde immer heller. Diese Klarheit berührt die Seele und übertüncht die Schwere der Nacht. Dieses immer wiederkehrende Naturschauspiel motiviert mich immer wieder an dieser Schöpfung mitzuwirken. Ich geh dann begeistert hinaus in den Garten, sähe und pflanze, schaue den Vögeln beim Fressen zu und befreie Blumen von Unkraut. Ich kann mich gar nicht sattsehen am Blühen der Kirschbäume, berausche mich am Duft des Flieders und dem Wiegen der Büsche und Bäume im lauen Wind des Morgens. Ich bewundere den Fleiß der Bienen und Hummeln und das lustige Flattern der Schmetterlinge. Wenn dann die Sonne den Morgentau aufgesogen hat und die Blätter im satten Grün leuchten, ist der halbe Tag schon vergangen.

Leichte Panik macht sich in mir breit. Das klare Bild in der Seele bekommt erste Risse. Noch einmal so lange und der Tag geht schon wieder zu Ende. Mir hilft dann nur der Gang zum naheliegenden Meer. Sowie ich die Dünen überquert habe und plötzlich die Weite der Ostsee vor mir liegt, scheint der Tag abzubremsen. Ich sitze dann am Strand, schaue dem Spiel der Wellen zu und lasse mich vom Rauschen und Plätschern des Wassers betören.

Die Zeit scheint stillzustehen. Der Augenblick erstarrt. Man glaubt, dass dieser Moment nie endet. Das Spiel und Kreischen der Möwen, das Rauschen des Windes und der ruhig daliegende Strand befinden sich in einer sich ständig wiederholenden Schleife. Es geht nicht weiter, es wiederholt sich nur. Schaut man dann auf die Uhr, sieht man zwar, dass die Zeit nicht stillgestanden hat, aber man staunt ungläubig, wie langsam sie weitergelaufen ist. Mir fällt kein anderer Ort ein, an dem sich dieses Phänomen wiederholt. Nur das Meer mit seinem Horizont bietet die Möglichkeit, in sich zu gehen, Teil der Natur zu sein und mit ihr zu verfließen. Das Plätschern der Wellen in ununterbrochenem Rhythmus ist ohne Hast, ruhig und stetig. Ich bin wie versteinert, aber doch voller Leben. In mir glüht es und ich schreie innerlich vor Glück.

Doch irgendwann beginnt es zu dämmern. Die leuchtenden Farben verblassen, werden grau und lösen sich im dunkel werdenden Tag bald ganz auf. Die Sonne versinkt in einem blutigen Rot und weicht dem immer schwärzer werdenden Himmel. Alles ertrinkt im Dunkel der anbrechenden Nacht. Das Herz verkrampft sich und eine traurige Stimmung macht sich breit. Es ist, als ob etwas sterben würde. Ich kann nicht verstehen, dass manche Menschen die Nacht lieben und in ihr glücklich sind. Der bayrische König Ludwig II. war so einer. Auf Schloss Neuschwanstein machte er die Nacht zum Tag und verschlief den Sonnenaufgang und die Farbenpracht des Tages. Kein Wunder, dass sich finstere Gedanken in ihm breitmachten und ihn in den Wahnsinn trieben.

Mich tröstet am Ende des Tages nur, dass es ja ein Morgen gibt und ein weiteres atemberaubendes Schauspiel auf mich wartet. Ich geh dann nach Hause und freue mich, wenn die Nacht schnell vergeht.

Der Mann, der das Leben bremste

Das Leben läuft immer schneller. Je älter der Mann wird, umso höher wird das Tempo. Manchmal fühlt er sich wie in einem Karussell, das sich immer schneller dreht, ständig in Gefahr, herausgeschleudert zu werden. Ein anderes Mal ist er ein Läufer, der auf Grund der immer höher werdenden Geschwindigkeit nicht mehr nach links und rechts schauen kann und nur noch mechanisch die Beine bewegt, nur noch funktioniert. Der kleine Muck kommt ihm dann in den Sinn. Der Mann grübelt, wie er diesen Wahnsinn stoppen kann. Es muss doch eine Möglichkeit geben, das Tempo zu drosseln und das Leben nicht im Schnelldurchlauf zu erleben. Es anzuhalten, davon hat er noch nie gehört, es zu verlangsamen aber schon.

Schon lange war in ihm die Erkenntnis gereift, dass das ständige Streben nach Veränderung, noch schneller und weiter, das Leben verkürzt, ja es sogar tötet. Um ihn herum die ersten Opfer: Herzinfarkt, Burnout, Krebs. Die danach zaghaften Versuche, das Leben zu ändern, verkümmern sehr schnell. Bald funktioniert man wieder und sitzt mit Schwindelgefühl im überfüllten Karussell. So kann er es nicht machen. Er will es konsequent durchziehen. Aber wie?

Bei seinen regelmäßigen Spaziergängen am Meer, seine kleine Auszeit, fiel ihm ein alter Mann auf. Er saß fast jeden Tag, auch bei schlechtem Wetter und zu jeder Jahreszeit, am Strand und schaute versonnen aufs Meer. Ihm fiel auf, dass er immer ein Lächeln auf den Lippen hatte. Offensichtlich vergnügte er sich am Wellenspiel, dem Auf und Ab der Möwen und dem ständig wechselnden Bild des Himmels. Er nahm ihn kaum war und schien versunken in seinen Betrachtungen.

Er lebte nun schon über siebzehn Jahre in dem kleinen Küstenort Graal-Müritz, aber dieser Mann war ihm vorher nie aufgefallen. Plötzlich begegnete er ihm immer häufiger. Bei Waldspaziergängen sah er ihn im Frühling Kräuter sammeln und im Juni die Blüten an den Holunderbüschen abzupfen. Im Sommer stand er gebückt in den Heidelbeeren und füllte seinen Korb mit den blauen Früchten. Im Spätsommer traf er ihn an riesigen Brombeerhecken und beim Sanddornpflücken. Im Herbst konnte man darauf wetten, ihn beim Pilzesuchen zu treffen. Und immer wieder sah er ihn mit einem Wägelchen voller Holz oder frischgemähtem Gras durch das Dorf ziehen.

Eines Tages fand er durch Zufall sein Haus. Er hatte sich ein wenig verlaufen und als er am Ende eines schon fast zugewachsenen Weges ankam, sah er aus dem Dickicht heraus ein Haus. Er wusste sofort, dass es das Haus des alten Mannes war, denn vor dem Haus stand das Wägelchen mit frisch gesammeltem Holz. Das Haus hatte sicher schon bessere Tage erlebt. Die Holzbretter, mit denen das gesamte Haus gedämmt war, waren von der Sonne verblichen und glänzten silbrig, die Dachziegel hatten vor allem an der Nordseite Grünspan angesetzt. Die Fenster, ursprünglich weiß, hatten schon länger keine Farbe gesehen und krümmten sich vor den ständigen Witterungseinflüssen. Der Schornstein, auf denen Möwen ihren Kot hinterlassen hatten, machte einen wackligen Eindruck. Ein Holzschuppen neben dem Haus diente den überall rumscharrenden Hühnern als Unterschlupf und war mehr schlecht als recht zusammengezimmert worden. Auch ein alter Wohnwagen ergänzte das Sammelsurium. Neben dem Hühnerstall stand eine Kuh. Sie war offensichtlich dabei, gemähtes frisches Gras zu zermalmen. Als der Hahn plötzlich krähte, wich er zurück ins Dickicht. Er wollte sich gerade zurückzuziehen, da erschien auf einmal der alte Mann in der Haustür. Er setzte sich auf eine daneben befindliche verwitterte Bank und begann sich eine Pfeife zu stopfen. Als er damit fertig war, rauchte er genüsslich und schaute versonnen, mit einem Lächeln auf den Lippen, auf die sich im Wind wiegenden umliegenden Kiefern. Er sah in diesem Moment so glücklich aus, dass er nicht den Mut hatte, sich zu bewegen.

Wieder im Alltagstrott angekommen, vergaß er mit der Zeit den alten Mann. Bis er eines Tages im Dorf erfuhr, dass der alte Mann früher

Ingenieur war und sogar einen Doktortitel besitzt. Er hatte einen gut bezahlten Job, war aber arbeitsbedingt kaum zu Hause. Wenn er dann zu Hause war, kam er nicht zur Ruhe. Im Gegenteil, durch den ständigen Kontakt zu seinem Arbeitgeber per Smartphone ging die Arbeit zu Hause weiter. Freunde und vor allem seine Schwester beklagten, dass er kaum Zeit für ein Familienleben und Freizeitaktivitäten hatte.

Als seine Schwester dann vor Jahren an Krebs erkrankte, nahm er sie zu sich in sein Haus und pflegte sie. Er schmiss seinen Job hin und begann ein Leben abseits aller Konventionen. Er stellte seine Ernährung um und versorgte sich mit dem, was die Natur hergab. Ein Kräuter- und Gemüsegarten wurde angelegt, eine Kuh und Hühner gekauft. Sein Tagesablauf entsprach von da an dem der Jäger und Sammler sowie der einfachen Bauern. Bereits um 5.00 Uhr stand er auf und versorgte zunächst die Tiere. Er melkte die Kuh, sammelte die frisch gelegten Eier ein und versorgte sich mit Kräutern und frischem Gemüse aus dem Garten. Danach bereitete er davon für sich und seine Schwester mit Bedacht und in aller Ruhe ein Frühstück. Beide ließen es sich dann schmecken und genossen die gemeinsame Zeit. Erst nach einiger Zeit brach er dann auf, um Gras zu mähen, Holz zu sammeln oder entsprechend der Jahreszeit Essbares im Wald zu sammeln. Nach einem gemeinsamen Mittagessen stopfte er sich seine Pfeife und rauchte glücklich und entspannt. Den Nachmittag verbrachte er dann mit Butter- oder Käsemachen und mit Einwecken von Obst und Gemüse für den Winter.

Sollte das der Schlüssel für den entspannten und glücklichen Gesichtsausdruck des alten Mannes sein? Wäre das der Weg, das Karussell zu verlassen? Er blieb unschlüssig. Letztendlich hatte er nicht den Mut, es dem alten Mann nachzumachen. Was ihm blieb, war eine Sehnsucht nach dem einfachen Leben und der Entschluss, es irgendwann auch zu leben.

Der neue Nachbar

Es ist so schön, an der Ostsee zu wohnen. Das Wellenrauschen dringt bei entsprechendem Wind bis in unser Haus. Die Räume sind durchflutet von einer Mischung aus Salz- und Waldluft. Wobei der Kiefergeruch meistens dominiert, ganz allein aus dem Grund, weil der Wald viel näher liegt. Durch die Weite des Meeres scheint das Licht viel heller und intensiver. Wie ein großes Schaufenster, das alles ungehindert hereinlässt. Durch die intensiven Winde bewegen sich die Wolken schneller und verändern in jeder Sekunde ihr Bild. Pflanzen und Bäume sind, durch den Widerstand, den sie dem Wind entgegensetzen müssen, viel robuster. Und selbst das Grün ist grüner als anderswo. Die Bäume in Strandnähe sind durch ständige Winde verbogen. Diese Windflüchter sind aber so stark, dass sie trotz Widerstand nicht brechen oder umknicken. So sind auch die Menschen hier. Sie sind robust, wettererprobt und standfest. Sie reden nicht viel und beschränken sich auf das Wesentliche. Sie meistern mit fast stoischer Ruhe ihren Alltag und sind ganz selbstverständlich und ohne Berechnung auch füreinander da. Hat ein Nachbar Probleme, so hilft man sich ohne große Worte. Doch keiner mischt sich ungefragt in das Leben der anderen. Leider trifft das nur auf die Ureinwohner zu, die hier Geborenen bzw. mit dem Landstrich Verwachsenen. Dazu zählen auch einige der Zugezogenen. Sie fühlen sich so mit dem Landstrich, den Menschen und ihren Gepflogenheiten verbunden, dass sie sehr schnell Wurzeln schlagen und kaum noch als Fremde empfunden werden.

Doch es gibt auch Zugezogene, die sich anmaßen, das über Jahrhunderte gewachsene Zusammenleben zu stören. Einer davon war Lothar. Er hatte eines der letzten Baugrundstücke ergattert und baute nicht weit von uns entfernt ein Haus für seine dreiköpfige Familie. Da dieses Bauland erst vor kurzem erschlossen wurde, war die kleine Straße noch nicht von Bäumen begrenzt. An den Nachbarstraßen hatte die Gemeinde Linden gepflanzt, die inzwischen eine beachtliche Größe erreicht hatten. Die Straßen mit Namen wie Muschelweg oder Bernsteinweg waren schön anzusehen und zeigten sich gastfreundlich.

Es war bisher so, dass wir Zugezogene immer freundlich begrüßten und nachbarschaftlich in das Alltagsleben einbezogen. Gerade auch deshalb, weil wir in diesem Stadtviertel alle einmal Zugezogene waren. So erhielten auch Lothar und seine Familie Einladungen für Straßenfeste, Grillabende, ja sogar zu Geburtstagen. Die Zusammenkünfte fanden in einer beschaulichen Einbahnstraße, unmittelbar am Wendehammer, statt. Auch hier gab es schon einen beachtlichen Baumbestand, der einen angenehmen Rahmen für jede Feier bot. Die Familie war sehr erfreut, so schnell und so gut aufgenommen zu werden. Man revanchierte sich bald mit Gegeneinladungen ins neu gebaute Haus. Obwohl die Straße noch kahl war, gab es hinter dem Haus schon einen kleinen Garten. Der Rasen war sattgrün und hatte keinerlei Makel. Es fiel auf, dass Lothar zu jedem Gesprächsthema etwas beisteuern konnte. Kein Thema ließ er unkommentiert. Damit bereicherte er jede Gesprächsrunde. Er brillierte aber nicht nur mit seinem Allgemeinwissen, sondern auch mit seinen häuslichen Schätzen. So zeigte er voller Stolz seine Whiskey- und Rumsammlung, sein Arsenal an Zigarren und seinen Bestand ausgewählter Weine. Auch seine künstlerischen Fähigkeiten, er spielte Gitarre und Klavier, zeigte er gern. Sein größter Trumpf aber waren seine umfassenden Surfkenntnisse. Gerade die Landratten unter uns waren begeistert. Gemeinsame Surfausflüge unter Lothars Leitung waren die Folge.

So vergingen die ersten Jahre und Lothar und seine Familie schienen voll integriert. Das Wohngebiet wurde immer grüner und sah bald nicht mehr neu erschlossen aus. In den Vorgärten wuchsen Bäume, Sträucher und Blumen. Auch die Straße, in der Lothars Haus stand, wurde begrünt. Es schien alles seinen beschaulichen Gang zu gehen. Auffallend war nur, dass bei Neuanschaffungen sowie beruflichen und privaten Erfolgen von unmittelbaren Nachbarn entweder eine ebenbürtige Neuanschaffung oder eine hämische Bemerkung folgte. Anfangs habe ich seine imponierende Persönlichkeit bewundert. Bald aber wurde mir klar, dass er allem hinterherlief, was sein Image aufwertete und ihm irgendeine Art von Bedeutung verlieh, von der Automarke über elegante Kleidung und luxuriöse Einrichtung seines Hauses bis hin zu eitlem Gehabe, mit dem er gewisse Bemerkungen in Gesprächen einfließen ließ. Sogar seine persönlichen Beziehungen wählte er danach aus. So knüpfte er Kontakte zu einem Bankdirektor, einem Bauunternehmer, einem Arzt ... Die Hauptsache war, sie nützten und bescherten ihm weiteren gesellschaftlichen Glanz. Nichts kam aus dem Herzen, alles entsprang seinem Bedürfnis nach Anerkennung. Er war tief beeindruckt von sich selbst, ohne deshalb glücklich zu sein. Er brauchte immer mehr äußere Dinge, um seinem Selbstbild zu entsprechen. Das spürten auch die ersten Nachbarn. Jetzt begann Lothars neuer Freundeskreis leise zu bröckeln. Einige Nachbarn wendeten sich ab und ließen einfach keinen Kontakt mehr zu. Als Lothar und seine Familie irgendwann gegen Urlauber in der Nachbarschaft moserten, begann der Weg in die Isolation. Zwar schleichend, aber kontinuierlich.

Über Jahrhunderte haben sich Urlauber und Bewohner in allen Küstenstädten der Ostsee, insbesondere zur Ferienzeit, das Ostseevergnügen geteilt. Sicher auch vor allem deshalb, da viele Einheimische ihren Lebensunterhalt auch damit finanzierten. Nie gab es in den zurückliegenden Jahren Probleme. Und auch in dem Wohngebiet, das sich Lothar für sein Haus ausgesucht hatte, war es gang und gäbe, Ferienwohnungen an Urlauber zu vermieten. In den Sommermonaten belebte sich das Viertel und brachte durch die Urlaubsgäste etwas mehr Abwechslung. Nun plötzlich störten sie Lothar und seine Familie. Anstatt nun die Vermieter anzusprechen und auf Störungen hinzuweisen, zeigte Lothar die Eigentümer von Ferienwohnungen bei der Gemeinde an. Die Folge war, dass durch den Landkreis Verbote von Ferienwohnungsvermietungen ausgesprochen wurden. Das betraf auch unsere eigenen Ferienwohnungen. Das ganze Finanzierungskonzept war auf die Vermietung an Urlauber ausgerichtet. Natürlich wäre theoretisch auch eine Festvermietung möglich. Da sich dann aber die Einnahme mindestens halbiert, würde die Finanzierung zusammenbrechen. Verzweifelt suchten wir nach einem Ausweg. Aber es gab keinen. Ich reichte zwar Klage gegen das Verbot ein, aber zum einen dauert so etwas sehr lange und dann mit wenig Aussicht auf Erfolg.

Wir konnten es nicht glauben. Sicher gab es durch die Urlauber einen höheren Lärmpegel. Mit ihren Vätern und Müttern spielende Kinder jauchzten vor Freude und man freute sich laut über ein paar unbeschwerte Tage. Urlauber saßen am Abend auf der Terrasse und werteten froh und entspannt die Erlebnisse des Tages aus. Das Plaudern und Lachen war natürlich auch in der Nachbarschaft zu hören. Na und, auch wir saßen mit Freunden und Nachbarn beim Wein und Bierchen im Garten und genossen die Sommertage. Auch wir fuhren mit den Autos hin und her, bedingt durch die Arbeit, noch öfter als die Urlauber.

Ich konnte nicht begreifen, wie Menschen so sein konnten. Warum beneidet man andere? Wieso freut man sich nicht mit über die Erfolge und Anschaffungen der Nachbarn? Was muss das für ein Leben sein, von Neid innerlich zerfressen zu werden und das ganze Leben den Erfolgen anderer hinterherzuhetzen? Das beschäftigte mich bis in meine Träume. Und ich träumte immer wieder folgenden Traum:

Auch Lothar ist ein- bis zweimal, manchmal sogar dreimal im Jahr Urlauber. Dann fährt er unter anderem nach Bayern zum Wandern. Er wohnt dann mit seiner Familie bei Frau Hugendubel in Oberursel. Er freut sich morgens, wenn er zum Bäcker geht, über die freundlich grüßenden Nachbarn, kauft ein paar Häuser weiter beim Bauern Käse und Eier und fachsimpelt mit dem Bergführer über die besten Wanderrouten.

Eines Tages, Lothar war wie jeden Morgen frohen Mutes auf dem Weg zum Bäcker, hingen in der Nachbarschaft an den Zäunen und

Häusern Transparente. Als er sich die Sache näher anschaute, traute er seinen Augen nicht. Auf allen Transparenten standen die gleichen zwei Worte: URLAUBER RAUS. Irritiert ging er weiter. Feindselige Blicke in den Vorgärten der Einfamilienhäuser begleiteten ihn auf seinem Weg. Keiner erwiderte seinen freundlichen Gruß. Man schaute ihn an wie einen Außerirdischen. Als er den Bäckerladen betreten wollte, hing an der Tür ein Schild: »NICHT FÜR URLAUBER« und als er bei seinem Bauern den am Vortag bestellten Käse abholen wollte, prangte dort ein Transparent: »URLAUBER UNERWÜNSCHT.«

Menschenkenntnis

Ich hatte es schon immer geahnt: Ich konnte ablesen, was in den Gesichtern der Menschen stand, was sie denken und fühlen. Sie mussten sich mir nicht mitteilen, lediglich der Gesichtsausdruck verriet mir die innersten Regungen. Bei den meisten, und das schockiert mich noch bis heute, sah ich, dass das gesprochene Wort nicht mit den wahren Gedanken übereinstimmte. Sie gaben ein Schauspiel, ohne ihr wahres Ich zu zeigen. Angefangen hat das schon in meiner Kindheit. Ich konnte genau Stimmungen und Gefahren ahnen, obwohl oberflächlich alles in Ordnung schien. So sah ich am Gesichtsausdruck meines damals besten Freundes Rüdiger, dass trotz mündlicher Freundschaftsbezeugungen unsere Freundschaft vorbei war. Dass er mir in der Folge aus dem Weg ging, bestätigte meine damalige Vermutung.

Später dann nutzte ich diese Menschenkenntnis immer mehr für meine Zwecke aus. Ich las in den Gesichtern meiner Gegenüber wie in einem offenen Buch.

In der Schulzeit, im kleinen Dörfchen Bösdorf, wusste ich, bei welchen meiner Schulkameraden es sich lohnen würde, um die Freundschaft und Gunst zu buhlen. Da war zum Beispiel Bernd, ein netter Typ von einem Zwillingspaar. Er war mir gegenüber offen, scheute nicht meine prüfenden, bohrenden Blicke und schüttete mir gegenüber sein Herz aus. Wir hatten in unserem beschaulichen Wohnort eine schöne gemeinsame Zeit und wurden erst durch einen Wohnortwechsel getrennt. Sein Bruder, Fred war das Gegenteil, verschlossen und unnahbar. Das allein hätte mich aber nicht gehindert ihn als Freund zu wählen. Doch er wich meinem Blick aus und zeigte mir, für andere unauffällig, eine ungenierte Abwehrhaltung. Schlimmer noch, wenn er sich unbeobachtet fühlte, spürte ich neidvolle, verächtliche, ja sogar feindselige Blicke. Ich wusste sehr bald, hier lohnt es sich nicht, Zeit und Kraft zu investieren. Auch die Sympathie meiner Nachbarin

Marlene blieb mir nicht verborgen. Ich suchte ihre Nähe, aber zur damaligen Zeit war es im Alter von zehn Jahren nicht cool, mit Mädchen zu spielen. Lediglich bei unseren Treffen auf der Milchbank richtete ich es immer unauffällig so ein, dass ich neben ihr saß. Ich zeigte aber aus Angst vor dem Spott meiner Mitschüler keinerlei weiteres Interesse. Enttäuscht wendete sich Marlene meinem Schulkameraden Peter Gross zu. Er hielt die anfängliche Häme seiner Freunde aus, die dann irgendwann in Bewunderung überging. Er war schließlich der Erste in unserer Klasse, der eine feste Freundin hatte. Für mich hatte Marlene von da an nur noch einen vorwurfsvollen und oft spöttischen Blick übrig. Den Treffen auf der Milchbank blieb sie fern. Später bedauerte ich die verpasste Chance. Und noch heute denke ich hin und wieder an sie.

Nach dem Umzug in die Stadt Oebisfelde wurde es mit der Suche nach Freunden nicht leichter. Mein Cousin Klaus, der schon viele Jahre in dieser Stadt lebte, versuchte mir den Einstieg in eine neue Schule leicht zu machen. Wahrscheinlich hatten ihn seine Eltern damit beauftragt. Er holte mich morgens von zu Hause ab und wir gingen einige Tage lang den Schulweg gemeinsam. Ich fühlte mich damit sicherer, doch ich merkte bald, dass es für ihn nur eine lästige Pflicht war. Klaus war ein guter Schüler, ich eher ein mittelmäßiger. Das schien ihn zu stören und so entfremdeten wir uns schon nach kurzer Zeit wieder.

Ich musterte meine Mitschüler, studierte ihre Verhaltensweisen, Gestik und Mimik und traf dann meine Wahl. Die dann von mir auserkorenen Schüler waren nicht immer meine Wunschkandidaten. Aber durch meine Fähigkeit, in den Gesichtern zu lesen, schieden einige Klassenkameraden leider von Anfang an aus. Und so hatte ich oft keine andere Wahl.

Ich freundete mich zuerst mit Axel Gosch an. Er wohnte in meiner Nähe und ich hatte durch den gemeinsamen Schulweg Gelegenheit, ihn in Ruhe zu beobachten. Er war ein lustiger Geselle und seine freundlichen, ehrlichen Augen verrieten mir, dass er viel Sympathie für mich empfand. Ich mochte seine nie versiegende gute Laune und seinen strahlenden Optimismus. Auch er war ein nicht besonders guter Schüler und bei schlechten Noten verlor er, im Gegensatz zu mir, nie die Fassung und seinen ansteckenden Humor. Wir verbrachten viel Zeit miteinander.

Ein weiterer guter Freund wurde Werner Böttcher. Der Sohn eines Eisverkäufers kam immer nur den Winter über in unsere Stadt. Im Sommer betrieb sein Vater eine Eisdiele in einer Urlauberregion. Optisch war er überhaupt nicht mein Typ. Er war dick und seine Gesichtszüge wirkten eher langweilig und träge. Er war zurückhaltend, vielleicht sogar begriffsstutzig, kam beim Laufen immer als Letzter ins Ziel. Bei der Auswahl von zwei Fußballmannschaften blieb er immer als Letzter übrig. Zunächst schenkte ich ihm deshalb wenig Beachtung. Ich hatte immer noch die Hoffnung, einen unserer Klassenbesten, wie zum Beispiel Wolfgang Krolick, als Freund zu gewinnen. Er war groß und sportlich und insbesondere in Mathe und Physik eine Koryphäe. Doch meine Versuche miteinander Freizeit zu verbringen, scheiterten an seiner abweisenden Haltung. Ich sah, ich war ihm lästig.

In dieser Zeit bemerkte ich den versteckten Humor unseres Mitschülers. Mit trockenen Worten kommentierte er Ereignisse in unserer Klasse und überraschte mich mit fast schon hellseherischen Fähigkeiten. Seine Menschenkenntnis verblüffte mich. Er charakterisierte meine Mitschüler derart treffend, dass ich ihm bald meine ganze Aufmerksamkeit schenkte. Zunächst aber vermied ich es, mich mit ihm zu zeigen. Ich sah, dass man ihn in den Schulpausen hänselte und seine Gesellschaft mied. Er stand in den Pausen immer allein auf dem Hof. Er tat mir zwar leid, aber die Angst vor dem Spott meiner Mitschüler war größer. Noch Jahre später ärgerte ich mich über meine Feigheit.

Näher kamen wir uns bei der Vorbereitung einer Klassenfeier. Seine Blicke und sein Verhalten verrieten mir seinen Wunsch, sich mit mir anzufreunden. Als er dann mit treffenden Worten und pointenreich auf der Feier zu jedem Klassenkameraden eine kleine Geschichte erzählte, war ich stolz, dass mich Böttcher zum Freund haben wollte.

Allerdings suchten auch andere nach seinem tollen Vortrag seine Nähe, doch er ließ sich nicht darauf ein. Einzig Axel akzeptierte er und wir gingen eine Zeit lang zu dritt durch dick und dünn. Immer wenn der Winter vorbei war, kam ein trauriger Abschied und nur das Hoffen auf den nächsten Winter nährte unsere Freundschaft.

Eine, man kann sagen musikalische, Freundschaft entwickelte sich in dieser Zeit zu Olaf Windisch, Kurt Jansen und Peter Mertens. Wir trafen uns an fast jedem Wochenende bei Kurt und hörten die neusten Hits der Beatles, Stones, Kinks und Hollies. Uns einte die Liebe zur Beatmusik. Wir fachsimpelten über die Platzierungen der Hitparaden, Konzerte, die für uns in der damaligen DDR unerreichbar blieben, und die Lebensweise der Rockstars. Kurt hatte als Erster unserer Klasse ein Tonbandgerät, so dass wir die Rundfunkübertragungen mitschneiden und die uns begeisternden Titel immer wieder abspielen konnten. Mich störte an dieser Zusammenkunft nur, dass das Thema Mädchen keine Rolle in dieser Männerrunde spielte.

Denn in dieser Zeit erwachte bei mir das Interesse an Mädchen mit aller Macht. In Gedanken spielte ich die mögliche Beziehung mit den für mich hübschesten Klassenkameradinnen durch. Einige fielen wegen Desinteresse mir gegenüber gleich raus. Andere hielten meinen Vorstellungen von inneren und äußeren Werten nicht stand. Eine der Schönsten, die ganz offensichtlich auch an mir Interesse hatte, ließ sich auf mein Werben ein. Wir schrieben uns Liebeszettel, es kribbelte auch in der Magengegend und das Herz pochte schneller, aber ich scheute davor zurück, mich mit ihr zu verabreden. Sie hatte ein sehr hübsches Gesicht, mit schönen fast grünen Augen, einer geraden Nase und eine braune Haut. Sie war schlank, hatte aber zu der Zeit noch eine spärliche Brust und sie war sehr groß. In meinen Vorstellungen sie zu küssen, sah ich mich auf einem Hocker stehen bzw. an ihr hochspringen. Das hielt mich davon ab, eine Beziehung mit ihr einzugehen. Ich wollte mich nicht lächerlich machen. Wir fühlten Sympathie füreinander, aber ich achtete auf einen distanzierten Abstand.

Das erste Mal so richtig verliebt war ich in ein Mädchen aus der Parallelklasse. Sie hatte die richtige Größe. Eine überaus wohlproportionierte Figur und ein hübsches, natürliches Gesicht. Besonders angetan hatten es mir ihre wohlgeformten Beine. In ihrem kurzen Rock schritt sie über den Schulhof und weckte in mir bisher ungeahnte Gefühle. Ich suchte ihre Nähe, studierte ihre Stundenpläne und wartete auf ihr Eintreffen in der Schule oder ging hinter ihr her auf dem Nachhauseweg. Stundenlang schlich ich vor ihrem Haus herum, nur um einen Blick auf sie zu erhaschen. Das Gefühl zu haben, ihr nahe zu sein. Ich beneidete die Eltern, ihren Bruder, die so eng mit ihr verbunden waren. Ich wünschte mir, ich könnte sie durch die Kraft meines Willens dazu bringen, vor die Tür zu treten. Verzweifelt spähte ich nach der Wäscheleine hinter dem Haus, um wenigstens Kleidung von ihr zu sehen. So zum Beispiel ihre Unterwäsche, aber außer ein paar Bettlaken bekam ich nichts zu Gesicht. Ich guckte zu ihrem Fenster hinauf und eines Tages wurde ich belohnt. Ich sah eine nackte Schulter und mein Herz pochte bis in die Leistengegend. Doch als die Gestalt sich umdrehte, war es nur ihre Mutter.

Eine kaum zu zügelnde Sehnsucht bestimmte über viele Wochen mein Leben. In meinen Gedanken hatte nur sie Platz. Doch wagte ich es nicht, sie anzusprechen. Gerade weil ich mir das erste Mal nicht sicher war, ob ihr Blick Desinteresse oder Neugier auf mehr ausdrückte oder ob es nur Höflichkeit war. Sie war immer freundlich und offen. Ich konnte nicht deuten, ob es sich lohnen würde, sie anzusprechen. Das Ganze erledigte sich dann auch bald. Eines Tages erschien sie erstmals in Begleitung eines Freundes, der von da an kaum von ihrer Seite wich. Ich tröstete mich damit, dass ich, wenn ich gewollt hätte, jetzt an ihrer Seite gehen würde.

Als ich meine Lehre in Stendal begann, verfügte ich aber trotzdem schon über einige praktische Erfahrung, Menschen zu beurteilen und sie in mir genehme Kategorien einzustufen. Erste und wichtigste Kategorie war »zum Freund/zur Freundin geeignet«. »Nicht zum Freund/

zur Freundin geeignet« war die mittlere Kategorie und »könnte dein Feind sein« war die dritte Kategorie.

Zunächst war da das Gefühl von überwältigender Freiheit. Zum ersten Mal war ich von zu Hause fort und wohnte in einem Wohnheim. Ich war allein und konnte tun und lassen, was ich wollte. Das Leben lag vor mir. Nach Stendal zu fahren hieß für mich damals in die Welt hinaus zu fahren. Eine Abenteuerreise, die ungeahnte Erlebnisse versprach.

Sehr schnell versammelte ich drei Freunde um mich. Ich fand schon in kurzer Zeit Berührungspunkte zu ihnen. Ich war für sie jemand und das legte ungeahnte Kräfte in mir frei. Zum ersten Mal buhlten mehrere um meine Freundschaft und ich war in der komfortablen Situation, die Auswahl zu treffen. Da war zunächst Gunter Meier, ein grobschlächtiger Kerl mit langem Kinn. Er war nicht hübsch, hatte aber einen unbändigen Humor. Er erinnerte mich irgendwie an Werner Böttcher. Auch er witzelte über die Schwächen unserer Mitbewohner und charakterisierte sie schonungslos. Seine Behäbigkeit und Ruhe wirkten auf mich beruhigend und entspannend und er war ehrlich. Ich war gern mit ihm zusammen, vermied es aber, mit ihm Mädchen zu erobern. Dafür war Peter Schlee geeigneter. Obwohl er relativ klein war und aus meiner Sicht mittelmäßig gut aussah, hatte er die schönsten Mädchen. In seiner Gegenwart gelang es auch mir, die eine oder andere Schönheit zu ergattern. Wir lagen in dieser Beziehung auf einer Wellenlänge. Und uns einte das Interesse an Musik. Unser großes Ziel war, eine eigene Band zu gründen. Das aber nicht nur aus musikalischem Enthusiasmus, sondern mehr noch aus dem Kalkül, dass man als Musiker noch besser Mädchen aufreißen könne. Schlüsselerlebnis war dabei ein Pfingsttreffen in Arendsee; auf der Bühne eine lokalbekannte Band. Die begeistert spielenden Musiker wurden von den Mädchen regelrecht angehimmelt. Es gab nur ein Problem: Wir konnten beide kein Instrument spielen!

Ich kaufte mir eine Bassgitarre und begann mir selbst ein paar Griffe beizubringen. Eine Musikschule zu besuchen hielt ich nicht für notwendig und auch für Zeitverschwendung. Peter Schlee übte derweil auf einem alten, im Keller des Wohnheimes befindlichen Schlagzeug. Es gelang mir aber relativ leicht, Leute zu finden, die richtig Gitarre spielen konnten und auch eine Sängerin konnte ich für unser Projekt begeistern.

Mit Gudrun Sewal und Gerd Kliem waren wir bald schon in der Lage, kleine Konzerte zu geben. Wir waren gar nicht so schlecht. »Baby Come Back« von den Equals und »The House of the Rising Sun« von den Animals spielten wir richtig gut. Und auch der kalkulierte Erfolg bei den Mädchen blieb nicht aus. Mit Freude sah ich, dass sie immer hübscher wurden. Ich sah aber auch, obwohl er das nicht nach außen zeigte, dass Gerd nur widerwillig unser Projekt begleitete. Ihn störten offensichtlich unser stümperhaftes Spiel und die ständige Sucht nach Mädchen. Ich wusste lange vorher, dass er uns eines Tages im Stich lassen würde.

Eine nächste Station, bei der meine Menschenkenntnis gefragt war, war der einjährige Besuch einer Kulturschule in Leipzig. Auch hier, in einer alten, früher mal hochherrschaftlichen Villa, gelang es mir schnell, die zu mir passenden Freunde zu finden. Hier traf eine illustre Schar aufeinander. Allen gemeinsam war die Liebe zur Kultur. Die Übereinstimmung bestimmter Interessen machte es sehr einfach, ein Jahr miteinander zu verbringen. Komischerweise waren wir wieder vier. Vier Freunde, die sich intensiv mit Fotografie, Literatur, Theater und natürlich mit Mädchen beschäftigten. Wir unternahmen gemeinsame Ausflüge, Kneipenbesuche und genossen Theateraufführungen und Kabarettabende im Schauspielhaus und der Pfeffermühle Leipzig. Obwohl wir an den Wochenenden nach Hause fahren konnten, blieben wir oft in der Villa und fühlten uns wie die Herrschaften vergangener Zeiten. Wir wurden mit regelmäßigen, schmackhaften Mahlzeiten verwöhnt, lasen an schönen Sommertagen in einem verwunschen wirkenden Garten und eroberten an den Abenden bei kulturellen und geselligen Veranstaltungen Mädchen. Höhepunkt war dann, dass wir unsere Eroberungen heimlich mit in die Villa nahmen und die Nacht mit ihnen verbrachten. Neben den erwähnten gemeinsamen kulturellen Interessen schweißte uns das vor allem fest zusammen.

Nächste Station war dann Berlin. Drei Jahre Kulturwissenschaftsstudium an der Humboldt-Universität. Und auch hier fand ich drei Freunde, die gut zu mir passten und die ich nach dem Ende des Studiums noch Jahre schmerzlich vermisste. Da war zunächst Hans, ein ehemaliger Kumpel aus dem Wismut-Uranbergwerk. Mit seinem Schnauzbart, einem gepflegt (volles schwarzes Haar) präsentierenden Fassonschnitt und lebhaften unternehmungslustigen Augen hatte er viel Erfolg bei den Frauen. Er war aber auch ein guter Kumpel, der immer zur Stelle war, wenn man Hilfe brauchte. Damals war er sehr materiell eingestellt. Wenn jemand eine neue Jacke, einen neuen Pullover oder auch dies und das neue Buch erworben hatte, dann musste er es auch haben. Das trug ihm den Namen »Nappa« ein. Ein Mitstudent trug eines Tages eine neue Nappajacke. Daraufhin dauerte es nicht lange, bis auch er mit so einer Jacke auftauchte. Der zweite Freund war Udo, man nannte ihn aber nur »Action«, weil er immer in Aktion war und fast alle unsere Unternehmungen anregte. Er hatte kein Sitzfleisch und störte uns oft beim Selbststudium. Udo hatte schwarze, schon etwas lichte, lange Haare. Aus seinen braunen Augen schaute immer der Schalk. Ich kann mich an keinen Tag erinnern, an dem er traurig oder wütend gewesen ist. Auch bei Tiefschlägen, die es bei unserem Studium immer mal wieder gab, behielt er immer seinen Humor. Der Dritte im Bund war Peter. Er war groß, gut gebaut und liebte abgöttisch die Musik von Udo Lindenberg. Mit der Zeit hatte er sich auch dessen Sprache und Benehmen angeeignet.

Wir vier hatten ein schönes Leben. Meine anfängliche Strebsamkeit im Studium reduzierte sich durch den Einfluss meiner Freunde auf ein Mindestmaß. Wir wollten neben dem Studium das Leben nicht vergessen. Die Möglichkeiten in Berlin waren unendlich. So besuchten wir gemeinsam Theatervorstellungen, Konzerte und amüsierten uns mit Mädchen. Eigentlich dachten wir dabei immer an das Letztere. Wir schienen im Wettbewerb zu stehen, wer die tollsten Frauen erobern würde. Wir waren Stammkunden in diversen Studentenklubs und auch in »Klärchens Ballhaus«. Es hatte seinen Reiz, wenn man über ein Tischtelefon von reifen Frauen angerufen wurde.

Dann nach dem Studium ging es mit voller Wucht in das Berufsleben. Ich wurde plötzlich Direktor einer großen Kultureinrichtung in Magdeburg. Das Kulturhaus war eine Einrichtung des Schwermaschinenbaukombinates Ernst Thälmann SKET. Fast hundert Mitarbeiter waren mir unterstellt. Da ich relativ jung in diese Position rückte, begann auch gleich das Machtspiel einiger der schon über viele Jahre dort beschäftigten Mitarbeiter. Ihre Absichten sah ich ihnen an. Ich ließ sie kontrolliert gewähren. Ich wollte nur das Beste für den Betrieb und damit auch für die Mitarbeiter. Aber einige sahen nur ihre eigenen Interessen und die Sicherung ihrer Pfründe. Es verging kein Tag, an dem ich nicht mit klopfendem Herzen und innerer Spannung zur Arbeit fuhr. Was erwartete mich diesmal, wird es ein guter Tag ohne Ärger und Intrigen? Erst wenn ich dann einige Stunden im Betrieb war, wurde ich ruhiger. Wenn ich alle Gesichter im Laufe des Arbeitstages gesehen hatte, wusste ich, dass zurzeit keine Attacke geplant war bzw. dass der oder die etwas im Schilde führte. Traf Ersteres zu, fuhr ich relativ entspannt nach Hause. Im anderen Fall konnte ich nicht abschalten und grübelte oft die ganze Nacht, was wohl dahinterstecken könnte.

In den folgenden Tagen hatte ich erst Ruhe, wenn ich der Sache auf den Grund gegangen war. Entweder gab es berechtigte Kritik an meiner Arbeit, dann lenkte ich ein und korrigierte meine Handlungen, war das Ganze aber in meinen Augen nicht gerechtfertigt, nahm ich mir den Mitarbeiter vor und versuchte ihn mit Argumenten umzustimmen. Bei mir wohlgesonnenen Mitarbeitern gelang das auch problemlos. Diejenigen, die mich vielleicht sogar hassten und eher heute als morgen meinen Rücktritt herbeisehnten, konnte ich nur mit guter fachlicher Arbeit entgegentreten. Damit gelang es sie zumindest zeitweilig ruhigzustellen. Sah ich dann aber über längere Zeit die Mordlust in ihren Augen, blieb mir nichts weiter über, als mich von ihnen zu trennen. Mit der Wende war das dann ganz einfach. Meine Rentabilitätsberechnung hatte ergeben, dass wir statt einhundert Mitarbeiter nur noch zehn Angestellte benötigten. Ich behielt die Leistungsstärksten, die komischerweise auch die Loyalsten waren. Der Rest wurde in andere Bereiche des SKET umgesetzt oder ging in den Vorruhestand. Nicht ein einziger Mitarbeiter wurde von mir entlassen. Ich glaube, dazu wäre ich gar nicht fähig. Wobei alle Mitarbeiter des gastronomischen Bereichs von einem Pächter übernommen wurden. Da darunter einige Kollegen waren, die offen meinen Rücktritt gefordert hatten, erledigte sich dieses Problem von ganz allein. Diejenigen, die am lautesten die neue Zeit bejubelten und ihre eigene Revolution in das Kulturhaus tragen wollten, waren nicht gerade die Fleißigsten. So war es auch nicht verwunderlich, dass der Pächter, ein Italiener, sich schon nach kurzer Zeit von ihnen trennte.

Nun konnte ich mit den verbliebenen Mitarbeitern das Kulturzentrum wirtschaftlich fit und konkurrenzfähig machen. Wir feierten große Erfolge und schafften es, aus dem ehemaligen SKET-Kulturhaus ein leistungsstarkes Kultur- und Kongresszentrum zu machen. Doch ich stieß immer mehr an Grenzen. Die Bürokratie der Stadtverwaltung, die das Haus mit dem Ende der DDR widerwillig übernommen hatte, legte mir immer mehr Steine in den Weg, so dass ich das Kulturzentrum schweren Herzens verließ. Ich schlug als meinen Nachfolger Petra Belitz vor. Ich kannte diese Frau schon viele Jahre. Gemeinsam hatten wir so manche Kulturveranstaltung vorbereitet. Daher wusste ich, dass sie mehr der Redenschwinger als der Macher war. Hinter ihren mir freundlich gegenübertretenden Augen lauerte die Falschheit. Sie war mir nur wohlgesonnen, weil sie sich jahrelang in meinen Erfolgen sonnen konnte. Eine kleine Rache an meine Bosse in der Stadtverwaltung. Meine Menschenkenntnis versagte hier nicht. Das

Kulturhaus erlebte unter ihrer Leitung einen rapiden Niedergang. Da die Stadt nun immer mehr Zuschüsse bereitstellen muss, steht es immer mal wieder zum Verkauf. Auch heute noch besteht diese Gefahr.

Auch die Mitarbeiter im Büro- und Tagungscenter BTM, meiner nächsten Station, waren schnell zu durchschauen. Da war zunächst Ilse Merk, eine ältere Mitarbeiterin, die von Anfang an dort arbeitete und mich offen misstrauisch beäugte und immer in Verteidigungsstellung ging. Dabei hatte ich nichts anderes vor, als auch ihren Arbeitsplatz zu retten und das Center profitabel zu machen. Es hatte gerade eine Insolvenz hinter sich und schrieb auch danach noch rote Zahlen. Das erkannte die zweite Mitarbeiterin Susanne März, die mir von Anfang an hilfreich zur Seite stand. Ich konnte nicht begreifen, warum nicht alle Kollegen mich in vollem Umfang unterstützten und damit ja auch ihre eigene Existenz sicherten. »Das haben wir schon immer so gemacht!« war ein immer wiederkehrender Satz. War es eine Verletzung des Selbstwertgefühls oder eine Beschädigung des Egos, wenn ich es nun anders machen wollte? Es war schwer, auf diese Befindlichkeiten Rücksicht nehmen zu müssen und trotzdem neue Wege zu gehen. Die Erfolge blieben dann auch nicht aus. Doch es machte keinen Spaß, immer wieder gegen die Widerstände anzugehen. Da auch der Eigentümer meine Arbeit nicht gebührend honorierte, kündigte ich bald wieder.

War es nun Übermut oder eine Art Unsterblichkeitsgefühl; auf meiner nächsten Arbeitsstelle versagte meine Menschenkenntnis kläglich. In Magdeburg sollte ein großes Freizeitbad gebaut werden. Der Investor Martin Butzmann hatte eine Vision. Er wollte in einer Art Unterwasserwelt Schwimmbad, Sauna, Fitnessstudio und Diskothek vereinen. Ich war sofort begeistert von seinen Plänen. Wenn er darüber sprach, leuchteten seine Augen und ich war davon überzeugt, dass er mit dem Herzen diese Vision in die Tat umsetzen würde. Endlich traf ich einen Menschen, bei dem nicht nur der reine Profitgedanke eine Rolle spielte, so dachte ich jedenfalls damals. Als ich ihn kennenlernte, nahm er mich in seinen Arm und führte mich in seine Unterwasserwelt. Dabei ging es ihm um nichts anderes, als den Menschen ein außergewöhnliches Erlebnis zu bieten, sie zu entführen und seelisch und körperlich gestärkt wieder zu entlassen. Ich konnte mir nichts Schöneres vorstellen, als für einen so herzensguten Menschen zu arbeiten. So wurde ich Geschäftsführer des NEMO Freizeitbades in Magdeburg. Ich schwebte auf Wolke sieben. Ich hatte in der Vorbereitungsphase die Möglichkeit, auf die Gestaltung der Räumlichkeiten Einfluss zu nehmen. Meine Hinweise fanden fast immer Beachtung. Es entwickelte sich eine derartig schöpferische Atmosphäre, dass ich auch nachts nicht aufhörte Ideen zu entwickeln. Nur wenn ich dann diese Gedanken zu Papier gebracht hatte, fand ich etwas Schlaf. Herr Butzmann war von meinen Ideen begeistert und ich von seinen. Er hatte nicht nur eine blühende Phantasie, sondern auch immer die technische Lösung dafür parat. In den meisten Fällen kostete das aber sehr viel Geld. So sollte das Bad wie ein Unterseeboot des legendären »Kapitän Nemo« aussehen. Das hatte zur Folge, dass die Wände und das Dach nicht eckig, sondern halbrund sein mussten. Auch die angrenzende Diskothek wurde einem Unterseeboot nachempfunden. Auf drei Etagen fühlte man sich wie im Maschinenraum von »Nemo«. Mit jeder neuen Idee stiegen die Kosten, so dass das geplante Investitionsvolumen nicht mehr ausreichte. Weitere Kredite wurden aufgenommen und die Wirtschaftlichkeitsberechnung entsprechend angepasst. So wurden die voraussichtlichen Besucherzahlen immer höher geschraubt. Von mir geäußerte Bedenken wischte Butzmann mit einem Lächeln und viel Optimismus vom Tisch. Auf Grund der Einmaligkeit des Betreiberkonzeptes erwartete er einen gigantischen Besucheransturm. Ich ließ mich davon anstecken und wir schmiedeten weiter an unseren Plänen. Dabei wuchsen wir immer mehr zusammen, so dass sich bei mir sogar freundschaftliche Gefühle einstellten. Ich war begeistert und dermaßen elektrisiert, dass ich ihn bei der Eröffnung des Bades überschwänglich umarmte.

Doch das dicke Ende kam bald. Obwohl wir einen furiosen Start hinlegten und die Besucherzahlen in Deutschland einmalig waren, reichte das Geld hinten und vorne nicht. Der Investor forderte immer höhere Einnahmen. Durch ein entsprechendes Marketing gelang mir das auch, aber der Kredit war so hoch, dass er kaum zu bedienen war. Hinzu kam, dass Herr Butzmann immer öfter Gelder entnahm, so dass es irgendwann nicht mehr für die Löhne reichte. Als ich mich gegen diese Entnahmen wehrte, wurde ich entlassen.

Nach diesem Schlag konnte ich mich lange nicht erholen. Ich haderte mit mir, dass meine Menschenkenntnis kläglich versagt hatte. Doch es musste weitergehen. Ich musste Geld verdienen und meine Familie ernähren. Ich ließ mich dabei mit Menschen ein, die ich nun nicht mehr durchschauen wollte. Kühl ging ich ein Zweckbündnis ein und ließ keine menschlichen Gefühle mehr zu. Ich verfolgte nur noch meine eigenen Interessen. Seit dieser Zeit sind über zwanzig Jahre vergangen und die Enttäuschungen wurden von Jahr zu Jahr weniger.

Ein Tag wie kein anderer

Der Tag beginnt mit Freude über die Amselkehlchen. Frühmorgens, im taufeuchten Garten auf den beiden Kirschbäumen und in den Büschen unmittelbar vor dem Schlafzimmer. Sie wecken uns schon um 4.00 Uhr in der Früh mit ihrem Gesang, um uns dann wieder einzuschläfern. Irgendwann erklingt ein ungeduldiges Zwitschern und wir springen mit einem schlechten Gewissen aus den Betten. Mit immer wieder neuem Erstaunen schauen wir auf den noch unberührten Tag. Alles erscheint frisch und ausgeruht. Selbst das Gras reckt seine Spitzen voller Kraft der Sonne entgegen. Und auch die nicht sonderlich geliebten Schnecken machen sich voller Vorfreude auf den Weg. Eine beschauliche, fast spirituelle Ruhe liegt über dem Land. Man fühlt sich glücklich, stark und voller Unternehmungslust.

Jeden Morgen ist die naheliegende Ostsee unser Ziel. Über den Mittelweg durchqueren wir die sogenannten Salzwiesen. In diesem Sommer wachsen die darauf lebendenden Pflanzen besonders üppig. Das satte Grün der Gräser vermischt sich mit violettfarbenem Sauerampfer. Ein bisschen sieht es aus wie die Lavendelfelder in Frankreich. Die Ruhe der Wiesen überträgt sich auf unsere Stimmung. Die Augen schweifen angenehm berührt auf dieses geschützte Kleinod. Links vom Mittelweg grasen vier Rehe, uns immer im Blickfeld, aber trotzdem entspannt. Sie kennen uns und wissen, dass keine Gefahr besteht. Auf der anderen Seite des Weges grasen friedlich zwei Pferde. Am Ende des Weges steht, umgeben von Kiefern, eine kleine Fischerkneipe. Noch vor den Dünen lädt sie zum Verweilen ein.

Wir aber freuen uns auf den Strand und das Meer. Wir lassen uns durch nichts aufhalten; sind gespannt und freudig erregt. Und dann ist es da, das immer wieder beeindruckende Bild. Nach dem Überqueren der Dünen mit ihrem betörenden Duft der Wildrosen liegt es vor uns, das weite unendliche faszinierende Meer. Es sieht immer wieder anders aus, aber immer schön. Barfuß begrüßen wir das Meer und freuen uns unbändig über das Glück, hier zu sein, ja sogar hier zu wohnen. Dieses Erlebnis haben wir jeden Tag. Es ist kaum zu glauben. Ein Tag ohne das Meer macht uns missmutig. Möwengeschrei schreckt uns aus unseren Gedanken und auch die Wellen begrüßen uns leise, plätschernd und vorsichtig berührend. Den Sommer über entledigen wir uns dann schnell unserer Kleidung und laufen mit einer Mischung aus Freude und Angst ins Meer. Angst vor der anfänglichen Kälte des Wassers, freudig wegen der Wonne der einen umspülenden Fluten. Nach einigen Schwimmzügen wird das Wasser erträglich und man fühlt sich frei und unbeschwert. Mit einem Glücksgefühl setzen wir uns danach in die Sonne und schauen immer wieder ergriffen auf das Meer.

Den Vormittag nutzen wir zwangsläufig zum Broterwerb. Meine Frau kümmert sich um den Haushalt und die Vermarktung und Belegung unserer Ferienwohnungen. Ich kümmere mich um mein Unternehmen und nutze jede davon freie Minute für die Arbeit an meinem neuen Buch. Je nach Stimmung gehört auch das Malen zu meiner Vormittagsarbeit.

Danach bin ich geistig so ausgelaugt, dass mein Körper nach Abwechslung lechzt. Ich gehe dann laufen. Beim Laufen kann ich am besten entspannen und nachdenken. Entspannen vor allem beim Anblick des Waldes und des Moors. Meine Laufstrecke durch die Rostocker Heide führt mich durch einen großen Mischwald voller Leben. Ich höre den Kuckuck, das Zetern der Eichelhäher und das Klopfen des Spechts. Nicht selten laufen mir Rehe über den Weg oder ein Fuchs huscht in die nächste Böschung.

Nach dem Laufen sitze ich im Garten mit einem Buch, das in Frankreichs Provence spielt. »Der Duft des Sommers« handelt von einer Frau, die von ihrer Tante einen Bauernhof geerbt hat. Auch in meinem Garten rauscht der Sommerwind. Er lässt das Schilf am Teich rascheln und pustet die ersten Blätter von den Bäumen. In den Pausen höre ich den Wasserfall plätschern. Auch die in voller Blüte stehenden Rosen lassen sich an diesem heißen Tag vom Wind verwöhnen. Der Phlox wiegt sich voller Wonne hin und her. Nicht so begeistert vom Wind sind die in diesem Sommer zahlreichen Wespen und Hummeln. Sie verziehen sich immer wieder, um nicht von einer Windböe ergriffen zu werden. Der noch vor wenigen Minuten blaue Himmel wird stellenweise von schneeweißen Schleierwolken übertüncht. Die beiden Birken vor dem Haus direkt an der Straße scheinen zu wehklagen. Ahnen sie vielleicht den nahenden Herbst und damit den baldigen Verlust ihrer Blätter? Im Gegenzug dazu flüstern die Kirschbäume ihre Zufriedenheit in den Wind. Ihre Früchte sind geerntet und sie fühlen sich dadurch völlig unbeschwert. Als die große fünfzig Meter entfernte Eiche zu tosen beginnt, gehe ich mit meinem Hund Mischka in den Wald. Sollte der Wind sich weiter verstärken, könnte es dort später gefährlich werden.

Auch hier empfängt uns ein Rauschen und Knacken. Linden, Eichen und Kiefern wiegen sich im Wind. Noch reiben sie sich aneinander und scheinen dies zu genießen. Ihre Berührungen sind fast zärtlich. Es sieht aus, als tanzen sie miteinander. Doch mit aufbrausendem Wind werden die Berührungen immer grober und ungestümer. Sie fügen sich erste Verletzungen zu, Äste krachen lautstark zu Boden. Darunter wachsende Büsche zappeln im Wind, so als duckten sie sich vor den herabfallenden Hölzern. Die herumliegenden Äste sehen dämonenhaft aus. Fleckenweise bewachsene Heidelbeeren erfasst der Wind und erzeugt mit ihnen wellenartige Bewegungen. Am Waldboden liegende Blätter winken aufgeregt. Plötzliche Ruhe wird erneut von ansteigendem Tosen abgelöst. Die jungen Bäume mit ihren ausladenden Zweigen wiegen sich hin und her, als wollten sie, wie kleine Mädchen, stolz ihre Kleidchen zeigen. Die jungen Linden und auch die Gräser bewegen sich majestätisch im Wind. Der hochgewachsene Farn duckt sich unaufhörlich im Tosen des Windes. Es riecht nach einer Mischung aus Baumrinde, Pilze und Erde. Der Specht hat sein Klopfen eingestellt. Und auch die übrige Vogelschar hat sich in Sicherheit gebracht. Beunruhigt haben sich sogar die Ameisen in ihren Haufen zurückgezogen. Unbeeindruckt scheint nur ein kleiner Rehbock zu sein. Er steht entspannt im Dickicht und beobachtet neugierig das Naturschauspiel. Baumstümpfe luchsen teilnahmslos aus dem Gras, als ginge ihnen das Ganze nichts an. Einige davon sind bereits von Moos zugedeckt. Auch die am Wegesrand wuchernden Brombeersträucher sind nicht betroffen. Mit ihren Dornen halten sie sich fest und trotzen dem Wind. So stark und unverwundbar sind wir nicht. Wir verlassen den Wald, es dämmert bereits.

Später strahlt der neben mir liegende Hund Wärme auf mich ab. Sein Zucken in den Beinen und immer wieder zu hörendes Seufzen zeigt mir, dass er den Tag noch immer verarbeitet. Es ist stockdunkel und völlig ruhig. Nur ein Käuzchen schreit noch in die anbrechende Nacht.

Der Strand fremdelt

Wenn ich einige Tage den Strand nicht besucht habe, kommt er mir fremd vor. Es scheint, als ob ich ihn noch nie gesehen hätte. Die Form der Dünen hat sich verändert, die Grenze zwischen Wasser und Sand verläuft anders, die Buhnen stehen tiefer im Wasser. Das Ganze sieht mürrisch und missmutig aus. Der Strand begrüßt mich ganz offenbar nicht freundlich.

Die Möwen flüchten schon von weitem vor mir, eine Krähe schimpft mich aus und sogar die Strandkörbe scheinen sich vor mir wegzudrehen. Das Meer grollt und dunkle Wolken schieben sich bedrohlich tief über den Strand. Die Wellen stürzen sich auf meine Schuhe und durchnässen meine Hosenbeine. Der nasse Sand zieht mich in die Tiefe und scheint mich festhalten zu wollen. Noch so vorsichtiges Laufen und Springen verhindert nicht das Überschwappen. Selbst die typischen Gerüche stellen sich nicht ein. Es riecht nach nichts. Ich fühle mich fremd und nicht dazugehörend. Offensichtlich bin ich nicht erwünscht. Ein mulmiges Grummeln in der Magengegend unterstreicht meine Verlorenheit. So schnell kann das Unglück von einem Besitz ergreifen. Noch vor Überqueren der Dünen durchströmt mich das mir bekannte Glücksgefühl. Mein Herz klopft wie vor einem Rendezvous mit meiner Geliebten. Schon vom ersten Tag an haben wir uns gut verstanden, dachte ich jedenfalls. Wir spielten miteinander und waren uns so vertraut. Davon war nichts mehr übrig. Was habe ich getan, dass ich mit Missachtung bestraft werde; ich liebe doch den Strand?

Schon der Gang über die Dünen erfüllt mich immer wieder mit freudiger Erwartung. Ich atme gierig den Duft der Wildrosen und die nach Seetang und Fisch riechende klare Luft ein. Der Wind umhüllt die Ohren und erzeugt einen angenehmen Schwindel und eine gedämpfte Betäubung. Ich lausche andächtig dem Kreischen der Möwen und schaue bewundernd dem Spiel der Wellen zu. Ich liebe die unterschiedlichen Winde. Sogar Orkanböen hindern mich nicht den Strand zu besuchen. Im Gegenteil, denn nur dann habe ich ihn für mich ganz allein. Ich fühle mich dann wie ein Liebhaber, der alle anderen Konkurrenten ausgestochen hat und zuverlässig, auch in schlechten Zeiten, immer zur Stelle ist. Das dankte mir der Strand mit einer harmonischen Atmosphäre.

Und jetzt sowas. Ich bin enttäuscht und fühle mich wie ein abgeblitzter Liebhaber. Das Meer ist wie die Leidenschaft, unergründlich, ewig, nie stillstehend … und das Meer war und ist immer anders, mal grau und still, mal wild schäumend, mal spiegelglatt, mal lockend und mal abweisend. Es ist nicht zu durchschauen. Es allein stellt die Regeln auf. Es lässt sich nicht formen und bezwingen. Und vielleicht liebe ich es deshalb so sehr.

Wenn ich dann wieder regelmäßig meine Spaziergänge an den Strand mache, kommen wir uns wieder näher. Wir beschnuppern uns vorsichtig und es ist fast wie vorher. Die Möwen trippeln nur ein wenig beiseite, die Krähen lassen sich gar nicht stören und das Meer umspült freundlich und mit leisem Plätschern vorsichtig meine Füße. Es scheint, die Wellen strömen regelrecht an den Strand, um mich zu begrüßen. Meine Schritte stimmen mit dem Rhythmus der Wellen überein, so dass ich nicht nass werde. Der Sand trägt mich, so dass ich gut vorankomme. Und auch die Strandkörbe, so scheint es mir, zeigen mir ihre offene Seite. Der Himmel ist hoch und blau und selbst dunkle Wolken schauen freundlich drein. Ich genieße das dann aus vollem Herzen und schwöre, nie wieder so lange wegzubleiben.

Das Paar im Wald

Sie kamen mir immer vor wie Hänsel und Gretel im hohen Alter. Beide hatten eine schlanke Figur, aber graue Haare. Bei der Frau sah das aus wie vom Friseur gemacht. Ihr langes Haar war robust, von unbändiger Schönheit. Das Grau war so gleichmäßig von leichtem Schwarz unterbrochen, dass man meinte, jemand hätte nachgeholfen. Der Mann hatte das durchgängige Grau eines alten Mannes. Beide traf ich regelmäßig im Wald. Auf einem der Waldwege kam das Paar mir entgegen. Sie machten auf mich immer wieder den Eindruck wie Kinder, die sich verlaufen hatten und nun schnell wieder nach Hause wollten. Sie hatten stets einen forschen Schritt und schienen sich nicht für ihre Umgebung zu interessieren. Das ist umso verwunderlicher, da gerade unser Wald immer zu jeder Tageszeit und bei jedem Wetter Sehens-, Riechens- und Hörenswertes zu bieten hat.

Über die Jahre gewöhnte ich mich an ihren Anblick. Immer wieder sah ich sie durch den Wald hetzen. Den Rehbock im Dickicht oder das über den Weg huschende Eichhörnchen beachteten sie nicht. Ich vermutete, dass es für die beiden eine Art sportlicher Betätigung sei. Wenn ich sie mal ein paar Tage nicht sah, fehlte etwas. Ich genoss die Freuden des Waldes nicht unbeschwert. Sah ich sie dann mal wieder täglich, glaubte ich ein Déjà-vu zu erleben. Immer wieder spielte sich die gleiche Szene ab. Sie kamen mir schnell mit ernsten Gesichtern entgegen, grüßten kurz und waren schon vorbei. Nach einiger Zeit wurde aus dem ernsten Gruß ein freundlicher, doch alles andere änderte sich nicht.

Ich machte mir Gedanken über ihre Tätigkeit. Meine Vermutung war, dass es sich hier um ein Künstlerehepaar handelte. Sie sah aus wie eine Malerin und er könnte optisch als Schriftsteller durchgehen. Beide hatten eine gewisse Ähnlichkeit mit dem Objektkünstlerehepaar Christo. In meiner Phantasie sah ich sie den gesamten Vormittag arbeiten.

Sie hochkonzentriert an der Staffelei, er gedankenversunken an seinem Schreibtisch. Den Nachmittag aber teilten sie mit mir, allerdings nur für wenige Sekunden. Wie verbrachten sie die Abendstunden? Gingen sie nochmals an ihre Arbeit? Oder bereiteten sie gemeinsam das Abendessen und ließen danach bei einem Glas Wein den Tag Revue passieren. Ich sah sie in Gedanken auf einer Bank vor ihrem reetgedeckten Haus sitzen und in den Abendhimmel schauen. Dann verwarf ich aber wieder alles. Wer so unaufmerksam und uninteressiert durch die Natur läuft, kann keine kreative Tätigkeit ausüben.

Über die Jahre verspürte ich immer öfter den Wunsch, sie anzusprechen, aber wenn sie mir dann entgegenkamen, hatte ich doch Hemmungen, sie aufzuhalten. Einmal sah ich sie bei einer Reise auf Teneriffa. Auch hier hatte ich nicht den Mut, sie anzusprechen. Auf der Rückreise begegnete ich ihnen dann auf dem Flughafen. Als ich das Paar danach wieder im Wald traf, fragte ich sie mutig und interessiert, wie es auf Teneriffa war. Erstaunt schauten sie mich an und erzählten, dass sie regelmäßig die Insel besuchten. Erstmals waren sie im Süden, der ihnen aber überhaupt nicht gefallen hat. Sonst war ihr Ziel immer der Norden, den sie gern durchwanderten. Das Eis schien gebrochen. Bei jedem unserer folgenden Begegnungen wechselten wir von nun an ein paar Worte. Es war ein belangloses Geplänkel, aber immerhin war der Anfang gemacht.

Nach einiger Zeit trafen wir uns immer seltener und plötzlich sah ich das Paar gar nicht mehr. Monate vergingen und die Gedanken an sie wurden durch andere Begebenheiten abgelöst. Bis ich eines Tages die Frau im Wald traf. Ich sprach sie sofort an und sie erzählte mir voller Trauer, dass ihr Lebenskamerad vor kurzem gestorben war. Ich konnte nur stammeln, wie leid mir das tut. Dann gingen wir aneinander vorbei. Ich traf sie danach nicht wieder.

Abschied von der Mutter

Zu meiner Mutter hatte ich schon immer ein gutes Verhältnis. Warum auch nicht, sie hat meinen Bruder und mich großgezogen, uns eine gute Kindheit ermöglicht. In der schwierigen Zeit der fünfziger Jahre hatten wir immer gut zu essen, saubere und ordentliche Kleidung und eine gute Zeit mit Freunden und Mitschülern. Das war damals nicht selbstverständlich. Auch als ich das Elternhaus schon lange verlassen hatte, brach der Kontakt nie ab. Im Gegenteil, mit der Geburt meiner Tochter Cindy und später Paula wurde das gute Verhältnis noch inniger. Sie vergötterte ihre Enkelkinder und mein Vater und meine Mutter genossen die zahlreichen Besuche bei ihnen. Das Verhältnis meines Bruders zu seiner Mutter war immer angespannt. Er meinte, seine Kindheit war nicht die beste. Mehr noch, er hatte noch im Erwachsenenalter ein Trauma. Nach seiner Darstellung bekam er die Schläge und ich die Liebe.

Ich kann mir, aus meiner Erinnerung heraus, nicht erklären, was er meint. Sicher hat er einmal mehr als ich Ärger mit meinem Vater bekommen, aber meistens war das begründet. Er war eben ein kleiner Rabauke und stellte einiges an. Ich dagegen vermied nach Möglichkeit Konflikte und hielt mich nach außen hin an die Regeln.

Als mein Vater starb, wurde mein Kontakt zu meiner Mutter noch enger. Wir holten sie so oft wie möglich zu uns nach Hause. Sie brauchte lange, um sich vom Tod ihres Mannes zu erholen. Als sie dann so einigermaßen damit leben konnte und auch unsere Kinder das Haus längst verlassen hatten, wurden die Besuche spärlicher. Dann bekam sie Krebs und musste zahlreiche Therapien über sich ergehen lassen. In dieser Phase holten wir sie an die Ostsee nach Graal-Müritz. Auch mein Bruder ging diesen Weg mit. Wir richteten ihr eine schöne Wohnung ein und versuchten ihr das Leben zu erleichtern. Doch die Trennung von ihrer Heimat und insbesondere die kräftezehrende Krankheit ließen das zunächst nicht zu.

Doch Gott sei Dank erholte sie sich wieder und begann das Leben in dem schönen Küstenort zu genießen. Sie lernte neue Freunde kennen und fühlte sich bald heimisch. Sie liebte den Küstenwald mit seinem alten Baumbestand und besuchte, wann immer es ging, die Seebrücke. Dann schaute sie aufs Meer und plauderte mit den Urlaubern. Selbst ihre innige Liebe zum Gärtnern konnte sie je nach Lust ausleben. So richtete sie sich einen blumigen Balkon ein und half sogar meinen Garten zu bewirtschaften. Dabei war sie so glücklich wie lange nicht mehr. Wenn sie durch den Garten schlenderte, hellten sich ihre sonst von Schmerz verzerrten Gesichtszüge auf und ein sanftes Lächeln umspielte ihren welken Mund. Wenn sie sich sogar kritisch zu meiner Gartengestaltung äußerte, freute ich mich. Sie liebte besonders Gladiolen, Tulpen und Geranien. Glücksgefühle bekam sie auch beim Zwitschern der Vögel in den Bäumen vor ihrem Haus. Sie setzte sich dann auf den Balkon und beobachtete die Meisen, Amseln und den Grünfink. Besonders angetan war sie von den Kranichen. Sie freute sich, wenn sie im Frühjahr mit der ersten Sonnenwärme aus dem Süden zurückkamen, und war traurig, ja sogar deprimiert, wenn sie sich sammelten und uns an bereits kälter werdenden Tagen wieder verließen.

Diese Neigung zu Depressionen hatte sie ein Leben lang. Ihre schönste Zeit war auch deshalb immer das Frühjahr. Sie konnte sich nicht sattsehen an der Kirschblüte und erfreute sich am Anblick von Forsythien, Tulpen und Narzissen und genoss die ersten warmen Sonnenstrahlen. Deshalb war der wöchentliche Besuch in unserem Garten für sie der Höhepunkt. Anfangs lief sie die Strecke bis zu unserem Haus noch selbstständig. Sie blieb oft stehen und bewunderte die Vorgärten der Graal-Müritzer. Später dann benutzte sie einen Rollator und als das nicht mehr ging, holte ich sie oft mit dem Auto ab. Was dabei so verwunderlich war, dass diese Besuche von gutem Wetter begleitet wurden. So schien fast immer die Sonne auf ihrem Weg. So als ob jemand sie wärmen, ja sogar aufmuntern wollte. Immer wieder sagte sie mir, was es doch für ein Glück sei, ihren Lebensabend an einem so schönen Ort verbringen zu können. Mein Bruder hielt distanzierten Kontakt. Er konnte, glaube ich, nie Liebe für sie empfinden.

Als der Krebs dann erneut zurückkam, verkraftete sie die erneute Chemotherapie nicht mehr. Sie wurde von Tag zu Tag hinfälliger. Als sie in ihrer Wohnung stürzte, brachten wir sie ins Krankenhaus. Alles sah zunächst gut aus. Sie sollte wieder aufgepäppelt werden, bekam über einen Tropf Aufbaunahrung und frisches Blut. Doch der Körper war schon zu weit vom Krebs zerfressen. Sie wurde immer schwächer. Aber selbst hier schien an jedem Tag die Sonne durch das Fenster ihres Krankenzimmers. Ein besonders helles Licht ergoss sich im Raum, so dass die Traurigkeit etwas gemildert wurde. Was aber fehlte, war das Vogelgezwitscher. Der sich vor dem Fenster erstreckende Park beherbergte viele Vögel. Die lustigen Sänger aber schwiegen, als hielten sie den Atem an. Und auch die Zeit schien anzuhalten.

Als sie im Sterben lag, waren wir an ihrem Bett. Vor allem meine Tochter Paula, ihre Lieblingsenkelin. Ich hätte meinem Kind nie zugetraut mit welcher Geduld, Behutsamkeit und immer voller Liebe zu ihrer Oma sie Sterbehilfe leistete. Und auch die Frau meines Bruders war ständig an der Seite meiner Mutter. Mein Bruder wollte und konnte das nicht. Obwohl sie durch Morphium keine Schmerzen hatte, wurde der Anblick der Sterbenden für uns immer schmerzlicher. Wir wünschten nichts sehnlicher, als dass sie ruhig einschlief. Der Zustand verschlechterte sich, aber sie lebte weiter und fragte mit zitternder Stimme immer wieder nach meinem Bruder. In dieser Zeit verwandelte sich ihr Gesicht. Sah sie in den letzten Jahren ausgezehrt, mager und blass aus, so wurden jetzt ihre Gesichtszüge rosig und rund. Sie sah aus wie in ihrer Blütezeit, als sie zwar dick, aber gesund war. Bei Telefongesprächen am Krankenbett mit meinem Bruder schien ein schwaches Lächeln in ihren rosigen Gesichtszügen. Doch das reichte ihr offensichtlich nicht. Immer wieder fragte sie, nun schon mit großer Mühe sprechend, nach ihm.

Jetzt endlich beschloss mein Bruder sich doch von ihr zu verabschieden. Wir verließen das Krankenbett und er blieb allein mit seiner Mutter zurück. Als wir sie dann wiedersahen, war sie irgendwie verändert, sie sah so friedlich und entspannt aus. Ihre Gesichtszüge erinnerten mich jetzt vollends an eine Zeit, in der sie rundlich, rosig, jung und kraftvoll aussah. Sie atmete mit geschlossenen Augen in japsenden, aber noch kraftvollen Zügen. Abwechselnd hielten wir ihre Hand. Gern hätte ich ihr die Wange gestreichelt, doch ich traute mich nicht. In der darauffolgenden Nacht starb sie.

In dieser Nacht, als sie die Augen für immer schloss, flog mit lautem Getöse ein Schwarm Kraniche über das Haus und auch die Vögel begannen am Morgen bei vollem Sonnenschein wieder zu zwitschern.

Das leere Haus

Das Leben im neuen Haus an der Ostsee war wundervoll. Der Küstenort Graal-Müritz bestach durch seine vielfältigen, natürlichen Reize. Das Meer war überwältigend. Es war wie ein Traum, täglich die Weite der Ostsee zu erleben. Das Wechselspiel der Wolken und der Wellen und deren unterschiedliche Farben verschlugen einem die Sprache. Wenn man die Dünen überquerte und der Duft der Wildrosen betörend die Nase kitzelte, eröffnete sich einem stets ein neues Bild. Wie vor dem Öffnen des Vorhangs im Theater stieg die Spannung immer aufs Neue. Was man dann sah, war immer spektakulär, aber auch irgendwie kitschig. Kreischende Möwen zogen den Blick auf das Wasser, das sich immer wieder stetig auf den Strand zubewegt. Mal tosend, mal leise, immer im anderen Farbenspiel. Das Rauschen der Wellen war bei günstigem Wind bis in unser Schlafzimmer zu hören. So manche Nacht wiegte mich dieses Geräusch in den Schlaf und bescherte mir angenehme Träume.

Auch der Wald, der Graal-Müritz von der Landseite umrahmte, hatte seinen Zauber. Hundertjährige Eichen, vom Wind gebeugte Kiefern und eigenartig geformte Linden versprühten romantische Geborgenheit. Nur bei Wind bekam man einen gruseligen Schauer. Dann knarrten die Äste, so als flüsterten Kinder. Doch auch hier gab es immer wieder andere Stimmungen und Bilder. Doch eins war immer gleich; man fühlte sich so lebendig, so eins mit der Natur, dass man glaubte, es bleibt immer so.

Der Garten am Haus war bepflanzt mit Blumen, Bäumen und Sträuchern. Wenn man auf dem Bürgersteig entlangkam, sah man eine kleine grüne Oase. Kirschlorbeer begrenzte das Grundstück heckenmäßig mannshoch und man musste sich auf Zehenspitzen stellen, um nicht nur das Fachwerkhaus, sondern auch die märchenhaften Winkel des Gartens zu sehen. Mittelpunkt waren zwei Süßkirschbäume, aus deren Laub schon in der Frühe Amselgesang erschallte. Am kleinen Teich erfreute sich eine Spatzenfamilie beim Baden und die Meisen fingen den lieben langen Tag Insekten und fütterten im Mai ihre Jungen damit. Auf den Carportdächern links und rechts vor dem Haus warteten Raben und Elstern darauf, dass der Hund nicht seinen ganzen Fressnapf leerte. Auf dem Dach, das mit einer Solaranlage bedeckt war, nistete im Mai stets eine Bachstelze und auch wenn ihre Jungen das Nest längst verlassen hatten, blieb das Elternpaar uns treu und erfreute uns mit seinem Gesang und lustigen Tanzeinlagen bei der Futtersuche.

Auch das Haus war voller Leben. Die Kinder Paula und Janina bestimmten und prägten den Tagesablauf. Wenn ihre Wecker klingelten, erwachte das Haus. Die Fußtritte in der oberen Etage dienten der Vorbereitung auf die Schule. Und es war immer wieder ein Ereignis, wenn sie dann frischen Mutes zum Frühstück erschienen. Darüber freuten sich nicht nur unsere Hunde Emma und Bruno. Beim Kaffee und Kakao wurde der Tag besprochen und kurz darauf machten sie sich auf den Weg zur Schule. Obwohl sie das Haus verließen, war es nicht leer. Alles erinnerte uns an ihre Anwesenheit. Damit ist nicht nur das schlecht aufgeräumte Zimmer gemeint, sondern auch Gerüche, die vergessene Stullenbüchse und das am Vortag achtlos hingeworfene Fahrrad. Sie waren auch während ihrer Abwesenheit präsent. Und jeden Tag wartete man erneut auf ihre Rückkehr. Wenn sie dann da waren, wurde gemeinsam gekocht und gelacht, aber auch geschmollt. Immer wieder kamen Freunde zu Besuch und erfüllten das Haus mit noch mehr Leben. Fröhliche Stimmen hallten durch die Räume.

Im Sommer verschmolz dann alles zu einer Einheit. Die Türen standen Tag und Nacht offen und die Sommerwärme durchströmte das Haus. Der Garten wurde ein Teil des Wohnbereichs. Am Teich vor dem Haus war ein Kommen und Gehen. Einmal am Tag genossen sowohl Amseln, Meisen und Spatzen ein ausgiebiges Bad. Und auch als Tränke war das Wasser stets umlagert. Im Sommer belebten Frösche, Eidechsen und sogar eine Ringelnatter den Garten. Laue Lüfte kitzelten angenehm die Haut und bunte Schmetterlinge versprühten gute Laune. Es roch nach Lavendel, Pfefferminze und auch die Rosen dufteten betörend. Die Bienen und Hummeln flogen summend von Blüte zu Blüte. Und auch das Auge wurde verwöhnt durch die Blüten an den beiden Kirschbäumen, den Tulpen, Geranien, Flieder und Forsythien.

Die Jahre vergingen. Im Nachhinein kamen sie mir wie ein Schnelldurchlauf vor. Kaum eingezogen, zogen die ersten schon wieder aus. Als Janina für ihr Studium das Haus verließ, waren wir traurig. Doch wir trösteten uns mit der noch weiteren Anwesenheit Paulas. Doch auch diese noch verbleibenden zwei Jahre rasten wie ein Schnellzug vorbei. Als auch hier der Zeitpunkt des Abschieds kam, regelten wir schon fast routiniert und cool den Umzug. Wir hatten verabredet, dass wir uns zum Geburtstag ihrer Mutter in der Nähe ihres neuen Wohnortes Frankfurt treffen wollten. Der Gedanke an dieses Treffen, bei dem auch Janina anwesend sein würde, machte uns fröhlich. Es war dann auch eine schöne Geburtstagsfeier in einem urigen Weinlokal in Eltville. Wir belebten noch einmal die vergangene Zeit und schmiedeten Zukunftspläne. Als wir uns dann verabschiedeten, waren wir alle sehr tapfer. Auf dem Nachhauseweg hatten wir Tränen in den Augen. Der neue Lebensabschnitt hatte den alten zerstört, beendet, unwiederbringlich gelöscht.

Zu Hause machte sich eine dumpfe Leere breit. Selbst der Garten machte einen traurigen Eindruck. Stumm standen die Bäume und Sträucher da. Das Vogelgezwitscher klang irgendwie melancholisch und die Blätter an Bäumen und Sträuchern sahen fad und blass aus. Die Hunde lagen traurig in der Ecke oder suchten fiepend das Haus ab.

Und immer wieder träumte ich den gleichen Traum. Ich lief allein durch die Stadt und sah Eltern mit ihren Kindern. Mit Wehmut sah ich ihr Glück. Ich fühlte mich ausgeschlossen, einsam, ja verloren. Eine tiefe Trauer erfasste mich und nichts konnte mich trösten. Dieses plötzliche Gefühl der Verlassenheit schmerzte bis tief in den Eingeweiden.

Erst viele Jahre später, die Kinder hatten bereits ihre eigene Familie, verschwand dieser Traum irgendwann.

Den Augenblick genießen

Immer, wenn wir etwas verloren haben, bedauern wir, es nicht besser gewürdigt zu haben. So ging es mir, als mein Vater starb. Was hätten wir noch alles gemeinsam unternehmen können. Womit hätte ich ihm noch mehr Freude machen können. Warum habe ich ihm nicht öfter etwas Nettes gesagt. Warum haben wir so selten miteinander gesprochen. Fehlte die innere Bindung, da er ja nicht mein richtiger Vater war? Doch er hatte mich schon kurz nach meiner Geburt adoptiert, die Verantwortung übernommen, mich großgezogen. Oder war das Ganze nur eine Generationsfrage, mit den damit verbundenen unterschiedlichen Interessen und Ansichten? Oft war aber angeblich die mangelnde Zeit schuld! Diese Zeit, das weiß ich jetzt, hätte man sich aber nehmen müssen. Während meiner Kindheit streng, wurde er im Alter freundlicher und nachgiebiger. Er tat alles, um mich zu unterstützen. Er liebte meine Familie, insbesondere meine Kinder Cindy, Paula und Janina. Trotzdem verübelte ich ihm wahrscheinlich seinen autoritären Umgang uns Kindern gegenüber. Wenn meine Frau Gabi und später Petra nicht gewesen wären, wäre der Kontakt zu ihm noch spärlicher ausgefallen.

Ein Abschied war das Ende meines Studiums. Die Trennung von meinen Studienkollegen fiel mir sehr schwer. Hier hatten wir zwar die Zeit miteinander gut genutzt, aber ich bereue Zank und Streit, die die glücklichen Tage oft unterbrachen. Neid und Missgunst machten sich immer wieder breit. Dabei hatten wir uns gesucht und gefunden, hatten gemeinsame Interessen und Bedürfnisse. Wir unternahmen Ausflüge, gingen gemeinsam ins Theater, frönten dem Sport und eroberten Frauen. Auch die Liebe zur Literatur und Musik verband uns innerlich. Noch viele Jahre später ärgerte ich mich über Auseinandersetzungen, die auf diese schöne Zeit einen Schatten warfen. Wäre es nicht schön, wenn man, mit dem heutigen Wissen, die Zeit noch einmal durchlaufen könnte? Sinnlose Streitigkeiten verhindern würde und die Zeit in vollen Zügen genießen könnte?

Tiefen Schmerz hinterließ auch der Abschied von meiner Tochter Cindy. Durch die Scheidung von meiner Frau Gabi sah ich meine Tochter nur noch sehr selten. Als ich mit einem Umzugsauto meinen bisherigen Wohnort Stendal in Richtung Magdeburg verließ, weinte ich. Glücklicherweise musste ich mir hier keine Vorwürfe über vertane Zeit machen. Gerade mit Cindy habe ich viel unternommen und diese Erlebnisse sind unauslöschbar. Doch auch hier hat man die Momente als selbstverständlich hingenommen und nicht gebührend gewürdigt. Über ein Ende hatte man nie nachgedacht. Man war sich sicher, dass es immer wieder ein Morgen gibt und alles so weitergeht, wie bisher. Doch plötzlich, Cindy war gerade erst dreizehn Jahre alt, endete diese Zeit abrupt.

Auch der Abschied von meinen Töchtern Paula und Janina hinterließ tiefe Spuren. Nach dem Abitur verließen sie hintereinander das Haus. In den letzten Jahren reduzierten sich die gemeinsamen Erlebnisse auf ein Mindestmaß. Sie gingen in dieser Zeit schon ihre eigenen Wege. Es war nicht cool, mit den Eltern die Freizeit zu verbringen.

Trotzdem genoss ich ihre Anwesenheit. Ich freute mich, wenn sie aus der Schule kamen und auf das sonntägliche gemeinsame Frühstück. Obwohl sie viel mit ihren Freunden unterwegs waren, strahlte das Haus auch ihre Persönlichkeit aus, war beseelt von ausgelassenen Kinderstimmen und warmem Lachen. Das Haus schien dankbar, sie beherbergen zu dürfen. Selbst der Garten blühte in seinen schönsten Farben und die Vögel sangen voller Freude ihre Lieder. In dieser Lebensphase genoss ich schon bewusster diese Zeit, ärgerte mich aber auch hier über misslungene Gemeinsamkeiten.

Den Augenblick genießen gelang leider auch nicht mit unseren Hunden Emma und Bruno. Die beiden Neufundländer machten uns zwar viel Freude und gehörten unumstößlich zu unserem Leben, zu unserem Alltag, aber auch hier waren wir oft angespannt und manchmal frustriert noch mit den Hunden Gassi gehen zu müssen. Nur in glücklichen Augenblicken genossen wir das Zusammensein so richtig. Als sie dann nicht mehr da waren, weinten wir um den Verlust und spürten erst jetzt, was sie uns bedeuteten. Doch nun war es zu spät, die vertane Zeit zu genießen. Mit unserem jetzigen Neufundländer ist es schon anders. Wir genießen wirklich jeden Augenblick mit ihm. Sei es beim unbeschwerten Toben und Schwimmen im Meer, beim Spaziergang im angrenzenden Wald oder nur beim Liegen zu unseren Füßen. Immer wieder denken wir an die Vergänglichkeit dieser glücklichen Zeit und genießen sie umso intensiver. An Tagen, die nicht so sehr gut laufen, bedingt durch Probleme im Beruf oder im zwischenmenschlichen Bereich, kriegen wir uns jetzt wieder schneller ein und kehren recht bald zum unbeschwerten Genuss zurück.

Das hätte ich auch in der Beziehung zu meiner Mutter tun sollen. Ich habe sie zwar regelmäßig besucht und zu uns nach Hause geholt, aber dazwischen waren Tage und Stunden ohne Kontakt. Auch wenn wir dann zusammen waren, gab es öfter mal Streit, teilweise um Nichtigkeiten, die unsere gemeinsame Zeit belastete. Hinzu kam, dass meine Mutter zu Depressionen neigte und im Alter oft störrisch wie ein Kind war. Das hatte zur Folge, dass ich oftmals sehr streng mit ihr umgegangen bin. Obwohl in unserer Familie jahrelang nicht üblich, forderte sie mich gerade im Alter immer mal wieder auf sie zu umarmen bzw. zu drücken. Als sie auf dem Sterbebett von mir verlangte sie doch mal anzufassen, schossen mir die Tränen ins Gesicht.

Versäumnisse gab es auch im Zusammenleben in unserem Viertel. Die Gegend wurde neu bebaut und wir zogen fast zur gleichen Zeit in unsere Häuser ein. Wir halfen uns mit Gartengeräten und anderen Werkzeugen aus, trafen uns zum Grillen und fuhren sogar zusammen in den Urlaub. Eine schöne, erlebnisreiche Zeit. Später, als weitere Neubewohner dazukamen, wurde die gemeinsame Zeit immer weniger. Jetzt haben wir schon viele Jahre nichts mehr zusammen unternommen. Wir entfremdeten uns irgendwie und jetzt sind schon die ersten wieder verschwunden. Axel, mein unmittelbarer Nachbar, trennte sich von Petra und Herr Grimmberger ist vor einigen Monaten gestorben. Hinzu kommt, dass die ersten Kinder ihre Elternhäuser verlassen haben und nicht mehr da sind. Das Stadtviertel ist dadurch nicht mehr das, was es war. Die verpasste Zeit ist unwiederbringlich verloren.

Aufpassen muss ich auch, dass ich nicht irgendwann darüber lamentiere, dass ich die Augenblicke mit den bisher drei Enkelkindern nicht genügend genossen habe. Zwar ist Viktor mit seinen fünf Jahren noch sehr anstrengend, aber ich weiß schon jetzt, dass ich später an Streiche, wie den hauseigenen Frosch immer wieder zu fangen und mit ihm zu reden, gern und mit Wehmut zurückdenke. Das zeigt sich auch darin, dass, wenn sie das Haus an einem Wochenende ins Chaos gestürzt haben und ich erleichtert zum Abschied winke, sie schon gleich danach wieder vermisse.

Unzulänglichkeit

Meine Unzulänglichkeit macht mir schon immer zu schaffen. Von Kind an war mein Bestreben, geliebt, bewundert und geachtet zu werden. Um meine Kindheitsfreunde zu beeindrucken, ließ ich mir so einiges einfallen. So regte ich den Bau eines Butzenlabyrinths auf dem Kirchhof meines Dorfes an. In den Büschen, die den Kirchplatz ringsherum abtrennten, entstand aus Blechen und Brettern eine Art Behausung, die sowohl als Versteck als auch als Sammelpunkt meiner Dorfclique diente. Mit Schwertern aus Zaunlatten waren wir die Ritter auf einer uneinnehmbaren Burg. Nichts war schöner, als mit meinen Freunden bei trommelndem Regen geschützt unterm Wellblechdach zu sitzen und bei rauschendem Wind und wiegenden Ästen mit wohligen Gefühlen die nächsten Abenteuer zu planen.

Eine weitere Idee von mir war die Nutzung von Wassertrögen der Kühe als Boote auf den Wiesengräben im Drömling. Wir leerten die Tröge, setzten sie ins Wasser und ruderten von einem Graben in den anderen. Das Schwappen des glasklaren Wassers gegen unseren Bug und die nicht unerhebliche Geschwindigkeit der Fortbewegung machte uns glücklich und stolz. Wir führten eine riesige Flotte an. Als Seeräuber bestanden wir viele Abenteuer und Mutproben. Ich wurde für diese und andere Ideen hochgelobt, schaffte es aber nie bis zum Anführer. Im günstigsten Fall war ich zeitweilig der zweite Mann.

In der Schule versuchte ich zunächst mit Wissen zu beeindrucken. Das gelang mir nur bedingt. Ich war kein besonders guter Schüler. Außer in Literatur und Deutsch konnte ich in keinem der Fächer so richtig punkten. So versuchte ich auf Nebenschauplätzen wie zum Beispiel Klassenfesten zu beeindrucken. In Erinnerung ist mir dabei aber nur eine Faschingsfeier geblieben, auf der ich in einem ausgefallenen Clownskostüm für Aufmerksamkeit sorgte. Auch hier blieb ich immer nur eine Art Anhängsel. Ich war schon stolz hier der Dritte einer Vierergang zu sein, die sich hauptsächlich mit Musik der Beatles, Stones und Beach Boys beschäftigte und die Hitparaden rauf und runter hörte. In endlosen Gesprächen über Musik leistete ich keine ernstzunehmenden Beiträge. Ich schaute vielmehr aus dem Fenster und sah dem Himmel und den vorbeiziehenden Wolken zu. Mit der im Hintergrund laufenden Musik meiner Lieblingsbands fühlte ich mich glücklich, aber nicht zufrieden.

In der Lehrzeit versuchte ich erst gar nicht mit handwerklichen Fähigkeiten herauszuragen. Ich hatte und habe immer noch zwei linke Hände. Hier wollte ich mit Mädchen beeindrucken, was mir auch sehr gut gelang. Auf meiner Lehrlingsbude war immer Damenbesuch und meine Freunde beneideten mich und suchten meine Nähe. Um das noch weiter zu vervollkommnen, gründete ich eine Band. Und siehe da, meine Freundinnen wurden immer hübscher. Doch auch hier war ich nie die Leitfigur. Ich war der Bassist und leistete damit einen eher bescheidenen Beitrag für den Erfolg der Musikgruppe. Meine Gitarrengriffe waren sehr begrenzt. Die anderen Bandmitglieder waren gute Instrumentalisten und bereicherten unsere Musik durch ihren Gesang. Ich jedoch blieb stumm, war aber auch hier auf der Bühne glücklich.

Über die Jahre hasste ich mein oberflächliches Leben. Ich begann verstärkt zu lesen und auch einiges zu schreiben. Mein geistiger Horizont erweiterte sich stetig. Während meines Studiums beschäftigte ich mich viel mit Kunst und Kultur. Ich konnte mich mit Kommilitonen gut austauschen und hatte einen nicht ungeachteten Stand. Doch richtig beeindrucken konnte ich niemanden. Das gelang mir auch hier nur bedingt durch zahlreiche Frauenbekanntschaften. Hier heimste ich bewundernde Blicke ein. Und auch meine Erfahrungen wurden im damaligen Freundeskreis geschätzt. Doch ich fühle mich weiter unzulänglich und unvollkommen.

Trotzdem hatte ich immer wieder Glück. Noch während meines Studiums erhielt ich das Angebot, ein großes Kulturhaus als Direktor zu übernehmen. Da ich künstlerisch nicht weiterkam, nahm ich das

Angebot an und stürzte mich in ein kulturelles und betriebswirtschaftliches Abenteuer.

Wobei zunächst die betriebswirtschaftliche Seite keine Rolle spielte. Vielmehr ging es vorrangig um die Verbreitung der sozialistischen Ideologie. Und da ein wichtiger Bestandteil auch Lebensfreude war, machte ich mich daran, schöne, gesellige und künstlerische Veranstaltungen zu organisieren. Mein oberflächliches Leben schien zu Ende zu sein. Was ich im AMO, so nannte man das Kulturhaus im Volksmund, tat, hatte Hand und Fuß. Fast alle Veranstaltungen waren gut durchdacht und kamen bei den Besuchern gut an. Doch mit der Zeit und der wachsenden Einflussnahme der herrschenden Partei neigte ich wieder zur Oberflächlichkeit. Es genügte mir, dass ich von meinem Vorgesetzten gelobt wurde, obwohl so manche Veranstaltung stümperhaft organisiert wurde. Man bekam dafür Zuschüsse und musste sich über fehlende Mittel keine Sorgen machen. Hauptsache, der inhaltliche Bezug zur angeblich herrschenden Arbeiterklasse stimmte. Die Vorgaben lähmten meine Kreativität und ich fühlte mich wieder unzulänglich und unnütz.

Dann kam die Wende. Und mit ihr meine erste größere Herausforderung. Viele Betriebe wurden abgewickelt und geschlossen. Kulturhäuser verloren in der bisherigen Art ihre Berechtigung. Mit ganzer Kraft tat ich alles, um das Haus ohne Zuschüsse zu führen. Eine große Menschenmenge, die unter dem Sozialismus gelitten hatte, tauchte plötzlich aus dem Nichts auf. Berufliches Scheitern war plötzlich ein Indiz für geleisteten Widerstand gegen das Unrechtssystem. So standen einige dieser Versager mit geschwellter Brust vor mir und warfen mir vor, mit den Bonzen gemeinsame Sache gemacht zu haben. Die Widerständler waren auf einmal sehr viele und die Mitläufer sehr wenige! Ich war schockiert und verzweifelt. Zeitweilig ergriff mich panische Angst. Mehrmals hatte ich miterlebt, wie im großen Saal des Kulturhauses Führungskräfte des Schwermaschinenbaukombinates »Ernst Thälmann« unwürdig abgelöst wurden. Mein Minderwertigkeitsgefühl gewann merklich wieder mal die Oberhand.

Wie in den sozialistischen Betrieben die Betriebsleiter, Parteisekre-
täre und Gewerkschaftsvorsitzenden, sollte auch ich gestürzt werden
und zurücktreten. Doch ich konnte mir beim besten Willen nicht
vorstellen, dass diese Leute in der Lage waren, die neuen Herausfor-
derungen zu meistern und speziell das Kulturhaus für die Zukunft fit
zu machen und damit sein Überleben zu sichern. Dazu aber hatte ich
große Lust. In mir brodelte eine Aufbruchsstimmung wie bisher noch
nie. Ich sah die große Chance, dieses Haus am Markt so zu platzieren, dass es mit jeder gut laufenden Stadthalle konkurrenzfähig war.
Schon unter dem DDR-Regime hatte ich bei allen Aktivitäten auch
das ökonomische Ergebnis stets im Blick. Doch damals war das nicht
gefragt. Gelobt wurden die, welche die finanziellen Mittel pünktlich
verbrauchten. Ich ignorierte die Rücktrittsforderungen und machte
mich daran, den Betrieb rentabel zu machen, damit er auch ohne
Zuschüsse überleben konnte. Dabei scharte ich die fachlich besten
Mitarbeiter um mich.

Damals hatte das Kulturhaus noch mehrere Abteilungen. Da gab es
die Abteilung Volkskunst, Veranstaltung, Technik, Buchhaltung und
die Abteilung Gastronomie. Insgesamt arbeiteten zu DDR-Zeiten über
hundert Mitarbeiter im Kulturhaus. Die größte Mitarbeiterzahl hatte
der gastronomische Bereich. Auch aus diesem Grund wurde dieser
Bereich als Erstes an einen privaten Betreiber verpachtet. Er übernahm
zunächst alle Mitarbeiter, kam aber im Laufe der Arbeit zu der Erkenntnis, dass nicht alle geeignet waren. Nicht überraschend war, dass
sich darunter alle Möchtemalgernwiderständler befanden. Die übrigen
Abteilungen wurden aufgelöst und die Mitarbeiter in andere Bereiche
des Schwermaschinenbaubetriebs umgesetzt. Noch heute bin ich stolz
darauf, dass kein Mitarbeiter durch mich entlassen werden musste.

Unter dem Namen »AMO Kultur- und Kongresshaus« gelang es
meinen Mitarbeitern und mir, die Einrichtung als erstes Haus am
Platz zu profilieren. So waren unsere Ergebnisse besser als die der
Stadthalle. In dieser Zeit absolvierte ich in meiner Freizeit ein Kurz-

studium Betriebswirtschaft an der Universität in Magdeburg. Aber da dieses Studium nur oberflächlich war, fühlte ich mich nicht voll gewappnet für die Zukunft. Meine Unzulänglichkeit verschaffte sich damit wieder Gehör. Trotzdem gelang es mir, die Wirtschaftlichkeit des Hauses derart zu steigern, dass es kaum noch Zuschüsse benötigte. Ich hatte ein Konzept entwickelt, das sogar Gewinn versprach, aber hier hatten die Oberen eine andere Meinung und so verließ ich nach einigen Jahren den Betrieb. Ich wusste, unter diesen Voraussetzungen hatte ich keine Perspektive. Man wollte das Haus loswerden, abwickeln, schließen ... und das wollte ich nicht miterleben. Wieder fühlte ich mich unzulänglich: Ich hatte es nicht geschafft, etwas Nachhaltiges aufzubauen.

Die nächste Station war ein Büro- und Kongresscenter. Ein Gebäudekomplex, nach der Wende gebaut, mit modernen Tagungs- und Büroräumen. Es war ein tolles Haus, wurde aber schlecht gemanagt. Es gelang mir in kurzer Zeit, die Einrichtung wieder in die Gewinnzone zu führen. Doch hier wurde meine Leistung nicht genügend honoriert, so dass ich auch dort mit einem Gefühl der Unzulänglichkeit ging. War ich doch nicht so gut, dass es eine Gehaltserhöhung rechtfertigte?

Immer wieder stellte ich mir die Frage: Was kann ich eigentlich richtig? Und ich kam zu keinem Ergebnis.

Eine schöne, aber auch anstrengende Zeit war der Aufbau und Betrieb eines großen Freizeitbades in Magdeburg. Ein Investor aus Hagen befand sich in der Planung dieses Vorhabens. Er suchte einen Geschäftsführer, der schon in der Vorbereitung mitwirken sollte. Ich kniete mich in die Arbeit und entwickelte mit dem Investor gute Ideen. Mein Betreiberkonzept wurde wohlwollend akzeptiert. Als das Bad dann endlich eröffnet wurde, lief es mit großem Erfolg an. Ich hatte es verstanden, mein kühnes Marketingkonzept so umzusetzen, dass uns die Leute die Bude einrannten. Die abenteuerlichen Vorgaben der Besucher- und Umsatzzahlen durch den Investor wurden von mir übererfüllt. Doch als er die Vorgaben immer höher schraubte, kam es zu Unzufriedenheit des Personals. Da ich der Geschäftsführer war, entlud sich der Frust auf mich. Ich hatte es nicht verstanden, das Personal mitzunehmen, sondern sah nur die Notwendigkeit, die Investorenvorgaben unbedingt zu erfüllen; koste es, was es wolle. Und wieder war es da: das Gefühl der Unzulänglichkeit. Der Investor schmeichelte sich beim Personal ein und machte mich zum Sündenbock für die wachsende Überlastung des Personals. In meiner Naivität dachte ich, dass der Erfolg die Arbeit aller beflügeln und stolz machen würde. Als der Investor dann immer mehr Geld aus dem Unternehmen zog und die Löhne nicht mehr pünktlich bezahlt werden konnten, weigerte ich mich das Geld rauszugeben. In der Folge wurde ich entlassen und fiel dadurch in ein tiefes Loch. Vor dem Arbeitsgericht wurde die Unrechtmäßigkeit der Entlassung richterlich bestätigt, aber da das Bad bald darauf in Insolvenz ging, konnte ich die mir zustehende Abfindung schnell vergessen. Im Gegenteil, da ich Geschäftsführer des Unternehmens war und wiederholt durch den Investor Krankenkassenbeiträge nicht bezahlt wurden, wurde ich auf Schadensersatz verklagt. Da ich beweisen konnte, dass mir auf Grund des Verhaltens des Investors die Hände gebunden waren, wurde die Klage fallen gelassen.

Und wieder stand ich vor dem Nichts, wusste nicht, wie es weitergehen sollte. Ich konnte zwar den Verursacher ausmachen, zweifelte aber trotz allem an meinen Fähigkeiten. Auch die beiden nächsten Stationen meiner Tätigkeit verliefen nicht viel anders. In einem Ostseeheilbad sollte ein Freizeitbad gebaut werden und da ich schon immer an der Ostsee leben wollte, stürzte ich mich mit Freude in die Arbeit. Obwohl ich auch hier ein tragfähiges Betreiberkonzept entwickelt und die Vermarktung vorbereitet hatte, wurde ich wieder entlassen.

Die darauffolgende Aufgabe, ein Freizeitbad im Nachbarort am Markt zu platzieren, erfüllte ich mit Bravour. Alles lief hervorragend. Trotzdem erhielt ich auch hier bald nach der Inbetriebnahme meine Kündigung. Ich war ratlos. Die Zahlen waren hervorragend. Aber auch hier konnte und wollte ich Entscheidungen, die dem von mir entwickelten Konzept zuwiderliefen, nicht mittragen. Doch diese innere Überzeugung reichte mir nicht, um mein Selbstwertgefühl stabil zu halten. Im Gegenteil; als zunächst weitere Aufträge ausblieben und bald darauf auch das Arbeitslosengeld auslief, war es in einem tiefen Keller verschwunden.

Da ich eine Familie zu ernähren und mich gerade mit einem neuen Haus verschuldet hatte, musste ich schnell Geld verdienen. In einer Schule für Existenzgründer gab ich Kurse und da meine Schüler die Art und Weise und die fachliche Kompetenz meiner Lehrtätigkeit lobten, reifte in mir der Gedanke mich selbstständig zu machen. Nach vielen Recherchen entschied ich mich für ein Franchisekonzept – ich eröffnete ein gesundheitsorientiertes Fitnessstudio. Doch auch hier gab es immer wieder Phasen, in denen ich mich unzulänglich fühlte. So gelang es mir zunächst nicht, meine Mitarbeiter so zu motivieren, dass alle an einem Strang zogen. Das lag auch an einer emotionalen Mitarbeiterrekrutierung. Ich hatte es mir in den Kopf gesetzt, gerade weil ich ja die Schmach der Arbeitslosigkeit kannte, vorrangig Arbeitslosen eine Chance zu geben. Ich wusste aus eigener bitterer Erfahrung, wie es ist, wenn Angebote ausbleiben und man innerlich langsam zerfressen wird. Mit all diesen Einstellungen hatte ich kein Glück, im Gegenteil, einige dieser Mitarbeiter begannen mich zu bestehlen.

Erst mit einer nur nach fachlichen und charakterlichen Gesichtspunkten durchgeführten Auswahl kam der Erfolg. Heute, zwölf Jahre später, tritt das Gefühl der Unzulänglichkeit nur noch selten in Erscheinung. Dass ich mich nur noch auf mich selbst verlasse, hat dazu entscheidend beigetragen. Der Spruch »Jeder ist seines Glückes Schmied« hat für mich erst jetzt Wahrhaftigkeit erlangt. Ich bin jetzt vierundsechzig Jahre alt und kann nur jedem raten, sich nur auf sich selbst zu verlassen und vor allen Dingen nicht ständig auf die eigene Unzulänglichkeit zu schauen. Ich habe, vielleicht etwas zu spät, erfahren, wenn man fest an sich glaubt und etwas wirklich will, dann schafft man das auch.

Mein Schulkamerad Uwe Wegener

In letzter Zeit muss ich viel an meinen Schulkameraden Uwe Wegener denken. Aus einer inneren Versenkung und Dunkelheit, in der sein Bild viele Jahre lang verschwunden war, drängt es sich in leisen, aber energischen Schüben mir wieder auf. Wie am frühen Morgen im dunklen Schlafzimmer das kommende Tageslicht durch Jalousieritzen sich langsam, aber unaufhaltsam Bahn bricht. Aus Erinnerungsstücken setzt sich dieses Bild zu einem Ganzen zusammen.

Damals lebte ich in einem kleinen Dorf im Drömling und als ich in die fünfte Klasse versetzt wurde, musste ich täglich mit dem Rad in einen sechs Kilometer entfernten Ort zur Schule fahren. Hier wurden alle Schüler der Umgebung nach Abschluss der vierten Klasse zentral zusammengefasst. So lernte ich Uwe Wegener kennen. Er ging mit mir in eine Klasse und wohnte im Ort.

Es waren damals so manche Mitschüler meiner Klasse, von denen weder Gesicht noch Namen eine Spur in mir hinterlassen haben. Ich wurde ja auch schon im darauffolgenden Jahr, da meine Eltern umzogen, in eine andere Stadt und Schule geschickt. Das Gesicht und die Gestalt Wegeners aber kann ich mir in vollkommener Deutlichkeit noch heute vergegenwärtigen.

Er fiel vor allem durch seine Größe und einen kräftigen Wuchs auf, hatte dichtes, braunes, lockiges Haar mit einem hübschen Scheitel, eine gerade schmalrückige Nase und helle, nah beieinander stehende Augen, die eine besonnene Gelassenheit ausdrückten. Die Gesichtsfarbe war blass und sein roter schöner Mund nahm sich darin etwas komisch aus. Mir war sein freundliches und gutartiges Wesen sympathisch, doch kam ich nicht sehr oft mit ihm zusammen; wir lebten in verschiedenen Sphären. Während ein Teil der Klasse, zu dem ich gehörte, sich noch knabenhaften Spielen hingab, gehörte er zu den wenigen, die ihren ersten zarten Regungen, dem erwachenden Geschlechtsbewusstsein, den ernsteren und praktischen Dingen auf die Spur zu kommen suchten. Gerade Wegener zeichnete sich durch eine frühreife Überlegenheit und Erfahrenheit aus.

Ich erinnere mich an eine seiner sachlichen und lakonischen Mitteilungen, mit der er mich überrascht und in Verlegenheit gebracht hatte. Es war auf dem Weg zum Sportunterricht, wo wir hinter dem Schwarm der Mitschüler eine kleine Strecke weit nebeneinander gingen. Das Sportzeug untern Arm geklemmt, schritt er gelassen neben mir und plötzlich blieb er einige Sekunden stehen, wandte mir sein blasses Gesicht zu und sagte, dass er ein Mädchen liebe und ihr bereits einen Kuss gegeben habe. Es entstand eine peinliche Stille. Davon hatten wir noch nie gesprochen. Ich fürchtete mich davor und doch zog auch mich dieses rätselhafte Thema wie ein Märchengarten an. Ich fühlte, wie ich rot wurde und meine Finger zitterten. Da aber das Auftrumpfen mit irgendwelchen Erlebnissen unter uns Schülern üblich war, ließ ich mir, obwohl er vermutlich die Wahrheit gesagt hatte, nicht imponieren. Ich zügelte meine Erregung und teilte ihm mit, dass ich ebenfalls eine Freundin hatte und sie nicht nur geküsst hatte. Das war gelogen, war frei erfunden, machte mir aber keine Skrupel, denn es ging ja um die Aufwertung meiner Person. Er schaute mich überrascht an, musterte mich aufmerksam. Sein zweifelnder, ja sogar mitleidsvoller Blick machte mich verlegen. Er tat nichts, um mich zu entlarven. Ich hatte da etwas behauptet; er nahm es hin und fand es keiner Auseinandersetzung wert und damit war er der Überlegene und Erfahrene, der beinahe Erwachsene.

Und noch eine Begebenheit ist mir im Gedächtnis haften geblieben. In den Freistunden war es für uns Knaben reizvolle Tradition, an einem naheliegenden Gewässer uns in Zielwerfen zu üben. Zu diesem Zweck ließen wir Flaschen bzw. Tonkrüge schwimmen, die wir dann mit gezielten Steinwürfen zerstörten und versenkten. Um Wegener meine Freundschaft zu zeigen, nahm ich ihn zu diesem uns heiligen und nicht für jedermann zugänglichen Ritual mit. Unverständlich schaute er unserem leidenschaftlichen Tun zu. Als er sich zum Gehen abwendete, forderte ich ihn auf, sich zu beteiligen. Ein mitleidig, spöttisch lächelnder Blick zeigte mir die Sinnlosigkeit unseres scherbenbringenden Tuns. Und wieder war er der Überlegene.

Das war eigentlich der letzte engere Kontakt, den ich mit Wegener hatte. Kurz darauf siedelten wir in eine andere Gegend über.

Erst Jahre später erfuhr ich von einem Schulkameraden, dass Uwe Wegener zwei Jahre später an Krebs gestorben war. In seiner letzten Stunde soll er seine Mutter beauftragt haben, seinen Körper der medizinischen Forschung zur Verfügung zu stellen. Mehr blieb ihm nicht zu tun.

Der Vater

Ich weiß nicht, wie ich darauf kam, aber ich hatte schon immer so eine Ahnung, dass mein Vater nicht mein richtiger Vater war. Ich fühlte keinerlei innere Verbindung bzw. Zuneigung. Er war zwar da, sorgte sich auch um das Familieneinkommen, um meine und die Erziehung meines Bruders und um eine Art Familienleben, aber er war mir im Grunde gleichgültig. Im Gegenteil, wenn er da war, war ich gehemmt und angespannt. Ich war dann nicht ich selbst, sondern spielte ihm etwas vor. Ich versuchte ihm zu gefallen, redete ihm nach dem Mund. Sobald er zur Arbeit ging, blühte ich auf und eine Last fiel von mir. Ich begann mich zu entspannen, fand wieder zu mir selbst und kleine Glücksgefühle durchzuckten meinen Körper. Es gab auch kaum Gespräche miteinander, wenn, dann waren sie oberflächlich und beschränkten sich auf Banalitäten wie das Wetter oder Schulnoten.

Über innere Empfindungen, Sorgen und Probleme konnte ich nur mit meiner Mutter reden. Sie war einfühlsam und tat alles, um uns Kinder glücklich zu machen. So war es immer eine schöne Zeit, wenn unser Vater zum Dienst musste. Er war Lokführer und arbeitete in Schichten. Dadurch war er viel unterwegs. Dann machten wir es uns gemütlich. In fröhlicher Runde nahmen wir die Mahlzeiten ein und durften mit unserer Mutter an den Abenden länger als sonst aufbleiben und fernsehen. Am schönsten war es, wenn er am Wochenende arbeiten musste. Dann schliefen wir aus, was unser Vater, wenn er zu Hause war, gar nicht gut fand. Oft stand schon die Sonne hoch am Himmel, wenn wir, immer noch schläfrig, unser Bett verließen. Dann frühstückten wir ausführlich und durften danach machen, wonach uns der Sinn stand.

War der Vater aber zu Hause, gab es eine ganze Reihe von Aufgaben. So mussten wir im Garten umgraben, Unkraut jäten, Pflanzen gießen, den Hühnerstall ausmisten, Kaninchenfutter besorgen, den Zaun ausbessern und viele Jahre Rüben hacken bzw. verziehen. Das war eine Arbeit, die mein Bruder und ich hassten. Mein Vater nahm von der LPG Rübenacker in Pflege und bekam dafür Geld und Weizen, um die Hühner damit zu füttern. Am schlimmsten war es, wenn der Acker sehr lang war. Dann nahm die Arbeit kein Ende. Beim Rübenverziehen kniete man in der Reihe und zog die schwächsten Pflanzen aus der Erde, so dass nur die stärkste stehen blieb. Das Rübenhacken war dann nach einigen Tagen notwendig, um die Rübenpflanze von Unkraut zu befreien. Immer wieder schaute man auf die vor einem liegenden dunkelgrünen Reihen und hatte den Eindruck, sie nahmen kein Ende. Man versuchte dann oft zwei Reihen auf einmal zu bearbeiten. Da man dann aber noch langsamer vorankam, gab man dieses Unterfangen bald wieder auf. Größter Lohn nach dieser Arbeit waren ein knappes Lob des Vaters und ein bisschen Freizeit.

Mein Vater spielte in meiner Kindheit keine wichtige Rolle. Er war für mich mehr der Störenfried und Unterdrücker meiner sich entwickelnden Persönlichkeit. Meine Ambitionen, etwas Großes zu werden, wie zum Beispiel ein bekannter Musiker oder Schriftsteller, tat er mit einem verächtlichen Lächeln ab. Für ihn war das Spinnerei und brotlose Kunst. Auch dass ich viel las, billigte er nur ungern. Für ihn war nur ein zupackender, handwerklich begabter Junge ein ideales Kind. Meine in sich gekehrte Art und meinen Hang zur Literatur und Kunst verabscheute er, glaube ich zutiefst.

Peter, mein Bruder, entsprach schon mehr diesem, seinem Ideal. Er hatte gewisse handwerkliche Fähigkeiten, war körperlich robust und liebte die sportliche Betätigung. Ich erinnere mich in diesem Zusammenhang an ein Familientreffen, wo mein Vater und seine Brüder Peter und mich anstachelten, uns mit Zweigen an den in kurzen Hosen steckenden nackten Beinen zu peitschen. Es bereitete meinem Vater unbändige Freude, als mein jüngerer Bruder dabei als Sieger hervorging. Meine Schmerzen und meine Enttäuschung über seine Reaktion interessierten ihn nicht. Stolz präsentierte er seinen Geschwistern seinen Nachwuchs.

Die fehlende Bindung zu meinem Vater hatte auch eine Ursache darin, dass mein Bruder und ich die ersten Lebensjahre bei den Großeltern verbrachten. Peter bei den Eltern meines Vaters und ich bei den Eltern meiner Mutter. Das Leben auf dem Bauernhof in Bösdorf war meine schönste Zeit. Hier konnte ich den ganzen Tag herumtollen, hatte Freunde, mit denen ich mich traf und wurde von meiner Oma verwöhnt. Zu jeder Jahreszeit war es dort schön. Im Winter liebte ich den böllernden Kachelofen in der Wohnstube. Wenn ich mit hochrotem Gesicht und nassen Füßen vom Schlittenfahren zurückkam, bekam ich eine heiße Schokolade und konnte meinen durchfrorenen Körper an den warmen Kacheln wärmen. Im Frühjahr freute ich mich besonders auf Ostern. Das Eiersuchen im großen Obst- und Gemüsegarten wurde immer gekrönt durch einen wunderbaren Schmorbraten, den nur meine Oma so zubereiten konnte. Im Sommer tollte ich mit meinen Freunden durch die Wiesen und mit den Kuhtränken als Boote schipperten wir auf den Wiesengräben und spielten Seeräuber. Am Herbst liebte ich vor allem die bunte, zur Ruhe kommende Landschaft hinter dem Hof und den Geruch von Erde und Laub. Es gab dann nichts Schöneres, als bei der Kartoffelernte die mitgebrachten Wurstbrote am Ackerrand von einer schneeweißen Decke zu verzehren und den Blick auf die farbenprächtigen Pflanzen und Bäume ruhen zu lassen. Den Geruch der frisch gerodeten Erde rieche ich noch heute.

Als mein Vater mich dieser Idylle entriss, konnte ich ihm das zunächst nicht verzeihen. Immer wieder lief ich weg, um meine Großeltern zu besuchen. Ich flehte sie an, mich dort zu behalten, aber vergebens. Mein Vater bestand darauf, dass wir eine richtige Familie wurden und beendete mein bisheriges Leben abrupt.

Irgendwann kamen mir Zweifel an seiner Vaterschaft mir gegenüber. Ich sah ihn immer noch als Fremden, nicht zu mir gehörend. Ich begann nach Spuren zu suchen. Ich blätterte in Abwesenheit meiner Eltern in deren persönlichen Unterlagen, durchstöberte Urkunden und schaute mir aufmerksam Bilderalben an. In meinem Innersten wusste ich, dass dies nicht mein Vater sein konnte. Ich stellte mir vor, mein richtiger Vater sei ein prominenter Schauspieler, Schriftsteller oder berühmter Maler oder zumindest ein feinsinniger, liebenswürdiger Mensch. In meinen Träumen sah ich mich mit ihm in einem anderen schöneren Leben. Eine Sehnsucht machte sich dann breit, die dann aber immer wieder vom Alltag ausgelöscht wurde.

Meine Ahnung bestätigte sich. Ich fand bei einer meiner Durchsuchungen eine Urkunde, die belegte, dass mein jetziger Vater nicht mein leiblicher Vater war und er mich nur adoptiert hat. Mir verschlug es den Atem. Ich war aufgeregt, mein Herz raste und irgendwie fühlte ich Glücksmomente durch meinen Körper blitzen. Ich behielt mein Wissen für mich und plante die Suche nach meinem richtigen Vater. Das stellte sich zunächst als schwierig dar. Erstens wusste ich nicht seinen Namen und mit meinen damaligen dreizehn Jahren hatte ich keine Möglichkeit, mich auf die Suche zu machen. Obwohl ich es gerne gewesen wäre, war ich kein großer Abenteurer oder Rebell. Viel mehr liebte ich eine gewisse Geborgenheit und Ordnung. Und ich fürchtete den Zorn meines jetzigen Vaters. Es kam mir überhaupt nicht in den Sinn, loszuziehen und meinen Erzeuger zu suchen.

Zunächst beschränkte sich deshalb meine weitere Suche nach dem Namen meines richtigen Vaters. Nach erneutem Durchforsten sämtlicher Familiendokumente wurde ich fündig. In einem Gerichtsurteil erfuhr ich, dass er Kurt Ullmann hieß.

Jahre vergingen. Zwischenzeitlich absolvierte ich meine Lehre. Meine letzten Recherchen hatten ergeben, dass mein Erzeuger in Magdeburg wohnte. Als ich dann nach meiner Ausbildung zur Armee musste und ausgerechnet nach Magdeburg kam, hielt ich das für ein Zeichen. Bei einem Ausgang machte ich mich auf den Weg. Ich war sehr aufgeregt, aber bereit ihn zu besuchen. Das war nicht immer so. Oft hatte ich Zweifel, ob ich das tun sollte. Es plagten mich auch Gewissensbisse meinem Stiefvater gegenüber. Immerhin hatte er mich großgezogen und mir ein behütetes Zuhause gegeben. Und ich musste in dem Augenblick innerlich stark sein, um den Mut dazu zu haben. Das war an diesem Tag der Fall. Die Frühlingssonne schien und alles war in einer Art Aufbruchsstimmung.

Schnell fand ich das Haus. Es war ein Reihenhaus und im gepflegten Vorgarten blühten die ersten Tulpen. Die Sonne ergoss ihr Licht über die Stadt und mit klopfendem Herzen klingelte ich. Bis dahin hatte sich in mir verfestigt, dass mein richtiger Vater außerordentlich sein würde. Ein besonderer Mensch mit viel Geist, Witz und Weltgewandtheit.

Die Tür wurde von einer Frau geöffnet. Sie musterte mich freundlich mit gespannter Neugier. Ich betrat einen nach Bohnerwachs riechenden Flur, an dessen Anfang fein aufgereihte Schuhe standen. Die Frau begrüßte mich mit den Worten: »Du musst Günter sein.« Sie war sehr warmherzig und feinfühlig und war sich der Besonderheit der Situation wohl bewusst, war aber nicht emotional berührt, sondern managte souverän mein erstes Zusammentreffen mit meinem Vater. Ich gab ihm die Hand und setzte mich an eine schon eingedeckte Kaffeetafel. Die Sonne schickte einzelne Strahlen durch die gestickten Gardinen und verbreitete ein freundliches Licht. Die Frau schenkte Kaffee ein und plauderte munter drauflos. Mein Vater schwieg und immer wenn ich ihn aus den Augenwinkeln musterte, wirkte er teilnahmslos. Alle meine Gefühle waren aufgewühlt und drohten mich fast zu ersticken. Ich schaute immer wieder zum Fenster hinaus und hinter den Gardinen sah ich den blauen Himmel.

Irgendwann wechselten wir ein paar belanglose Worte. Er wirkte auf mich, als sei er selber Gast in dieser Wohnung. Es schien, als wolle er der Frau zeigen, dass er kein Interesse an einer nachträglichen Vaterschaft hatte. Offensichtlich hatte sie hier das Sagen. Er schaute schüchtern und bei jedem Wort suchte er die Bestätigung seiner Partnerin. Wie er so dasaß, tat er mir leid. Und ich tat mir leid, weil mein Vater sich offensichtlich nicht für mich interessierte. Als ich dann nach einer gefühlten Ewigkeit aufstand und gehen wollte, schien er erleichtert.

Der Abschied war kühl und reserviert. Als ich dann irgendwann auf der Straße stand, musste ich heulen. Ich versuchte nie wieder Kontakt mit ihm aufzunehmen.

Vierzig Jahre danach

Als ich meinem Erzeuger nach vierzig Jahren die Erzählung »Der Vater« per Post zusandte und ihm mitteilte, dass meine Mutter verstorben sei, erhielt ich zunächst keine Antwort. Ich hatte auf dem Begleitbrief meine Adresse und Telefonnummer hinterlassen. Doch eine Woche verging, ohne dass das Telefon klingelte oder ein Brief im Postkasten lag. Wieder war ich deprimiert und traurig. Er hatte eben doch kein Interesse an mir. Ich war ihm völlig egal. Ich fühlte mich wieder mal minderwertig, unnütz und ungeliebt. Oder hab ich ihn mit der Geschichte so verletzt, dass er nicht reagierte. Vielleicht, dachte ich, hat er den Brief auch nicht erhalten. Ich nahm mir vor ihn am nächsten Tag anzurufen und danach zu fragen. Aber immer wieder verschob ich dieses Vorhaben.

In dieser Zeit klingelte verhältnismäßig oft das Telefon im häuslichen Büro. Das Büro war nicht immer besetzt und die Nummer kannten mit der Zeit nicht mehr sehr viele. Es diente vor Jahren als Kontakt für meine Werbefirma, doch diese Firma gibt es nicht mehr. Wir nutzten die Telefonnummer jetzt zum Betrieb unserer Ferienwohnungen. Hauptsächlich riefen jetzt über diese Nummer Touristen an, die eine der Wohnungen mieten wollten.

Einer Ahnung folgend, schaute ich mir noch einmal den Brief an meinen Vater an und siehe da, ich hatte diese Telefonnummer für einen Rückruf angegeben. Mein Herz pochte und ich fühle mich wieder etwas besser. Ich nahm das Telefon an mich und ließ es nicht mehr aus den Augen. Und schon nach kurzer Zeit klingelte es wieder und er war dran.

Er begrüßte mich und bat mit stockender Stimme als Erster reden zu dürfen. Bei dem, was er dann sagte, kam es mir vor, als wenn er das von einem vorbereiteten Blatt Papier ablas. Vielleicht weil er sehr erregt war oder weil er, wie ich zwischenzeitlich erfuhr, vor Jahren einen

Schlaganfall hatte und seine Stimme und Konzentration nicht völlig wiederhergestellt waren. Er war eigentlich immer der Überzeugung, dass ich es bei meinem Adoptivvater gut hatte, so seine ersten Worte, und ich ihn demzufolge nicht vermisste. Nachdem er von dessen Tod erfuhr, hatte er versucht Kontakt mit meiner Mutter aufzunehmen, die das rigoros ablehnte. Er bedauerte es sehr, dass meine Mutter zwischenzeitlich gestorben ist, und kündigte einen Besuch auf dem Friedhof an. Seine Bemerkung, nun könne sie ja gegen den Besuch nichts mehr machen, stach mir ins Herz. Er erzählte dann noch, dass sein Sohn Bernd vor dreizehn Jahren gestorben sei und er keinen Kontakt zu dessen Familie mehr habe. Für ihn war es schmerzlich, dass, als Bernd an Krebs erkrankte, er sich nur an seine Mutter wandte und er als Vater nicht einbezogen wurde.

Für mich war es irgendwie beruhigend mit ihm zu sprechen. Und ich hörte mich sagen, dass er wieder anrufen könne und wenn er meine Mutter besuchen wollte, ich ihn gern treffen würde. Dann hörte ich eine längere Zeit nichts. Ich schrieb ihm wieder einen Brief und fragte darin, wie sein Leben so verlaufen ist. Wie seine Kindheit war. Wie er seine Familie gegründet hat und warum seine Ehe scheiterte. Wann und wo er meine Mutter kennengelernt hat und warum sie nicht zusammengeblieben sind. Was er beruflich so getrieben hat und was ihm am Leben begeistert und was nicht.

Es dauerte ein paar Tage und ich erhielt erneut einen Anruf. Wieder schien er das Ganze abzulesen: Seine Kindheit war nicht schön. Als sein Vater starb, brachte ihn sein Stiefvater in einem Bergwerk unter. Er musste hart arbeiten und vermisste die Liebe seiner Eltern. Seine Mutter traute sich nicht ihm zur Seite zu stehen, so dass er früh seinen eigenen Weg gehen musste … Ich konnte ein paar Zwischenfragen stellen, aber schon bald beendete er das Gespräch und wünschte mir alles Gute.

Wieder dachte ich, dass es das jetzt wohl gewesen sei. Wochenlang kein Lebenszeichen. Und wieder klingelte über mehrere Tage das Telefon im verlassenen Büro. Da ich aber in meinem zweiten Brief die richtige Telefonnummer angegeben hatte, gab ich nichts darauf und vermutete wieder eine Anfrage nach einer Ferienwohnung, die aber immer auch schriftlich übers Internet gestellt werden musste. Auch eine zweite Nummer konnte ein Interessent wählen. Nach zahlreichen Anrufen war dann eines Tages eine Mitteilung auf dem Anrufbeantworter. Eine Frau mit Namen Erika Hildebrandt bat um einen Rückruf. In der Vermutung eines Ferienwohnungsinteressenten rief ich zurück. Die Frau war hocherfreut und sagte mir, dass sie den Hörer mal weitergeben würde und da hörte ich seine Stimme. Mit langsam formulierten Worten sagte er in aufgeräumter Stimmung, dass er noch heute das Grab meiner Mutter besuchen wollte, und fragte mich, ob ich ihn begleiten würde. In der Kürze der Zeit konnte ich bereits bestehende Termine nicht verschieben, so dass ich das mit Bedauern verneinte. Es tat mir leid, aber irgendwie fühlte ich mich auch überrumpelt.

Als ich dann nach der Arbeit zu Hause ankam, eröffnete mir meine Frau, dass mein Vater da war. Mit einem befreundeten Ehepaar machte er zurzeit Urlaub in Kühlungsborn. Er würde sich sehr über ein Treffen freuen. Meine Frau war von ihm sehr angetan. Sowohl sein gepflegtes Aussehen als auch seine körperliche Verfassung imponierten ihr. Sie standen plötzlich vor dem Haus und erzählten, dass sie gerade vom Friedhof kamen und mich nun sehen wollten. Meine Frau bat sie herein, aber da ich nicht zu Hause war, schlug er die Einladung enttäuscht aus. Er machte einige Terminvorschläge, an denen wir uns treffen könnten. Dann fuhren sie zurück nach Kühlungsborn.

Ich freute mich über seinen Wunsch und fieberte dem Tag des Zusammentreffens entgegen. Die Erinnerung an sein Aussehen beim Zusammentreffen vor vierzig Jahren war verblasst. Ich konnte ihn mir trotz intensiven Bemühens nicht mehr vorstellen. Auf dem Weg nach Kühlungsborn sah ich kaum etwas von der vorbeirauschenden, frühlingshaften Landschaft. Immer wieder ging ich die kommende

Begegnung in Gedanken durch. Würde ich ihn überhaupt erkennen? Wird er wieder so reserviert auftreten? Was sollte man sich erzählen? Es gab keine gemeinsamen Erlebnisse. Ich war wieder aufgeregt und versuchte die innere Anspannung meiner Frau gegenüber zu überspielen und locker und abgeklärt zu erscheinen, aber sie durchschaute das Ganze und versuchte mich abzulenken.

Kurz vor Kühlungsborn erhielten wir einen Anruf von Erika. Sie wollte wissen, wo wir bleiben, und betonte, dass der »Vati« schon ganz aufgeregt sei. Wir hatten uns für den Nachmittag angekündigt, aber keine genaue Zeit abgesprochen. Mein Plan war, dass bis zum Abendessen nicht mehr allzu viel Zeit war, damit die erste Begegnung nicht für beide zu belastend lang war.

Als wir das Hotelgelände herauffuhren, pochte mein Herz, aber nicht mehr so stark wie damals beim ersten Zusammentreffen in Magdeburg. Die vierzig Jahre Lebenserfahrung haben mich wohl emotional reifer und gesetzter gemacht. So betraten wir doch relativ gelöst die Hotellobby. Alle Sitzecken waren mit plaudernden Hotelgästen besetzt. Da meine Frau meinen Erzeuger ja bereits kennengelernt hatte, ließ ich mich bereitwillig führen. Doch dazu kam es erst gar nicht. An einem Tisch an der Fensterreihe sprang plötzlich ein rüstiger älterer Herr auf und begrüßte uns überschwänglich. Anscheinend hatte er mich sofort erkannt und stellte uns seinen Freunden vor. Wir setzten uns und er tätschelte begeistert mein Knie. Er schien sich riesig zu freuen mich zu sehen. Und er benutzte überraschenderweise ein Schlagwort, was ich oft benutzte: »einwandfrei«. Wir plauderten zunächst über Hotel, Gegend und die bisherigen Urlaubserlebnisse. Dann trennten wir uns von seinen Freunden und gingen auf sein Hotelzimmer.

Unerwartet entwickelte sich ein lebhaftes Gespräch, wobei mir die Rolle zukam, es immer wieder anzukurbeln. Er hatte Jugendbilder meiner Mutter dabei und ich versuchte seine Erinnerungen an diese Zeit herauszukitzeln. Meine Mutter war damals gerade achtzehn Jahre alt, er fünf Jahre älter. Während der Armeezeit in Gehrendorf fuhr er in seiner Freizeit mit dem Fahrrad ins Nachbardorf, um sie zu treffen. In dieser Zeit ist es dann passiert. Sie liebten sich und nach neun Monaten erblickte ich das Licht der Welt. Warum sie dann nicht zusammengekommen sind, sagte er mir nicht.

Wir sprachen dann noch über seine nicht gerade glückliche Kindheit und das Scheitern von zwei Ehen. Es stellte sich heraus, dass er mit dem Tod seines Sohnes auch seine Familie verloren hatte und nun im hohen Alter sehr einsam sei. Das deckte sich auch mit der vertraulichen Information durch Erika, dass er vor Monaten in der Schweiz Sterbehilfe in Anspruch nehmen wollte. Was für ein verkorkstes Leben. Am Ende blieb ihm nichts. Wie hätte sich sein Leben entwickelt, wenn er mit meiner Mutter zusammengeblieben wäre und ich bei ihm aufgewachsen wäre? Wir trennten uns nach fast zwei Stunden und verabredeten ein Wiedersehen.

In der Folge telefonierten wir in regelmäßigen Abständen miteinander. In einem der Gespräche schlug er die Einladung, mehrere Tage nach Graal-Müritz zu kommen, aus und sagte mir, dass er vorhabe, mich an einem Tag in meinem Betrieb in Rostock zu besuchen und anschließend gleich wieder nach Hause zu fahren. Er meinte, er wolle mich nicht überfordern.

Lange hörte ich wieder nichts von ihm. Beunruhigt rief ich ihn an. Wieder begann er einen vorbereiteten Text vorzulesen. Er meinte, dass mit ihm nicht mehr viel los sei. Seine Medikamente bekamen ihm nicht. Und im Übrigen möchte er das Ganze nicht weiter vertiefen. Auf meinen Einwand hin sagte er mir, dass es jetzt zu spät sei. Ich hätte mir das eher überlegen sollen. Mit guten Wünschen für meine Zukunft legte er dann auf.

Der kleine Bernstein

Schon von weitem sah ich ihn in der Sonne leuchten. Honigfarben lag er zwischen Muschelschalen, bunten Steinen und schwarzem Seetang am Strand von Graal-Müritz. Tagelang war das Wasser durch den ablandigen Wind weit zurückgewichen. Der Strand war breit und wie leergefegt. Kleine wellenartige Muster im Sand waren alles, was man zu sehen bekam. Der Wind zerzauste einem die Haare und blies kleine Sandkörner durch die Luft. Jetzt aber, mit der Rückkehr des Meeres, spuckten die Wellen allerhand Strandgut aus. Durch das Salzwasser fast weiß gewaschene Hölzer, über viele Jahrhunderte eigenartig geformte Steine, Seesterne und durch Sand, Wasser und Steine fein geschliffene Glasscherben. Eigentlich habe ich für diese Fundsachen nicht den Blick und das Gespür, wie zum Beispiel eine gute Freundin aus der Nachbarschaft. Sie kommt fast täglich mit Hühnergöttern, Seesternen, Faustkeilen und phantastischen Steingebilden vom Strand zurück. Und fast immer findet sie Bernsteine. Dann wächst auch in mir das Jagdfieber und ich suche in den darauffolgenden Tagen intensiv den Strand ab. Aber außer ein paar Bernsteinkörnchen und den einen oder anderen eigentümlich aussehenden Stein wurde ich in all den Jahren nicht fündig. Dann verblasst mein Interesse schnell wieder und ich erfreue mich ungetrübt am für mich atemberaubenden Naturschauspiel, am Strand der Ostsee.

Und jetzt lag er vor mir, ein fast daumengroßer Bernstein, dahinter das Meer wie ein großes silbernes Tablett. Er schien mir zuzublinzeln und zu rufen: Heb mich auf. Oder war das nur das Säuseln des Windes? Honiggelb hatte er die Form eines großen Tropfens und in meiner Phantasie sah ich ihn bei seiner Geburt tropfend, zunächst noch als Harz, an einem Baum. Dann irgendwann wurde sein Zuhause, wahrscheinlich ein Kiefernwald im östlichen Skandinavien, überflutet. Und es begann der Millionen Jahre dauernde Versteinerungsprozess. Die Steinzeit verging, die Bronzezeit ging zu Ende und auch während der Antike und des Mittelalters ruhte er wahrscheinlich luftdicht in der Erde und bekam von den Veränderungen auf der Erde nichts mit. Vielleicht in weiter Ferne den Kanonendonner oder das Explodieren der Bomben im Ersten und Zweiten Weltkrieg oder die Erschütterung, die an ein Erdbeben denken ließ.

Als er dann wieder ans Tageslicht gelangte, erkannte er die Welt nicht wieder. Wo war der schöne Kiefernwald, wo sein Baum, dessen Lebenssaft er viele Jahre war? Wehmut machte sich breit und er wunderte sich, wie hart und versteinert er jetzt war. Der einzige Lichtblick war das Meer. Das kannte er und dessen Rauschen und Plätschern begleitete sein damaliges Leben im Baum. Und auch den Seewind kannte er. So manche Nacht wiegte er ihn, den Baum schüttelnd, in den Schlaf. Eine Sehnsucht ergriff ihn. Für ihn stand fest, dass das Meer ein Stück Heimat war und er hatte Vertrauen, dass das Meer ihn zu seinen Wurzeln führen kann. So ließ er sich willig von den Wellen erfassen und auf das offene Meer treiben. Die Unterwasserwelt machte ihm zunächst Angst, faszinierte ihn aber bald. Inmitten von Wasserpflanzen träumte er von seinem Wald, seinem Baum, in dem er viele Jahrzehnte sicher lebte. Die Strömung rollte ihn über den Meeresgrund. Es war ein Hin und Her. Und dieses Wiegen löste in ihm kleine Glücksgefühle aus. Trotzdem wich seine innere Anspannung in dieser Zeit nicht; eine Mischung aus Angst und Neugierde.

Die Angst war begründet; alles unter Wasser war ihm fremd. Er stieß sich an aufragendem Gestein, wurde vom Sand überspült und fast in einem Schiffswrack zerquetscht. Immer wieder schwammen Fische auf ihn zu, um zu erkunden, ob er essbar war. Wenn sie dann mitbekamen, dass er hart wie Stein war und nach nichts schmeckte, schubsten sie ihn verächtlich weg.

Eines Tages kam wieder ein Meeresgetier auf ihn zu. Schon von weitem sah er, dass es sich diesmal um einen Monsterfisch handeln musste. Er schwamm über ihn hinweg und der Bernstein sah, dass sich der Meeresgrund verfinsterte. Die Bewegung war so kraftvoll, dass er durch den Sog viele Meter weit auf und ab geschleudert wurde. Das erst weckte die Neugier des Fisches und als der immer näher kam, sah der Bernstein, dass es ein großer Wal war. Er sah aus wie ein Riesenfisch und hatte eine stromlinienförmige Gestalt. Rechts und links hatte er eine Flosse, die ruderhafte Bewegungen machten und auch auf dem Rücken befand sich eine weitere Flosse. Als er über ihn hinwegschwamm, sah er noch, dass das graublau aussehende Tier am Hinterteil eine große, fast dreieckige Schwanzflosse bewegte. Sein langgestreckter Kopf mit Nasenlöchern, aus denen Blasen aufstiegen, kam immer näher auf den Bernstein zu. Seine große Anzahl gleichförmiger Zähne sah furchterregend aus. Seine kugelrunden Knopfaugen sahen ihn durchdringend an. Der kleine Bernstein war wie erstarrt. Seine Angst war unbeschreiblich. Er fühlte sich ausgeliefert und wie hypnotisiert. Der Wal schnupperte dann auch nicht lange an ihm herum, er öffnete sein imposantes Maul und wie durch einen Strudel angezogen, wirbelte der Bernstein in den Bauch des Ungetüms. Als der Bernstein wieder zur Besinnung kam, war es stockfinster, es gluckste und immer wieder zog ein Lufthauch an ihm vorbei. Er stieß ständig auf Begrenzungen in den Eingeweiden des Riesenfisches. Plötzlich gab es einen Ruck und er saß fest. Es gab weder ein Vor noch ein Zurück. Pausenlos wurden Fische angeschwemmt und es wurde immer enger im Bauch des Wales. Der kleine Bernstein konnte nicht sagen, wie lange er schon hier gefangen war. Da es nur dunkel war, hatte er jedes Zeitgefühl verloren.

Eines Tages hörte er ein eigenartiges Plätschern. Dieses Geräusch hatte er bisher hier in seinem dunklen Verlies noch nicht vernommen. Es wurde von einem Klatschen und Wirbeln begleitet. Er spürte eine zunächst sanfte Berührung, die in eine Umklammerung überging. Er hatte das Gefühl, von zahlreichen Armen umgeben zu sein. Der Wal muss einen großen Tintenfisch verschlungen haben, der sich nun in Todesangst dagegen wehrte und mit seinen Fangarmen nach Halt suchte. Der kleine Bernstein gab ihm diesen Halt und er beruhigte sich langsam. In der Dunkelheit kamen sie sich näher. Sie trösteten sich still und behutsam. Der Tintenfisch wurde immer ruhiger und irgendwann bewegte er sich gar nicht mehr. Mit der Zeit schien er sich aufzulösen und der kleine Bernstein fühlte auch die Fangarme des Fisches nicht mehr. Vor sich hin dösend, wartete der Stein; auf was, wusste er nicht. Die Zeit schien stehen zu bleiben. Es gab ein Hier und Jetzt, aber nichts anderes. Hin und wieder wurden Fische und Plankton in den Bauch geschwemmt, dann wurde es eng um den kleinen Bernstein, aber schon nach einiger Zeit lockerte sich die Enge und der Bernstein rutschte durch die Schwimmbewegungen des Wales hin und her. Wie er da so eingeschlossen war, erinnerte er sich an die Millionen Jahre währende Versteinerung unter der Erde. Sollte das sein weiteres Leben sein? Er sehnte sich zurück nach dem Wiegen der Wellen im Meer, nach seinem Kiefernwald, in dem er seine glücklichsten Tage erlebte und er vermisste die zärtliche Berührung des Tintenfisches. Doch mit der Zeit akzeptierte er seine Situation, er gab sich auf und fügte sich seinem Schicksal.

Eine Art Druckwelle riss ihn irgendwann aus seiner Lethargie. Er hatte das Gefühl, dass ihn eine unbekannte Kraft so stark drückte, dass er zu zerspringen drohte. War das ein Erdbeben, das er schon aus seiner Versteinerungszeit kannte? Damals wurde er an einer Seite immer tiefer in die Erde gedrückt, so dass sich seine Körperform in diesem Teil zu einer Spitze verformte. Doch jetzt spürte er nicht die Last der Erde, sondern den warmen Körper des großen Fisches. Und plötzlich, er konnte es kaum glauben, sah er Licht über sich und spürte Sand und Wasser. Er war wieder auf dem Meeresgrund und sah den Wal davonschwimmen. Sein Glücksgefühl war kaum zu beschreiben. Er schmiegte sich an den feinkörnigen Sand, ließ sich von den Wasserpflanzen kitzeln und genoss die sanften Bewegungen des Meeres. Seine Hoffnung kehrte zurück, er sah wieder eine Zukunft und ließ sich vom Meer treiben. Viele Jahre vergingen, die Sehnsucht nach seinem Wald machte ihn zwar traurig, nährte aber auch seinen Willen, nicht aufzugeben. So ließ er sich jetzt nicht nur von den Strömungen des Meeres hin und her treiben, sondern tat alles, um in eine Richtung vorwärts zu kommen. So vermied er durch das Liegenbleiben hinter Steinen und Pflanzen ein Zurückfließen. Und siehe da, auf diese Art durchquerte er die Ostsee und als er dann an Land gespült wurde, sah er die Kiefern sich im Wind wiegen. Und wenn er nicht versteinert wäre, würde er vor Glück weinen.

Ehrfurchtsvoll hob ich den Stein nach diesen Überlegungen auf, brachte ihn in mein Haus und gab ihm einen Ehrenplatz in meiner kleinen Strandgutsammlung. Dabei achtete ich darauf, dass er durch das Fenster das Meer und die Kiefern des Küstenwaldes sah. Honiggelb strahlt er dort noch immer.

Djamila die Schöne

Ich lernte Familie Hemidi bei einem Freund kennen. Er hatte die syrische Familie bei sich aufgenommen. Als es in Aleppo nicht mehr auszuhalten war, packten Sedat und Namika Hemidi die Koffer, nahmen ihre fünfjährige Tochter Djamila und machten sich auf den beschwerlichen Weg nach Deutschland. Sedat war in Syrien ein anerkannter Arzt. Als Orthopäde hatte er sich vorrangig auf Wirbelsäulenerkrankungen spezialisiert. Er hatte im Jahr 1989 seinen Doktor gemacht und bekleidete eine Professur in einer großen Universitätsklinik. Seine Frau war in diesem Krankenhaus Krankenschwester.

Er kam in einer Zeit nach Deutschland, in der die Stimmung langsam umschlug. Sprach man noch vor Monaten von einer Willkommenskultur, so war davon jetzt kaum noch die Rede. Im Gegenteil, die Bundeskanzlerin Angela Merkel wurde wegen ihrer humanistischen Grundeinstellung angefeindet und angepöbelt. Eine neue Partei, die AfD, hatte großen Zulauf. Es kam zu Übergriffen auf Flüchtlingsheime. Eine stetig wachsende Zahl deutscher Bürger wollte die Flüchtlinge schnell wieder loswerden. Argumentationen, dass auch deutsche Väter, Mütter und Kinder nach dem Zweiten Weltkrieg Flüchtlinge waren, verhallten ungehört. So wurden auch Hürden aufgebaut, damit sie erst gar nicht bis nach Deutschland kommen konnten.

Doch die Familie Hemidi hatte es geschafft. Sie fand Unterschlupf bei einem guten Freund, mit dem ich auch beruflich verbunden war. Dr. Wahl war Neurochirurg und hatte Dr. Hemidi schon seit Jahren bei Ärztekongressen getroffen und schätzen gelernt. Als er in Deutschland eintraf, zögerte er nicht ihn und seiner Familie seine Ferienwohnung anzubieten. Mehr noch, er kümmerte sich um Aufenthaltsgenehmigung, Behördengänge und er gab Dr. Hemidi Arbeit in seiner neurochirurgischen Praxis. Hier wurden unter anderem Operationen an der Wirbelsäule durchgeführt.

Dr. Hemidi war ein kluger Kopf, er meisterte in kurzer Zeit obligatorische Deutschkurse und diverse Weiterbildungen. Wir trafen uns oft zum gemeinsamen Kochen, zu Grillabenden und Strandpicknicks. Die ganze Familie war äußerst liebenswert. Trotzdem gab es im Ort Menschen, die diese Fremden nicht haben wollten. Eine Bürgerinitiative wurde gegründet. Feindseligkeiten häuften sich. Schmierereien wie »Ausländer raus« nahmen zu. Und auch offene Unmutsäußerungen wie das Ausspucken bei Begegnungen kamen vor. Entsetzt war ich, dass auch gute Freunde die Flüchtlinge ablehnten. Die Tochter Djamila, ein bildhübsches kleines Mädchen, reagierte darauf immer verstörter. Schon in Aleppo hatte sie einiges durchgemacht. So wurde ihr Haus durch ein Geschoss zerstört, und sie musste mit ansehen, wie Kinder aus ihrer Nachbarschaft verletzt wurden oder starben. Ihre Mutter tröstete sie dann: »Bald sind wir in Deutschland in einem freundlichen und sicheren Land.« Und die Kleine legte ihre ganze Hoffnung in dieses Versprechen der Mutter.

Als Djamila mit ihren Eltern in Deutschland ankam, war sie traumatisiert. Auf ihrem schönen Gesicht lag ein grauer Schatten. Wenn man sie ansprechen wollte, drehte sie sich weg. Ein Lächeln habe ich bei ihr nie gesehen. Obwohl sie schon fünf Jahre alt war, weigerte sie sich an der Hand ihrer Eltern spazieren zu gehen. Das war nur möglich, wenn sie sich in ihren für sie sicheren Kinderkarren setzen konnte und von Vater oder Mutter geschoben wurde. Sie hatte keinen Kontakt zu anderen Kindern. Um dies zu ändern, kümmerten sich Dr. Wahl und andere Freunde um einen Kindergartenplatz. Doch auch hier reagierte sie verschüchtert und vermied es, mit anderen Kindern zu spielen. Ihr Gesicht war voller Trauer und zeigte die Spuren ihrer Erlebnisse. Nur langsam gewöhnten die Erzieherinnen sie an ein Zusammensein mit Gleichaltrigen. Sie weinte, wenn sie gebracht wurde und gab immer öfter vor krank zu sein. Dann blieb sie zu Hause und genoss die Fürsorge ihrer Eltern.

In dieser Zeit bot ich Dr. Wahl meine Hilfe bei der beruflichen

Integration der Familie Hemidi an. Ich schlug vor, dass Dr. Hemidi stundenweise in meinem gesundheitsorientierten Sportstudio als Arzt arbeiten könne. Nach der Absolvierung diverser Lehrgänge begann er mit der Durchführung der ärztlichen Trainingsberatung. Dazu muss man sagen, dass in meinem Studio hauptsächlich Menschen mit Rücken- und Nackenproblemen therapeutisch behandelt wurden.

In Deutschland wuchs mittlerweile der Widerstand gegen die Flüchtlingspolitik der Regierung. Die Alternative für Deutschland, AfD, wurde mit hohen Stimmenanteilen sogar in die Parlamente der Bundesländer gewählt. Sie hetzten gegen Flüchtlinge und Muslime und wollten, dass sie unser Land schnellstens wieder verlassen. Einer ihrer Wortführer in unserem Ort war Roland Berg. Er schimpfte in übelster Weise auf die bei uns Gestrandeten und bezeichnete sie als Schmarotzer unseres Sozialstaates, die nicht arbeiten und nur die Wohltaten mitnehmen wollten. Dieser Roland Berg organisierte auch bei uns in der Gemeinde Protestkundgebungen. So versammelten sich eines Tages eine Handvoll Leute vor dem Haus, in dem Familie Hemidi Unterschlupf gefunden hatte. Es war an einem trüben Nachmittag. Rufe wie »Ausländer raus« skandierten. In diesem Moment kam Mutter Namika mit Djamila im Kinderkarren um die Ecke. Das Schreien und Pöbeln wurde immer lauter und bedrohlicher. Im Laufschritt lief Namika zu der Haustür und als sie hastig dahinter verschwand, flogen Steine. Djamila begann zu schreien und die Mutter beugte sich verängstigt über ihr Kind. Als die Polizei dem ganzen Spuk ein Ende setzte, waren beide so voller Angst, dass erst der Vater, der am späten Abend nach Hause kam, sie etwas beruhigen konnte. Seit diesem Tag weinte Djamila jede Nacht und kam ängstlich in das Bett ihrer Eltern und auch Namika hörte in ihren Träumen immer wieder die wütenden Rufe der AfD-Leute. Oft wachte sie schweißgebadet auf und bat ihren Mann diesen ungastlichen Ort wieder zu verlassen. Herr Hemidi war verzweifelt und sorgte sich um das Wohl seiner Familie. Er grübelte, was er tun könne, aber ihm fiel kein Ausweg ein. In Aleppo wurde die

Situation immer schlimmer. Die Menschen hungerten und wurden vom IS drangsaliert. Eine Rückkehr war also ausgeschlossen.

Zwischenzeitlich wurden durch die Polizei ähnliche Vorkommnisse unterbunden, aber auf dem Weg zum Kindergarten, beim Einkauf und in der Straßenbahn begegneten ihnen hasserfüllte Blicke. Familie Hemidi wusste nicht, was sie tun sollte. Wir versuchten sie zu beruhigen und verwiesen auf die vielen deutschen Menschen, die es gut mit ihnen meinten. Aber die Angst wich nie ganz aus ihren Augen.

Eines Tages sah ich diesen Roland Berg in unser Studio kommen. Er gab vor, starke Rückenschmerzen zu haben. Mehrere Bandscheibenvorfälle hatten seine Lebensqualität dermaßen beeinträchtigt, dass er nicht mehr wusste, wie er mit diesen Schmerzen weiterleben sollte. Ich schickte ihn als Erstes zu unserem Arzt Dr. Hemidi. Er untersuchte den Mann, spritzte ihm Schmerzmittel und verschrieb nach Abklingen der Schmerzen eine Kräftigungstherapie. In achtzehn Sitzungen, unter Leitung von Dr. Hemidi, wurde die tiefliegende Rückenmuskulatur dermaßen gestärkt, dass die Wirbelsäule wie ein Korsett gehalten wurde und der Schmerz von Mal zu Mal weniger wurde. Als Dr. Hemidi ihn nach der Therapie entließ, war Roland Berg schmerzfrei. Überschwänglich bedankte er sich für eine völlig neue Lebensqualität.

Ich habe Dr. Hemidi nie erzählt, wen er da behandelt hat. Zwischenzeitlich haben er und seine Familie Deutschland enttäuscht wieder verlassen.

Günter, mein sonderbarer Nachbar

Ich habe mich sehr gern mit ihm unterhalten. Immer, wenn wir uns am Gartenzaun trafen, nahmen wir uns die Zeit für ein Schwätzchen. Er war Orthopäde und lebte mit seiner Frau und einer Tochter links neben uns in einem Reihenhaus. Günter, so hieß er, arbeitete in der Kurklinik von Graal-Müritz und da auch ich dort zeitweilig beschäftigt war, hatten wir immer eine Menge Gesprächsstoff. Auch er monierte das Arbeitsklima in der Klinik. Er kam auch nicht damit klar, täglich mit den körperlichen Gebrechen der Kurpatienten konfrontiert zu werden und dabei immer die Rendite im Auge behalten zu müssen. Günter war ein gut aussehender Mann mit wohlgeformten Wangenknochen, blauen Augen und schon etwas lichter werdendem schwarzem Haar. Als wir uns kennenlernten, hatte er auch immer eine Art spitzbübisches Lächeln auf den schmalen Lippen. Irgendwann kündigte er sein Arbeitsverhältnis und begann nur noch stundenweise pauschal in der Klinik zu arbeiten. Aber selbst das schien ihn zu belasten. Immer wieder klagte er über seinen Arbeitsalltag. Am wohlsten fühlte er sich in seinem Garten. Da konnte er stundenlang den Schmetterlingen beim Fliegen zusehen und die ruhige Beständigkeit der Natur genießen.

Mit der Zeit wurde er immer schrulliger. Er begann den Kontakt mit Menschen zu meiden. Wenn ich ihn mit seinem Hund im Wald sah, bog er in einen anderen Weg, so dass wir uns nicht trafen. Mir war es oftmals recht, konnte ich doch auch meinen Gedanken nachgehen. Gelang es ihm nicht, rechtzeitig auszuweichen, fiel sein Gruß immer spärlicher aus. Sein Gesicht schaute ernst und traurig drein. Irgendwann begann auch ich ihm nach Möglichkeit auszuweichen. Wollte ich ihm einen Gefallen tun oder war es auch in meinem Interesse? Ich konnte nicht damit umgehen, wenn mich jemand mied. Immer wieder stellte ich mir dann die Frage, was ich falsch gemacht hatte.

Am Strand, an dem man sich nicht ausweichen konnte, traf ich ihn immer in sich gekehrt und allein. Nie machte er den Strandspaziergang mit seiner Frau. Über die Jahre veränderte sich auch seine Kleidung. Sogar bei schönem Wetter trug er Sachen, die sämtliche Hautpartien bedeckten. Jacke, Hose und Schuhe waren fast immer schwarz. Nur ein grauer Schal brachte etwas Farbe in sein tristes Aussehen. Selbst das Gesicht war bedeckt mit einer großen Sonnenbrille und einem hoch geschlossenen Kragen bzw. manchmal mit einem Mundschutz.

Im Dorf begann man über ihn zu reden. Er sei arrogant und eingebildet. Seine in sich gekehrte Art stieß auf allgemeine Ablehnung. Dabei verstand ich ihn eigentlich sehr gut. Auch ich hatte ganz gern mal meine Ruhe und musste nicht pausenlos reden. Es war schön, ungestört seinen Gedanken nachzugehen bzw. auch mal an gar nichts zu denken. Doch es gab dann auch wieder Zeiten, wo es guttat, mit jemandem zu reden. Diesen Kontakt schien er nicht mehr zu brauchen. Wenn er sich in seinem Garten aufhielt, versteckte er sich hinter Büschen auf seiner Terrasse. Nur leise Musik verriet, dass er da war.

Eines Tages baute er einen hohen Zaun um sein Grundstück. Er begründete das damit, dass sein Hund auf jede Bewegung anschlug und er das ständige Bellen nicht mehr ertragen konnte. Dadurch sah ich ihn am Haus überhaupt nicht mehr. Trotzdem schien er noch am Leben teilzunehmen. Oft sah ich ihn hinter der Gardine unsere ihm gegenüberliegende Urlauberwohnung beobachten. Es interessierte ihn wohl doch, was andere Menschen taten. Oder war es vielmehr so, dass er uns aus einer Perspektive betrachtete, die mit seiner Wirklichkeit nichts mehr zu tun hatte? So als beobachtete man Außerirdische von einem anderen Stern.

Ich wusste aus unseren anfänglichen Gesprächen, dass er das Meer liebte. Umso erstaunter war ich, dass ich ihn nicht mehr am Strand traf. Offensichtlich hatte er seine Strandspaziergänge eingestellt. Ein Nachbar erzählte mir, dass er ihn jetzt des Öfteren am späten Abend am Strand getroffen hatte. Sicherlich um so wenig menschlichen Kontakt wie möglich zu haben. Hatte ich meinen Nachbarn in der Vergangenheit immer verteidigt, begann auch ich jetzt schlecht über ihn zu reden. Ich stimmte den Leuten aus unserem Wohngebiet zu, dass er sich offensichtlich für was Besseres hielt. Und selbst böse Bemerkungen ließ ich unkommentiert. Über die Jahre wurde kaum noch über ihn geredet. Worüber auch, man sah jetzt nur noch gelegentlich die Frau, aber auch die huschte mit ihrem Hund nur schnell vorüber.

In den Medien wurde in dieser Zeit vom Selbstmord Hannelore Kohls berichtet. Sie hatte sich angeblich wegen einer Lichtallergie umgebracht. Diese Lichtallergie soll sie aber objektiv gar nicht gehabt haben. Eine psychotherapeutische Behandlung hätte ihr, so einige Experten, durchaus weitergeholfen. Ich sah plötzlich Parallelen zu meinem Nachbarn Günter und ich schämte mich für mein Verhalten. Ich ärgerte mich, dass ich wieder mal, von Äußerlichkeiten geleitet, ein falsches Urteil gefällt habe. Und ich bereue heute noch, dass ich den Kontakt nicht aufrecht gehalten habe und ihn dadurch vielleicht geholfen hätte. Kurze Zeit später zog mein Nachbar weg und ich habe nie wieder etwas von ihm gehört.

Was bleibt

Ich habe mich so langsam nach vielen inneren Kämpfen, Ängsten und Krämpfen so langsam damit abgefunden, dass das Leben endlich ist und auch ich, wie alle anderen Menschen, sterben muss. Das war nicht immer so. Als Kind und später auch noch als Familienvater im besten Alter habe ich oft schlaflos im Bett gelegen und voller Angst an das Ende gedacht. Es war für mich unbegreiflich, dass ich eines Tages nicht mehr da sein und nie, nie wieder zurückkehren würde. Jetzt mit vierundsechzig Jahren ist das anders. Man hofft noch auf möglichst viel Lebenszeit und grübelt über das, was bleibt. Ich wünsche mir schon, dass etwas von mir bleibt. Eine gute Vorstellung ist, dass aus mir etwas Neues entsteht. Aber wie bewerkstelligen? Ein schönes Bild ist, dass aus mir ein Baum wächst, der von meinen körperlichen Überresten wohlgenährt zu einem gesunden Baum heranwächst und der Jahrzehnte allen Wirrnissen trotzt. Dazu müsste kurz über meinem Körper ein Baum gepflanzt werden, dessen Wurzeln sich an dem verwesenden Fleisch laben. Würde ich aber in einem Sarg beerdigt, wäre vom Körper nach dem Verfaulen des Holzes nicht mehr viel Verwertbares über. Gleiches gilt beim Verbrennen des Körpers. Die Asche wäre zwar ein guter Dünger, aber nur, wenn er aus der Urne entsprechend verstreut werden würde. Das ist aber eigentlich in Deutschland nicht zulässig. Von einer Freundin meiner Frau erfuhr ich jetzt, dass alles möglich ist. Man muss nur über die notwendigen Beziehungen verfügen. Sie, die in einem Beerdigungsinstitut arbeitet, muss es ja wissen. Selbst nach dem Tod braucht man noch Beziehungen, ist das nicht schizophren?

Der Gedanke, in meinem eigenen Garten die Grundlage für blühende Blumen und starke Bäume zu werden, ist mir sehr sympathisch. Noch dazu liegen dann in meiner Nachbarschaft meine geliebten Hunde Emma und Bruno und vielleicht auch Mischka. Wenn dann noch meine Frau neben mir liegen würde, wäre das Glück vollkommen! Doch dazu müsste das Haus immer im Familienbesitz bleiben. Das Haus vom Schriftsteller Fallada wurde, nachdem die Familie dort fast über ein Jahrzehnt gewohnt hat, verkauft. Es war dann lange im Besitz eines Kinderbuchverlages, der es als Ferienheim nutzte. Erst mit der Übernahme durch die Stadt Feldberg wurde durch die Hans-Fallada-Gesellschaft das Haus restauriert und als Museum geführt. Man läuft durch den Garten und sieht noch heute die gärtnerische Handschrift von Falladas Frau Anna, geht an den Obstbäumen vorbei, die einst von Fallada geerntet wurden, und erinnert sich am Bienenhaus an die ersten Versuche als Imker. Wäre es nicht schön, wenn Falladas Überreste in dieser Erde lägen? Stattdessen wurde er später aus Berliner Erde auf den Friedhof in Carwitz umgebettet, ganz in der Nähe von Anna, mit der er eigentlich seine glücklichsten Jahre verbracht hatte.

So einen Ort zu haben, in dem auch nach dem Leben alle vereint ruhen und dazu noch aufgeschriebene Erinnerungen, was will man mehr? Wenn diese Erinnerungen wenigstens in den Gedanken der Nachkommen weiterleben, vielleicht sogar Handlungen und Lebensweise beeinflussen, dann ist das eine schöne Vorstellung. Ich sitze jetzt, am 10.5.2017, an meinem Schreibtisch, schaue versonnen in den Garten und stelle mir vor, wie in hundert Jahren Enkel, Urenkel und Ururenkel die von mir gepflanzten Kirschbäume abernten, die von mir gemalten Bilder betrachten und am Abend in diesem Band Erzählungen blättern. Und ich sehe sie vor den mit Steinen gekennzeichneten Gräbern stehen und vielleicht mit ein wenig Wehmut an die jetzige Zeit zurückdenken. Und meine jetzigen Gedanken leben dann immer noch in anderen fort. Eine schöne, beruhigende Vorstellung.

Nach dem Schreiben dieser Zeilen habe ich so gut geschlafen wie schon lange nicht mehr.

Die stille Eiche

Im Küstenwald von Graal-Müritz steht eine weit über zweihundert Jahre alte Eiche. Eigentlich stehen dort, gleich hinter der Zufahrt zum Waldstadion, in kurzen Abständen drei alte Eichen, aber die eine ist von Höhe und Umfang die älteste. Ihre graugrüne Borke ist durchzogen von tiefen Furchen, so wie eine alte abgearbeitete Hand oder ein Gesicht, das in Jahrzehnten viel erlebt hat und dabei tiefe Spuren hinterlassen hat. Die Wurzeln der Eiche sind ausladend und tief und fest mit der Erde verwurzelt. Wie die Klauen eines Riesendinosauriers graben sie sich tief in unendliche Erde. Die Baumkrone wird gebildet von starken, dicken Ästen, die sich kraftvoll in den Himmel strecken. Der Baum ist sich seiner Stärke bewusst und strahlt eine gewisse Unbezwingbarkeit und Gelassenheit aus. Das allein erklärt aber noch nicht, dass ich mich immer wieder von ihm angezogen fühle.

Wenn ich den Weg dahin betrete, steigt in mir eine herzklopfende Spannung, die mit jedem Schritt in Richtung der Eiche stärker wird. Im Nachhinein kann ich mich nicht mehr an das Herangehen erinnern. Vielleicht war es gar kein Gehen, sondern Schweben. Ein Film läuft ab, an dem ich nicht beteiligt bin. Plötzlich stehe ich vor der Eiche und weiß nicht, wie ich dort hingekommen bin. Ich starre sie an und kann nicht an ihr vorbeigehen. Und irgendetwas lenkt mich und lässt sie mich umarmen. Ich schau mich dann ängstlich um, ob mir dabei ja keiner zusieht. Ihre Berührung elektrisiert mich. Ich spüre Schwingungen. Es ist, als ob ich wiederbelebt werde. Doch kein Arzt drückt das Defiliergerät auf meine Brust. Nur die Borke drückt durch mein Hemd. Ich stehe Sekunden da, wie gelähmt, bevor ein stilles Jauchzen die Brust füllt. Ich löse mich und Kraftströme fließen durch meine Adern. Beschwingt gehe ich dann weiter. Und im selben Moment freue ich mich schon auf die nächste Umarmung.

Es vergeht kaum ein Tag, an dem ich nicht den Weg zur alten Eiche gehe. Ob es regnet, stürmt, schneit oder die Sonne scheint, sie steht ohne eine Regung da, wie ein Fels in der Brandung. Ein Baum ist ein Lebewesen, aber wie kann er mit mir kommunizieren? Aus meiner Sicht nur über die Berührung und so habe ich es mir angewöhnt, ihn leise zu umarmen und seine dicke Borke zu streicheln. Nach jeder Umarmung durchströmte mich, eingebildet oder nicht, eine Euphorie, die viele Stunden anhält und meinen Tag optimistisch und froh macht. Bäume sind Heiligtümer. Wer mit ihnen sprechen kann und ihnen zuhört, erfährt die Wahrheit. Ein alter Baum ist weise. Seine Geschichte – Kampf, Leid, Krankheit, Glück und Gedeihen – hat ihn dazu gemacht. Er hat Generationen von Menschen, Tieren und Pflanzen kommen und gehen sehen. Schmale Jahre, üppige Jahre überstandene Angriffe, überdauerte Stürme hat er gesehen und selbst erlebt. Das hat ihn geformt und gestärkt. Man erfährt keine Lehren und Rezepte, sondern das Urgesetz des Lebens.

Wenn ich traurig bin und die Lebenslust etwas gedämpft ist, dann spricht manchmal der Baum im Traum zu mir: »Schau mich an, ich lass mich nicht beirren; ich bin stark, weil ich zuversichtlich bin. Ich weiß, es geht immer weiter. Nach schlechten Tagen kommen gute. Nur so habe ich die Zeiten überdauert.« Ich umarme ihn dann und eine unbekannte Kraft durchzieht meinen Körper. Erholt und voller Tatendrang erwache ich dann.

Doch nach dem Erwachen kommen mir Zweifel. Wenn der Baum so stark und weise ist, warum lässt er es zu, dass Menschen ihn fällen, ihn zersägen und nur noch einen toten Stumpf zurücklassen? Durch seine Trägheit ist er zunächst nicht in der Lage, sich gegenüber dem tötenden Menschen zu wehren. Doch wenn er Freunde, also zum Beispiel weitere Eichenbäume, in der Umgebung hat, werden seine Stümpfe nicht zu Humus und verfaulen, sondern werden von den Nachbarbäumen am Leben erhalten. Von den Bäumen könnte der Mensch sehr viel lernen.

Kurt und Elisabeth

Für Elisabeth war es die erste große Liebe. Sie war bisher noch nicht aus ihrem Dorf herausgekommen. Außer in den Ferien bei den Großeltern in Breitenrode kannte sie nur ihr Dorf. Bösdorf war eines von den üblichen Dörfern in der Börde in Sachsen-Anhalt. Es hatte eine Dorfkirche, einen Konsum, sogar zwei Gasthäuser und einen Schmied, dessen Hämmern werktags durch das Dorf schallte. Nur an den Wochenenden übernahm die Kirchenglocke die Geräuschkulisse. Die Straßen waren mit Kopfsteinen gepflastert und hinter den Hoftoren bellten die Hunde jeden Vorrübergehenden an. Morgens kamen noch das Krähen der Hähne und das hungrige Muhen der Kühe hinzu. Auch das Grunzen der Schweine drang bis auf die Straße. Umgeben war das Dorf von schier unendlichen Wiesen und Feldern.

Elisabeth hatte zwar ihre Schulkameraden und den einen oder anderen Freund, aber das war mehr die übliche Kinderfreundschaft. Ein erster aus einer Mutprobe entstandener Kuss, ohne innere Erregung, war in dieser Hinsicht das bisher größte Erlebnis. Ihre Eltern deckten sie dermaßen mit Arbeit ein und kontrollierten jeden ihrer Schritte, dass sie kaum Gelegenheiten hatte, jemanden außerhalb der Dorfgemeinschaft kennenzulernen.

Nicht dass sie unglücklich war, sie liebte ihr Dorf, den Geruch des frischen Heus auf den Wiesen hinter dem Haus, das Zwitschern der zahlreichen Spatzenfamilien, genoss es, mit den Eltern unter dem großen Kastanienbaum zu sitzen und den Geschichten ihres Vaters zu lauschen, sie empfand eine gewisse Befriedigung den Kühen, Schweinen und Hühnern das Fressen in die Tröge zu schütten und das Grunzen und Gackern zu hören.

Auch die abendlichen Treffen auf der Milchbank mit Schulkameraden und Nachbarn ließ sie zunächst nichts vermissen. Sie war einfach glücklich mit ihrem Leben. Doch als sie älter wurde und die sechzehn überschritten hatte, machte sich eine Sehnsucht breit, die sich schwer auf ihr Herz legte. Sie war verwirrt von bisher unbekannten Gefühlen, war sie krank oder war der Zustand normal für ein erwachsen werdendes Mädchen? Elisabeth schlief schlecht und ihre Träume verwirrten sie noch mehr. Die Spielereien und das Geplänkel mit den Gleichaltrigen und den mit ihr aufgewachsenen Jugendlichen reichten ihr irgendwann nicht mehr. Sie wurde immer nachdenklicher und war oft so unkonzentriert, so dass ihre Mitschüler begannen sie zu necken. Sie ahnten, dass etwas in ihr vorging, an dem sie nicht teilhaben durften. Elisabeth schien sich von Tag zu Tag immer weiter von ihnen zu entfernen.

Von einer Freundin erfuhr Elisabeth, dass des Öfteren Soldaten aus einer Garnison in Gehrendorf das Dorf auf der Suche nach Mädchen durchstreiften. Insbesondere im Sommer erwachte diese Lust. Elisabeth war groß, schlank und hatte langes braunes welliges Haar, das sie zu der Zeit mit einer Spange nach hinten trug. Ihre braunen Augen schauten lebhaft, unternehmenslustig mit einem Hauch von Schüchternheit in die Welt. Ihr Gesicht hatte feine, ebenmäßige Züge mit hohen Wangenknochen und ihre Stupsnase signalisierte Offenheit und Vertrauensseligkeit. Sie hatte volle, sinnliche Lippen, die schon für sich allein verführerisch waren. So dauerte es auch nicht lange, bis die Soldaten auf sie aufmerksam wurden. Insbesondere ein großer, athletischer Mann im Alter von dreiundzwanzig Jahren interessierte sich ganz offensichtlich für das hübsche Mädchen. Als Elisabeth an einem strahlenden Sommertag mit einem frischen Mischbrot den Dorfbäcker verließ und gerade wie immer die duftende Brotkruste abbrechen wollte, sprach er sie an. Schüchtern beantwortete sie seine Fragen nach den Freizeitmöglichkeiten in ihrem Dorf. Nicht ohne Stolz berichtete sie, dass einmal pro Woche im Saal der Gaststätte »Rustenbach« Kinovorführungen stattfanden und an gleicher Stelle einmal im Monat sogar das Tanzbein geschwungen werden konnte. Mit hochrotem Kopf lauschte sie seinen Worten. Sie traute sich zunächst nicht ihm länger in die Augen zu schauen. Immer wieder senkte sie ihren Blick. Ihr gefiel seine Stimme, warm, tief, gesetzt. Sie ging nicht in seiner Begleitung, sondern schwebte neben ihm her. Sie bekam nicht mit, wen sie unterwegs trafen und welchen Weg sie gingen. Selbst das hysterische Kläffen der Hunde hörte sie nicht. Er begleitete sie bis zu ihrem Hoftor, das in der Sonne grün glänzte. Von Stunde an war sie wie verzaubert. Sie konnte an nichts anderes mehr denken. Immer wieder dachte sie an das Gespräch, schalt sich über missglückte Formulierungen, sah seine interessierten Augen und fühlte seinen warmen festen Händedruck beim Abschied.

In dieser Nacht hatte sie das erste Mal nackt geschlafen und eine bisher unbekannte Lust und Wohlbehagen durchströmten ihren Körper. Sie verrichtete zwar wie gewohnt ihre Arbeiten auf dem Hof der Eltern, war aber mit den Gedanken ganz woanders. Bei der Arbeit auf dem Rübenfeld hackte sie statt Unkraut Rübenpflanzen ab. Beim Füttern verwechselte sie das Futter, so dass die Schweine Heu bekamen und die Pferde gekochte Kartoffeln mit Schrot. Während das Pferd nur kurz stutzte und dann schnaubend zu fressen begann, sah das Schwein Elisabeth mit seinen kleinen roten Augen vorwurfsvoll an. Es wühlte im Heu und begann vor Enttäuschung und Hunger zu quieken. Elisabeth bekam davon aber nichts mit. Ihr Vater sah diese Unkonzentriertheit und ahnte die Ursache. Er hatte Verständnis und korrigierte lächelnd ihre Fehler. Trotzdem merkte auch bald ihre Mutter, was mit ihr los war. Sie erhielt für ihr Fehlverhalten wiederholt Stubenarrest und immer mehr zusätzliche Aufgaben. Doch dadurch wurde ihre Sehnsucht nur noch größer. Heimlich schlich sie sich bei jeder sich bietenden Gelegenheit aus dem Haus und traf sich, manchmal nur für ein paar Minuten, mit dem Soldaten hinter einem in unmittelbarer Nähe stehenden Trafohäuschen. Kurt, so hieß der junge Mann, belohnte ihre Waghalsigkeit mit heißen Küssen. Dass sie dabei einmal mitten in einem Brennnesselbusch standen, spürte sie erst später. Mit glühenden Wangen trennte sie sich jedes Mal, so dass man ihr ihren Zustand am Gesicht ablesen konnte. So schlich sie sich immer zuerst in die Waschküche und kühlte mit kaltem Wasser ihr rot angelaufenes Gesicht.

Sie trafen sich aber auch auf den Wiesen oder im Wald, unweit des Dorfes. Gute Gelegenheiten hatte sie, wenn sie vorgab aufs Rübenfeld zu gehen oder den Einkauf zu erledigen. Ihre Eltern freuten sich über ihre Initiative und ließen sie leicht verwundert ziehen. Wenn sie dann begann die Rüben zu verziehen, hielt sie unentwegt und aufgeregt Ausschau nach Kurt. Erschien er mit seinem Fahrrad am Feldrand, musste sie sich zwingen nicht sofort loszulaufen und in seine Arme zu fliegen. Auch hinter dem Konsum gab es ein stilles Gässchen, in dem sie sich mit ihm nach ihrem Einkauf in die Büsche drückte. Ein für sie bisher unscheinbarer Weg war plötzlich ein strahlender Ort. Sie küssten sich und die Hände verirrten sich. In den Nächten begann ihre Hand den Körper neben sich zu suchen und fand nur die Abwesenheit.

So passierte, was passieren musste. Sie küsste ihn noch mit der Vorsicht der Kindheit, während sein drängender Körper die Heftigkeit des Erwachsenenbegehrens heraufbeschwor. Sie fühlte sich schön und begehrenswert und ließ ihn gewähren. Mehr noch, auch sie verließ bald das Kind in ihr und überließ der Frau die Initiative. Die Leidenschaft und Begierde hatte beide ergriffen. Das wiederholte sich einige Male, bis sie plötzlich schwanger wurde.

Ängstlich versuchte sie die Veränderungen in ihrem Körper zu verheimlichen. Aber ihre Mutter, die insgesamt fünf Kinder zur Welt gebracht hatte, erkannte schon nach kurzer Zeit, was passiert war. Nun begann ein langer Leidensweg. Ihre Eltern nahmen keine Rücksicht auf ihren Zustand. Wie auf dem Dorf üblich, musste sie bis zum Schluss auf dem Acker arbeiten und die täglichen Arbeiten wie gewohnt verrichten. Das empfand sie aber nicht als so schlimm. Es war eben normal, wenn jede Arbeitskraft auf einem Bauernhof gebraucht wird. Sie sah ihre Zukunft mit einem sie liebenden Mann und einem aus dieser Verbindung entstehenden Kind. Ihre Eltern drängten auf eine Hochzeit, noch vor der Geburt und vor den ersten sichtbaren Zeichen der Schwangerschaft. Schon allein deshalb, um im Dorf gar nicht erst dummes Gerede aufkommen zu lassen. Ein uneheliches Kind wäre eine große Schande für die ganze Familie.

Das wollte sie bei einem nächsten Treffen mit Kurt besprechen. Doch er erschien nicht am vereinbarten Ort. Sie war irritiert, hatte sie die Uhrzeit verwechselt? Sie wartete eine ganze Stunde und in dieser Zeit schlug die Vorfreude erstmals in Verzweiflung um. Sie redete sich ein, dass sicher etwas Dienstliches dazwischengekommen war. Doch als Briefe an ihn unbeantwortet blieben, fühlte sie sich verletzt, machte sich aber auch Sorgen, dass ihm etwas passiert sein könnte. Aufgeregt fuhr sie mit dem Fahrrad nach Gehrendorf. Für die blauen Kornblumen und den roten Klatschmohn, die sich im leichten Sommerwind am Wegesrand wiegten, hatte sie keinen Blick. Nie konnte sie in der Vergangenheit an diesen Wildblumen vorrübergehen, ohne einen Strauß für die Mutter zu pflücken. Mit hochrotem Gesicht erreichte sie die Kaserne, die grau, aber friedlich am Ortseingang in Waldnähe lag. Die Vögel zwitscherten, es duftete nach Kiefern und Sommer und ihre Hoffnung, es würde sich alles zum Guten wenden, kehrte kurzzeitig wieder. Doch er ließ sich verleugnen und nichts als ein Häufchen Unglück blieb zurück. Sie fühlte sich hässlich und unnütz. Wie sie nach Hause gekommen war, wusste sie nicht mehr. Nur verschwommene Landschaftsbilder blieben für kurze Zeit in ihrem Gedächtnis.

Im Sommer sprechen die Körper ohne Verstand, fordern auf zur Verführung. Wenn der Sommer dann vorbei ist, gibt es immer wieder unglückliche Mädchen und Kümmernisse. So ging es auch Elisabeth.

Ihre Mutter reagierte nun plötzlich überraschend positiv. Sie meinte, dass sie auch noch ein sechstes Kind groß bekommen würde. Und so wuchs der Junge, den sie Günter nannten, bis zum vierten Lebensjahr auf dem Bauernhof auf. Und Elisabeth freute sich an seiner unbeschwerten Kindheit. Der Junge genoss das Leben auf dem Bauernhof in vollen Zügen. Den ganzen Tag war er in den Ställen bei den Tieren, in der Scheune und auf den Wiesen unterwegs. Abends kam er erschöpft, aber glücklich ins Haus und verschlang Unmengen von geschmierten Broten. Elisabeth war zwar wütend auf Kurt, aber trotz alledem konnte sie ihn nicht vergessen. Die Eltern taten alles, damit es dem Jungen gut ging, aber sie sehnte sich nach einer eigenen Familie. In dieser Phase lernte sie einen Mann kennen, der das Kind, ohne lange zu zögern, adoptierte. Sie zogen zusammen und nach zwei Jahren bekamen sie ein zweites, nun gemeinsames Kind. Es folgten schwere, aber meistens auch glückliche Jahre. Doch immer wieder musste sie an Kurt denken. Wenn sie in den Armen ihres Mannes lag, bildete sie sich ein, es sei er. Nachts träumte sie noch viele Jahre von ihren Treffen, sah ihn verliebt lächelnd über sich und schaute ihm traurig nach, wenn sie sich trennten.

Doch nach einiger Zeit verblasste die Erinnerung. Nur wenn sie das Ergebnis ihrer ersten Liebe betrachtete, wurde ihr Herz schwer. Doch auch das verging mit den Jahren. Die beiden Kinder verließen irgendwann das Haus und Elisabeth wollte es sich mit ihrem Mann noch einmal schön machen. Doch die neue Zweisamkeit bekam ihr gar nicht. Sie vermisste ihre Kinder und auch die letzte Verbindung zu Kurt. Sie wurde depressiv und verließ tagelang das Bett nicht. Ihr Mann tat alles, um ihr das Leben so schön wie möglich zu machen, aber es half nicht. Als er dann starb, lagen nicht gerade die glücklichsten Tage hinter ihm. Elisabeth war untröstlich, vor allem auch deshalb, weil sie sich schuldig fühlte. Sie bedauerte jede Stunde, in der sie ihm das Leben schwer gemacht hatte. Ihre Trauer war so tief und so lang, dass sich ihre Kinder große Sorgen machten. Sie nahmen sie zu sich und den Enkelkindern gelang es, sie aufzumuntern und ihr Leben wieder lebenswert zu machen. Doch plötzlich erkrankte sie an Krebs. Die Therapie war sehr hart und zehrte an ihren Kräften. Doch ihr Lebenswille war jetzt stärker denn je. Sie erfreute sich an ihren Enkelkindern und den beiden Söhnen und auch die Depression kehrte nur noch selten zurück.

Eines Tages, mittlerweile waren über sechzig Jahre vergangen, erhielt sie einen Brief von Kurt. In schnörkliger Schrift schrieb er ihr, dass er sie gern wiedersehen würde. Er hatte in der Zwischenzeit einen Schlaganfall erlitten, sei aber so weit wiederhergestellt, dass er gern mit ihr gemeinsam Reisen unternehmen würde. Sie war empört und als er eines Tages an ihrer Haustür klopfte, ließ sie ihn nicht herein. Er schrieb dann noch einen weiteren Brief, den sie, wie auch den ersten, unbeantwortet ließ, aber sorgfältig aufbewahrte.

Unsere Liebe

Unsere Beziehung hat große Staatsmänner überdauert, außer Fidel Castro und zwei Gesellschaftsformen, wie sie unterschiedlicher nicht sein konnten. Und wenn wir nicht aufhören zu reden, zu streiten, zu versöhnen und zu lieben, dann geht es wohl auch in Zukunft gut. Wir kommen beide aus Arbeiterfamilien, sind politisch gesehen Demokraten und sind auch sexuell auf einer Linie. Was uns aber darüber hinaus am stärksten verbindet, ist die Liebe zu gutem Essen, gutem Wein und einem guten Buch und guter Rockmusik. Das, was das Leben lebenswert macht, lieben wir.

Durch die Arbeit in einem sozialistischen Kulturzentrum lernten wir uns kennen und bei einer Frauentagfeier verliebte ich mich in sie. Ein Grund war ihre wohlstrukturierte Arbeitsweise, aber der wahre Grund war ihr hübsches Gesicht mit der geraden Nase und den blaugrauen, melancholischen Augen gepaart mit einer ansehnlichen Oberweite und schönen langen Beinen.

An jenem Tag, an dem wir uns das erste Mal küssten, saß sie im Kreise ihrer Kollegen und schaute wiederholt zu mir herüber. Sie lächelte mich an und ich lächelte zurück. Und als ich ihr in meiner Eigenschaft als Leiter der kulturellen Einrichtung zum Frauentag gratulierte, küsste ich sie ganz offiziell und sie erwiderte den für diesen Anlass unpassend langen Kuss.

Da wir beide verheiratet waren und die sozialistische Moral da sehr empfindlich reagierte, mussten wir vorsichtig sein. Wir trafen uns heimlich, um uns zu küssen oder einfach nur zu berühren. Wenn ich wusste, dass sie sich allein in ihrem Büro aufhielt, machte ich einen Rundgang durch das Kulturhaus und konnte es kaum erwarten, sie in den Arm zu nehmen. Morgens, wenn ich aus Stendal kommend vor den Magdeburger Hauptbahnhof trat, stand sie schon an der Straßenbahnhaltestelle und wir fuhren gemeinsam drei Stationen bis zur Arbeit. Das

Zusammenstehen, das heimliche Berühren und der vorsichtige Kuss waren so erotisierend, dass die Spannung kaum auszuhalten war. Auf der Arbeit ankommend trennten wir uns einige Meter vor dem Haus und es dauerte eine Weile, bis wir uns wieder gefangen hatten und uns so normal wie möglich benahmen. Doch kaum im Büro, sehnte ich die Frühstückspause herbei, nur allein deshalb, weil ich sie dort sah.

Sie arbeitete in der Abteilung Volkskunst und noch nie zuvor verbrachte ich so viel Zeit in diesem Bereich. Ich nahm an deren Dienstberatungen teil, ließ mir regelmäßig Bericht erstatten und besuchte fast alle Volkskunstveranstaltungen. Wenn sie morgens nicht an der Haltestelle stand, wurde ich unruhig. Manchmal fuhr sie dann mit dem Fahrrad hinter der Straßenbahn her. Es gab aber auch Tage, da war sie zur Frühstückspause immer noch nicht da. Dann rannte ich wie ein Psychopath durch das Haus und stellte mir sie eng umschlungen mit ihrem Mann oder einem Liebhaber vor. Wenn sie dann später doch erschien, versuchte ich in ihren Augen, in ihrer Körperhaltung und am Zustand ihrer Haare und Kleidung die vergangenen Stunden zu rekonstruieren. Ich sah dann Spuren einer vergangenen Liebesnacht und quälte mich mit bildhaften Vorstellungen. Ich hasste sie dann, aber diese angebliche Verruchtheit reizte mich noch mehr.

Wenn ich sie dann wieder umarmen und küssen konnte und sie mir von einer unruhigen Nacht mit ihrer grippekranken Tochter erzählte, schwebte ich vor Glück. Ich konnte es dann nicht fassen, dass diese Frau mich liebte und nur noch mit mir zusammen sein wollte. Wir reichten beide die Scheidung ein. Eines Tages nahm sie mich mit zu ihr nach Hause. Ihr Mann befand sich auf einer Dienstreise und wir legten uns in die Ehebetten. Das Schlafzimmer quoll fast über vor Tüll und schweren rosaroten Gardinen. Ich fühlte mich von ihr körperlich angezogen, konnte aber ein Unwohlsein, wegen der mir fremden und abstoßenden Umgebung, nicht unterdrücken. Es klappte dann auch nicht mit dem Liebesakt und mit nichts weiter als Streicheln endete eine unruhige Nacht. Ich betrat dann auch nie wieder diese Wohnung.

Es ergab sich dann, dass mir von Seiten des Betriebes ein Zimmer in einem Lehrlingswohnheim zur Verfügung gestellt wurde. So musste ich nicht jeden Tag nach Hause fahren. Und hier trafen wir uns dann, um uns ungestört zu lieben. Aber auch hier gelang es mir nicht, in sie einzudringen. Ich war verzweifelt, aber sie beruhigte mich und betonte, dass ihr mein Streicheln viel mehr bedeutete. Trotzdem grübelte ich über mein Missgeschick. Lag es an dem Zimmer? Der Raum war wohl mal ein Großraumbüro. Auf der großen, ausladenden Fläche befanden sich jetzt aber nur noch ein Kleiderschrank und ein Bett, das mitten im Raum platziert war. Wie ich erfuhr, hatte vorher die Heimleitung hier ihr Domizil. Lag es daran, dass der Heimleiter hier noch gedanklich anwesend war? Oder hatte ich Angst, vor der Scheidung aufzufliegen und ein Disziplinarverfahren über mich ergehen lassen zu müssen? Sie jedenfalls war sehr einfühlsam und zeigte keine Anzeichen, dass unsere Liebe dadurch in Mitleidenschaft gezogen wurde. Sie traf immer nach 22.00 Uhr ein. Immer dann, wenn im Haus Ruhe eingekehrt war und sie zu Hause ihre Tochter ins Bett gebracht hatte. Dann schmuggelte ich sie durch den dunklen Garten und das unbeleuchtete Treppenhaus. Auch im Zimmer knipsten wir kein Licht an. Eine Laterne vor dem Lehrlingswohnheim spendete ihr Licht für unsere Zweisamkeit.

Doch die Gedanken, bei ihr kein richtiger Mann zu sein, ließen mich nicht wieder los. Ich las in Büchern über Potenzprobleme, beobachtete penibel meinen Gesundheitszustand und versuchte mich mit erotischen Bildern zu motivieren. Solange sie nicht dabei war, gelang das auch. In meinen Träumen liebten wir uns und ich erwachte jeden Morgen mit einem steifen Glied. Das Verlangen nach ihr war dann so groß, dass ich es kaum aushalten konnte. In dieser Zeit befriedigte sie mich auf einer Parkbank vor dem Hauptbahnhof. Auf meinem Zug nach Hause wartend fasste sie mir in die Hose und bewegte das zum Zerspringen pralle Glied bis zu einer ungeahnten Explosion. Mit einer nassen Hose stieg ich dann in den Zug und lehnte mich zufrieden und nur an sie denkend zurück.

Ich verstand nicht, warum das so klappte, wenn sie aber nackt in ihrer vollen Schönheit vor mir stand nicht. Ich war immer wieder überwältigt von ihrem nackten Körper. Ich liebte ihre großen festen Brüste, die bei jedem Schritt vibrierten, ihre festen wohlgeformten Schenkel und ihren etwas schüchternen Blick aus ihren klaren, offenen Augen. Wenn ich sie so sah, bekam ich Minderwertigkeitsgefühle und konnte nicht so recht glauben, dass das alles mir gehören sollte.

In mir verdichtete sich in dieser Zeit der Gedanke, dass das Umfeld daran schuld sei und so organisierte ich eine Reise nach Berlin. Ich hatte für ein Wochenende ein Zimmer in einem Hotel gebucht. Wir wollten uns Berlin anschauen und unsere gemeinsamen Erlebnisse vergrößern. Das Hotel war kein Luxushotel, hatte aber schöne helle und freundliche Zimmer. Als wir unsere Reisetasche absetzten und vor dem Bett standen, begannen wir uns wie auf Kommando plötzlich auszuziehen. Stehend umarmten wir uns. Sie löste sich dann sanft, kniete sich dann herausfordernd auf das Bett und ich drang ohne Schwierigkeiten in sie ein. Was dann folgte, war unbeschreiblich; als wir irgendwann voneinander ließen, hatten wir beide wunde Knie. Von Berlin haben wir, außer dem Bahnhof, nichts gesehen.

Verschwundene Gesichter

Als ich vor zehn Jahren das Kieserstudio in Rostock eröffnete, freute ich mich über diese geniale Geschäftsidee. Ziel des Unternehmens war es, Menschen zu helfen, ihre Rückenschmerzen loszuwerden. Eine dankbare Aufgabe, mit der man auch noch Geld verdienen konnte. Bisher war ich nur in Angestelltenverhältnissen tätig gewesen und nun mit über fünfzig Jahren wollte ich mich nun noch selbstständig machen? In meinen bisherigen Jobs kam es immer wieder zu Konflikten mit den Eigentümern. Wirtschaftlich unsinnige Beschlüsse und menschenfeindliche Entscheidungen wollte ich nicht länger mittragen. Das war eigentlich der ausschlaggebende Punkt, warum ich diesen Schritt dann tatsächlich vollzogen habe.

Erst viele Jahre später begriff ich, dass ich hier nicht nur eine überaus sinnvolle Aufgabe, sondern quasi als Zugabe ein riesiges Potential für Charakterstudien hatte. Durchgängig tummelten sich weit über zweitausend Kunden an den Kraftgeräten. Vorwiegend Intellektuelle mit einer unendliche Fülle an Wissen, Gefühlen und körperlichen Eigenheiten. Zwischenzeitlich waren schon viele Gesichter, die regelmäßig über einen mehr oder weniger langen Zeitraum das Studio besuchten, wieder verschwunden. Immer wieder, aber leider erst nach längerer Zeit, vermisste ich diese Menschen, die es mit Sicherheit wert waren, sich mit ihnen näher zu beschäftigen. Charaktere, die es so nicht noch einmal gab. Es ist wie mit dem Lesen. Man bedauert dieses und jenes Buch nicht verschlungen zu haben. Doch Bücher muss man kaufen. Diese Menschen aber bezahlten, um zu mir zu kommen. Es zeigt sich auch hier, dass man etwas, für das man nicht bezahlt, gering schätzt. Wenn man dann sogar noch Geld bekommt, ist die Geringschätzung kaum noch zu überbieten. Wie dem auch sei, nach zehn Jahren wurde ich mir erst dessen bewusst und ich ging nun daran, diesen Schatz zu heben.

Ich begann damit, mir besondere und außergewöhnliche Charaktere ins Gedächtnis zu rufen. Da mir Namen kaum gegenwärtig waren, musste ich die Kundenkartei bemühen. Ich wühlte mich durch eine Wulst von Namen und siehe da, es gelang mir teilweise, die für mich besonderen Menschen ins Gedächtnis zurückzurufen. Mit dem Namen erschienen Bilder und Informationen, die irgendwo in meinem Bewusstsein abgespeichert lagen und nur durch ein spezielles Passwort abrufbar waren. Nach anfänglicher Euphorie erfolgte schnell Ernüchterung. Fast alle, die für mich von Interesse waren und bei denen auch eine interessante Geschichte zu erwarten war, hatten das Studio schon lange wieder verlassen, waren verstorben, schwer erkrankt oder leise und unauffällig einfach verschwunden. Warum waren es diese längst verschwundenen Gesichter, die mich faszinierten? Lag es daran, dass die Zeit und die Vergänglichkeit eine Heroisierung zur Folge hatten? Brachte der Abstand nur noch positive Eindrücke zum Vorschein? Oder bringt der Verlust, das schmerzhafte Versäumnis, unsere Seele zum Klingen? Ich weiß, dass sich die Vergangenheit immer verklärt, dass die Erinnerung immer besänftigt ist.

Schon beim Buchstaben A wurde ich mehrmals fündig. Da war das Ehepaar Abel. Ein Mann mit damals über siebzig Jahren hatte noch einmal ein spätes Glück gefunden. Die zwanzig Jahre jüngere Frau liebte diesen älteren Herrn abgöttisch und ohne Vorbehalte. Er war ein großer Mann mit ergrautem Haar, das an einer Stirnglatze und im Wangenbereich in lange nicht mehr modernen Koteletten endete. Seine vollen, rosigen Lippen, eine markante gerade Nase und tiefliegende blaue Augen umrahmt von buschigen noch schwarzen Augenbrauen ließen ahnen, dass er mal ein gut aussehender Mann gewesen war. Doch auch sie hatte einiges zu bieten: Sie hatte einen etwas zu stabilen Körper, aber rehbraune Augen und sinnliche, volle Lippen, dichtes, ungestümes braunes Haar, hohe füllige Wangen, eine Stupsnase und einen vielversprechenden Busen. Wenn sie im Studio waren, suchten sich selbst während des Trainings ununterbrochen ihre Blicke.

Wenn sie miteinander sprachen, hingen sie sich gegenseitig an den Lippen. Und ihre in der Öffentlichkeit zögerlichen Berührungen versprühten eine unglaubliche Spannung. Es war einfach schön, sie Hand in Hand ankommen und die Anziehungskraft beim Training zu sehen und zu spüren. Mit etwas Phantasie sah man die Verbindungswellen durch den Raum schweben. War die Sicht der beiden durch Geräte oder Trainierende behindert, umspielte eine leichte Traurigkeit die Gesichtszüge, die dann bei Sichtkontakt von einem warmherzigen Lächeln abgelöst wurde. So als ob sie sich freuten, den geliebten Menschen unversehrt wiederzusehen.

Beide waren immer auf dem Sprung, dem anderen zu helfen: sei es bei der Einstellung der Geräte, beim Anschnallen auf dem Sitz oder beim Aufheben des heruntergefallenen Handtuchs. Wenn ein Kontrolltraining fällig war, bestanden beide darauf, es gemeinsam zu absolvieren. Dann hatten sie einen gemeinsamen Trainer und trainierten an den Geräten eng beieinander. Gab es durch den Trainer kritische Hinweise, achteten beide darauf, dass dies behutsam erfolgte. War ein Wort zu energisch, wurde es vom anderen Partner schnell abgemildert. Ich fragte mich immer, ob dieses gegenseitige Behüten auch im Alltag funktionierte. Was passierte, wenn einer der beiden auf der Straße beleidigt werden würde oder irgendeine Institution sie ermahnte? Am liebsten würde ich sie immer dabehalten und im Schutz unserer Räumlichkeiten behüten.

Doch jetzt gehören sie schon seit sechs Jahren zu den verlorenen Gesichtern und ich frage mich, was aus ihnen geworden ist. Mir bleibt nur der Blick in die Vergangenheit, mit all seiner Verklärung.

Ebenso geht es mir mit Frau Mückenberger. Eine einsame alte Dame, die zu früh ihren Mann verloren hat und fast täglich darauf wartete, dass ihr Sohn sie besuchte. Wenn sie ihr Training absolvierte, schien sie das nur für ihren Sohn zu machen. Damit er keine Arbeit mit einer gebrechlichen Mutter hat und sie körperlich und geistig in der Lage ist, ihn gebührend zu empfangen und ihm nicht zur Last zu fallen.

Doch bei jedem Training vermisste sie ihn mehr. Und es schien, als besuchte er sie nie. Doch er besuchte sie schon, wenn auch nicht sehr häufig. Aber nach jedem Besuch wurde sie trauriger. Ich grübelte, wie ich ihr helfen könnte. Aber mir fiel nichts ein, außer sie beim Training zu begleiten und ihre Einsamkeit für einige Minuten zu verdrängen. Wir plauderten dann über ihren schönen Garten und all die schönen Dinge, die man ohne Arbeitsstress genießen könnte. Dann huschte ein Lächeln über ihr Gesicht und sie sah für einen Moment zufrieden aus.

Doch wenn sie dann umgezogen das Studio wieder verließ, tat sie das mit traurigen Augen und einem schuldbewussten Lächeln. Ich stellte mir dann vor, wie sie langsam durch die Straßen nach Hause ging, das Leben um sie herum kaum wahrnahm und seufzend die Treppe zu ihrer Wohnung bestieg, mechanisch die Tür aufschloss, sich an den Küchentisch setzte und die Hände in den Schoß legte. Lange stierte sie vor sich hin, bis sie irgendwann den Fernseher einstellte und abwesend auf den Bildschirm schaute. Dann dachte sie an die Zeit zurück, als ihr verstorbener Mann und ihr Sohn die Wohnung noch belebten. Sie sah beide am Tisch sitzend, freudig auf das Essen wartend, hörte die damals durch ihre Anwesenheit laute Wohnung und spürte die Berührungen im alltäglichen Miteinander. Jetzt aber war es, trotz Fernsehers, nur still. Auf ihrer Haut spürte sie nur ein Frösteln und die Wohnung, obwohl sie sich von keinem Möbelstück getrennt hatte, wirkte leer.

Auch sie habe ich schon viele Jahre nicht mehr gesehen und ihr Gesicht sowie der durch ihre Traurigkeit bei mir verursachte Schmerz verblassen immer mehr.

Auch Frank Marlis und sein behinderter Sohn gehören zu den verlorenen Gesichtern, obwohl der Vater noch immer das Studio besucht. Jahrelang kamen sie immer zu zweit. Der Sohn, Mitte dreißig, war von Geburt an behindert. Dadurch hatte er den Verstand eines Fünfjährigen. Wenn sein Vater sich zum Training umkleidete, stand er daneben und wiegte seinen Oberkörper hin und her. Dabei tippte er mit seinen Fingerspitzen auf den Umkleideschrank. Es sah immer so aus, als wartete er ungeduldig darauf, dass es losging. Wenn er gut drauf war, setzte er sich neben das Trainingsgerät, das sein Vater gerade absolvierte und sang zu seinen Bewegungen ein für uns unbekanntes Lied. Mit jedem Gerätwechsel nahm er den Stuhl und folgte seinem Vater zum nächsten Trainingsgerät. Nach einiger Zeit wurde er ungeduldig und stieß wiederholt die Worte »McDonald« hervor. Herr Malis musste ihn dann beruhigen und ihm klarmachen, dass sie erst nach dem Training zu »McDonald's« gehen würden. Dieses Szenarium wiederholte sich über viele Jahre. Nur wenn der Sohn ganz schlecht drauf war, begann er zu schreien und die anderen Trainierenden beim Vorbeigehen kurz anzutippen. Offensichtlich war er ärgerlich und wollte deshalb auch die anderen ärgern. Manchmal musste sein Vater das Training sogar abbrechen. Ich bewunderte Herrn Malis für seine Geduld und Güte. Trotz Störung, auch seines Trainings, hatte er immer ein verzeihendes Lächeln auf den Lippen. Zunächst hatte ich Hemmungen, an seinem Sohn vorbeizugehen. Seine Mimik und schaukelnde Bewegung hatten etwas Monsterhaftes. So ging es auch vielen Kunden. Einige fürchteten sich vor unkontrollierten Handlungen. Doch mit der Zeit gewöhnten wir uns an seine dominante Anwesenheit. Einige versuchten sogar zu scherzen, aber das schien ihn nicht zu erreichen.

Herr Malis war Schauspieler. Ich hatte ein, zwei Filme mit ihm als Darsteller gesehen. Ich fand ihn richtig gut. Auch seine Frau war Schauspielerin und ich stellte mir vor, wie schwierig es wohl sein muss, den Text für die Rollen zu Hause zu lernen. Der Pflegeaufwand für dieses Kind muss enorm sein.

Herr Malis erschien immer zu festen Zeiten zum Training. Da auch andere Kunden feste Zeiten hatten, erschien, außer einige sich gestört Fühlende, immer der gleiche Kreis auf der Trainingsfläche. Das ging so über viele Jahre, bis Herr Malis einige Zeit lang gar nicht mehr erschien. Man munkelte, dass der Sohn ernstlich erkrankt sei. Als der Vater dann wieder zum Training kam, war er allein. Sein Gesichtsausdruck versprach uns nichts Gutes. Obwohl er nun ungestört trainieren konnte, hatte er jetzt einen traurigen, ernsten Gesichtsausdruck. Nie wieder sahen wir ihn gütig lächeln.

Es ist Februar

Ich laufe durch den Wald.

Hinter mir eine dichte graue Nebelwand,

die immer näher kommt.

Es ist kein Laut zu hören.

Mein Herz verkrampft sich.

Ich laufe schneller und die Nebelwand bleibt weit

zurück.

Ich bin erleichtert und laufe entspannt weiter.

Irgendwann laufe ich zurück.

Die Nebelwand kommt wieder näher.

Ich tauche in sie ein und fühle mich dabei nicht

unwohl.

Der alte Mann im Wald

Immer wieder, eine Zeit lang fast jeden Tag, traf ich einen alten Mann im Wald. Er hatte eine grüne Schiebermütze auf dem Kopf und mit seiner grünen Jacke und den silbernen Knöpfen sah er aus wie ein Jäger. Da er aber stets barfuß war, oft auf einer Bank lag und schlief und immer mindestens eine Flasche Bier dabeihatte, verwarf ich diese Vermutung wieder. Es sah eher so aus, als schaffe er sich mit dem Biertrinken im Wald einen Freiraum, den seine beengte Wohnung, vielleicht sogar mit einer Alkohol hassenden Frau darin, nicht bot. Nach seinem braungebrannten Gesicht und den wüst hervorstehenden Haaren zu urteilen, könnte es aber auch ein Penner gewesen sein. Doch dafür wiederum beschäftigte er sich zu sehr mit dem Wald. Er betrachtete mit Kennerblick die im Wald stehenden alten Bäume und die Vielfalt der Pflanzen, beobachtete die Ameisen bei ihrer ununterbrochenen Arbeit und erfreute sich an dem fast immer an gleicher Stelle stehenden Rehbock. Er schaute versonnen auf den im Wind wedelnden Farn und lauschte andächtig dem Gesang der Waldvögel.

Ich habe selten einen so gut aussehenden alten Mann gesehen. Er hatte markante Züge, die, außer zwei herausstechenden Lachfalten, kaum Falten vorwiesen. Er hatte eine gesunde Bräune und blaue, lebhafte Augen. Er grüßte immer freundlich und schaute mit Begeisterung auf meinen Hund. Doch außer ein paar belanglosen Worten kam nie ein Gespräch zustande. Ich hatte immer das Gefühl, dass er trotz seiner Freundlichkeit und offenen Art seine Ruhe haben wollte. Wenn er auf der Bank schlief, schlich ich mich schnell vorbei und wenn er uns freudig entgegensah, grüßte ich höflich und ging wenig Zeit vortäuschend meiner Wege. Das tat mir immer wieder leid.

Eines Tages hatte ich die Gelegenheit, ein längeres Gespräch zu führen. Seit ein paar Tagen trieben sich plötzlich Hirschkühe in unserem ortsnahen Wald herum. Nie zuvor hatte ich diese Tiere hier gesehen.

Außer zahlreichen Rehen, einem pferdgroßen Hirsch und Dutzenden Wildschweinen gab es hier keine Tiere dieser Größe. Was mich verwunderte, war, dass sie ziemlich zutraulich waren und erst wegliefen, wenn man ihnen zu nah kam. Als ich den alten Mann in dieser Zeit traf, fragte ich ihn nach diesen neuen Waldbewohnern. Sachkundig erläuterte er mir, dass es sich um Schalentiere handelte und diese mit großer Wahrscheinlichkeit aus einem Gehege in Körkwitz entkommen seien. Er meinte, dass sie hier in freier Wildbahn nicht zurechtkommen werden. Der Geist, den er bei diesem längeren Gespräch versprühte, war so sanft und lieblich, dass ich noch oft daran denken musste. Nach einigen Tagen waren die Hirschkühe wieder verschwunden. Kurze Zeit später verschwand auch der alte Mann. Das Letzte, was ich sah, war eine leere Bierflasche auf der Bank, die er sonst immer mitgenommen hatte.

Viele Jahre später erzählte mir ein Bekannter von einem fünfundachtzigjährigen Mann, der in einem Altersheim im Sterben gelegen hat. Er wog trotz seiner Größe nur noch fünfzig Kilo und war zu schwach, um zu sprechen. Die Ärzte hatten ihn aufgegeben. Es gab keine Hoffnung für ihn. Eine Lungenentzündung hatte seinen Verfall verursacht. Von Tag zu Tag wurde er schwächer. Die Mahlzeiten, die man ihm gab, lehnte er ab. Weder Pillen noch Infusionen halfen ihm gesund zu werden. Er war nicht nur körperlich, sondern auch psychisch am Ende. Sein Sohn hatte ihn in ein Altersheim gebracht, in der Hoffnung, dass er nicht mehr so einsam sei und ordentlich betreut werde. Sein Geist verkraftete die aufgezwungene Fürsorge von Ärzten und Pflegekräften nicht. Er wollte von der Medizin nichts mehr wissen und auch niemanden mehr sehen. Die menschliche, kindgemäße Ansprache der Pfleger wurde für ihn unerträglich und die ständigen Zuwendungen machten den Mann rasend. In ihm reifte der Gedanke, dass er, wenn er so oder so sterben müsste, dies ebenso gut in der freien Natur tun könnte. So wie ein sterbendes Reh sich zum Sterben versteckt, wollte er es auch machen. Weg von den Plagegeistern, die alle nur sein Bestes wollten. Dabei hatte er den leisen Hoffnungsschimmer, dass er vielleicht doch noch nicht sterben müsste, wenn er nur diesen Pflegekräften entkommen könnte.

So verließ er mit letzter Kraft seine ihm aufgezwungene Behausung und schleppte sich mit einem klitzekleinen Lebensfünkchen in den naheliegenden Wald. Es war verrückt. Aber er hatte nichts mehr zu verlieren.

Doch im Wald fand er plötzlich, was er wollte: Ruhe. Niemand zwang ihn nach alten Kartoffeln riechenden Kartoffelbrei und zu scharf gebratene Spiegeleier zu essen, keine Pfleger und Ärzte hantierten an seinem geschundenen Körper herum. Er begann plötzlich Linderung zu spüren. Die Sonne durchströmte ihn warm und trocknete seine Krankheit aus. Die Sonnenstrahlen waren sein Heilmittel. Er zog seine Kleider von seinem nur noch aus Haut und Knochen bestehenden Körper und nahm ein Sonnenbad. Er fühlte sich besser und eine Erleichterung, nach all den Strapazen, gewann die Oberhand.

Von Tag zu Tag ging es ihm besser. Er schaute sich die Lebensweise der Vögel, Eichhörnchen und Rehe an. Ein fröhliches Flattern, Klettern und Springen zeigte ihm, dass hier alle glücklich waren. Sie strotzten hier draußen vor Gesundheit und er empfand, dass dies wohl die bessere und vor allem gesündere Lebensweise war. Er kam zu dem Schluss, dass die ihn umgebenden Tiere natürlich lebten und seine Lebensart völlig unnatürlich sei. Er fand hier im Wald heraus, wie er sein Problem lösen könnte. Er begann die Vögel zu imitieren, sprang herum, machte Leibesübungen und baute sich aus Blättern und Gräsern ein Nest, in dem er nachts schlief.

Er sah, dass die Eichhörnchen sich nur von Nüssen und Früchten und die Rehe von Kräutern und Gräsern ernährten. Er machte es ihnen nach, sammelte Heidel- und Brombeeren, knackte Nüsse und sammelte Kräuter und Pilze. Das Ganze ergänzte er nur mit Brot und einem täglichen Bier, das er von seinen bescheidenen finanziellen Mitteln im Supermarkt erwarb. Er wurde stärker und legte an Gewicht zu. Zwei Monate lebte er auf diese natürliche Weise im Wald.

Zwischenzeitlich fahndete die Polizei nach dem Vermissten. Ich hatte damals im Radio davon gehört, aber da man nach einem geistig verwirrten Fünfundachtzigjährigen suchte, hatte ich der Sache keine Bedeutung geschenkt und kam nicht im Entferntesten darauf, dass sie »meinen« alten Mann meinten.

Der Bekannte erzählte mir dann noch, dass er, nachdem man ihn im Wald aufgespürt hatte, im Altersheim die Nahrungsaufnahme verweigerte und kurze Zeit später starb.

Ein Tag in unserem Viertel

Ich hätte es schon längst tun sollen. Mittlerweile ist so viel passiert. Das Leben in unserem Stadtviertel hat sich von Jahr zu Jahr verändert. Am Anfang waren wir alle Zugezogene, Neusiedler. Groß und herzlich war deshalb der Zusammenhalt. Man freute sich gemeinsam über die wunderschöne Lage, das Meer, nur von einer Salzwiese getrennt, umgeben von einem beeindruckenden Küstenwald und einem Moor, dem man Heilkräfte nachsagte und in dem es die Moorgeister trieben. Regelmäßig trafen wir uns zu Straßenfesten, machten Ausflüge oder saßen nur so am Lagerfeuer und plauderten. Fast alle hatten noch ihre Kinder zu Hause und der Tagesablauf hatte lange Zeit etwas schön Standardisiertes. Morgens wussten wir, wer zuerst mit dem Auto zur Arbeit fuhr, wer dann als Nächstes folgte, wir hörten die Jungs von Andrea und Thomas ruhig vorbeigehen, dann das lustige und aufgeregte Plaudern der Mädchen von Arne und Christine und Toralf und Ute. Kurz danach die Söhne von Jens und Antje sowie Kai und Carola, die in Höhe unseres Hauses auf das Zustoßen der Kinder unserer Nachbarn Petra und Axel warteten. Wenn Max und Paul dann hastig aus dem Haus kamen, dauerte es nicht lange, bis Anna von Gitti und Joschi bei uns klingelte und unsere Tochter Paula zur Schule abholte. Danach oder auch zur gleichen Zeit fuhren die Eltern einer nach dem anderen zur Arbeit an unserem Haus vorbei.

Ruhe kehrte dann ein. Wer noch länger schlafen konnte, drehte sich noch einmal um und hörte nur das einschläfernde Zwitschern der Spatzen und Drosseln. Doch schon bald wurde es wieder unruhig. Die Hausmeister der angrenzenden Ferienwohnungssiedlung schmissen den Rasenmäher an oder ließen die Heckenschere rattern. Kurz danach begannen auch die damals wenigen Rentner unter uns, ihren Garten zu pflegen und eine nicht übereinstimmende Melodie von Gartengeräten beherrschte die Geräuschkulisse. Beeindruckt oder auch verstört schwiegen die Vögel und zogen sich in die umliegenden hohen Eichenbäume zurück. Nur die Krähen und Elstern trauten sich mit aufgerissenen Schnäbeln zu schimpfen. Nach und nach verstummten dann irgendwann die Motoren der Gartengeräte. Im Ort kreischte noch eine Säge, ein Auto wollte nicht anspringen und gab röchelnde Geräusche von sich und man hörte von weitem die Bahn nach Rostock, die an jedem unbeschrankten Bahnübergang im Wald tutete.

In den Sommermonaten eroberten kurz vor Mittag dann die Urlauber die Straße. Freudig erregt diskutieren sie auf dem Weg zum Strand über das Wetter, den besten Strandabschnitt und schlecht erzogene Kinder. Dabei werden die mitlaufenden Kinder immer wieder ermahnt ja an der Straße zu warten, nicht so schnell zu laufen oder nicht die Hand durch unseren Zaun zu stecken, hinter dem unser damaliger Neufundländer Bruno sich einen Spaß daraus machte, die Urlauber beim Vorbeigehen zu erschrecken. Gefühlt sind dabei die Sachsen in der Mehrzahl. Ihr lauter Singsang bringt kurzzeitig sogar die Krähen zum Schweigen. Nur Bruno reagiert mit lautem Bellen. Bei schönem Wetter kehrt dann für einige wenige Stunden Ruhe ein. Unsere Urlaubsgäste nutzen jede Sonnenminute und kehren erst am Abend wieder zurück.

Doch die Stille währt nicht lange. Die ersten Kinder kommen von der Schule und diskutieren eifrig die Erlebnisse der letzten Stunden. Verabredungen werden getauscht und jeder verschwindet irgendwann hinter der Eingangstür seines Elternhauses. Dort, wo die Mütter zu Hause sind, erfüllen Essensgerüche die Luft. Aber schon bald rattern die Räder der Rollerblades, hört man das Summen der Mountainbikes oder das Babbeln eines Fußballs. Die Geräusche werden mit der Entfernung immer leiser und verstummen hinter Bäumen, Büschen und Häusern.

Kurz nach dem Versiegen der Kindergeräusche kommen schon die ersten Eltern zurück. Meistens zuerst Christine. Sie ist Lehrerin für Mathe und Informatik und fährt mit ihren VW-Bus vorbei. Stunden später rollen alle Autos in fast umgekehrter Reihenfolge die Straße entlang. Türen und Kofferräume werden geöffnet und wieder zugeschlagen. Wortfetzen schwirren durch die Luft, aber auch diese Geräusche verstummen bald. Zeitweilig hört man nur das Pfeifen des Windes und das Rauschen der nahen Ostsee. Die Blätter der Bäume glitzern in der Nachmittagssonne und die Äste der Büsche winken verschlafen im Wind. Man ist geneigt einzunicken, doch auch hier ist die Ruhe nicht von Dauer. Die ersten Bewohner haben ihre Hausarbeit erledigt und suchen auf der Straße nach einem Schwätzchen. Man trifft sich vor dem Haus, setzt sich auf die Treppenstufen, oftmals mit einem Gläschen Wein. Später dann, wenn die Kinder wieder zu Hause eintreffen, geht man wieder auseinander, um das Abendessen für die Familie zuzubereiten. Die Ruhe des Abends drosselt die gerade noch vorherrschende Geräuschkulisse und suggeriert Stillstand und Insichgekehrtheit. Und je später es wird, umso deutlicher hört man das Auf und Ab der Wellen hinter den Dünen. Wenn der Wind günstig steht, kann man sich sogar vom Wellenrauschen in den Schlaf wiegen lassen.

Mittlerweile leben wir hier alle schon über fünfzehn Jahre zusammen. Die Kinder von Andrea und Thomas, von Joschi und Gitti und auch der ältere Sohn von Petra haben das Elternhaus schon längst verlassen. Auch unsere Kinder sind nicht mehr zu Hause. Der Schmerz der Trennung versiegt nur langsam. Und ich bedaure es sehr, diese damalige Atmosphäre nicht geschildert und damit für immer festgehalten zu haben. Das, was ich aus dem Gedächtnis heraus soeben aufgeschrieben habe, ist sehr lückenhaft und schildert nur oberflächlich unser damaliges Leben. Deshalb will ich jetzt, wo noch einige Kinder den Rhythmus des Familienlebens und des Stadtteils bestimmen, einen Tag in unserem Wohngebiet schildern: Doch eins ist sicher, es wird mir leider nicht gelingen, den Geist von damals wieder heraufzubeschwören. Zu lang liegt diese Zeit zurück. Hinzu kommt, dass danach Zugezogene viel veränderten. Offen, wie wir waren, ließen wir uns verleiten, neue Gemeinsamkeiten zu leben, aber die hatten keinen Bestand. Wir waren damals Gleichgesinnte mit der gleichen Aufbruchsstimmung und der Liebe zur Natur, mit ähnlicher familiärer Lebensweise und dem Wunsch, den anderen zu helfen füreinander da zu sein. Ich hab nichts gegen diejenigen, die neu zu uns gestoßen sind. Im Gegenteil: Beate und Jens, Holger und Carmen passen hervorragend zu uns. Aber es kamen auch Leute, die unser bisheriges Leben störten. So zum Beispiel Horst und Else Richter, meine unmittelbaren Nachbarn. Sie bauten sich noch als Rentner ein kleines Haus im Bungalowstil und wir freuten uns mit ihnen, dass sie an so einem schönen Ort ihren Lebensabend verbringen konnten. Wir begrüßten sie mit einem Grillabend und hießen sie herzlich willkommen. Diese Herzlichkeit bekamen wir nicht zurück. Im Gegenteil: Mit ihrem Einzug bekamen wir nur Probleme. Einmal spielten die Kinder zu laut im Garten, ein anderes Mal wurde der zu nahe Kompost kritisiert. Auch das Hundebellen unserer Nachbarin wurde beanstandet. Die Richters scheuten nicht davor zurück, einen Anwalt einzuschalten. Wir leben nun schon seit vielen Jahren neben unserer rechten Nachbarin Gudrun. Aber das Hundebellen störte uns bisher nicht im Geringsten. Im Gegenteil, in einer so ländlichen Gegend gehört das, neben dem Krähen eines Hahnes, zur Geräuschkulisse. Eskaliert ist dieser Nachbarschaftsstreit dann, als wir uns eine Wärmeluftpumpe angeschafft haben. Fast täglich wurde ich aufgefordert die damit verursachten Geräusche einzudämmen. Ich baute ein Spalier um die Lüftung, pflanzte Koniferen davor, aber die Kritik nahm kein Ende. Der Mann kündigte dann eine Beschwerde an das Landratsamt an und ließ Lärmmessungen durchführen. Ich war dermaßen verunsichert, dass ich sämtliche Nachbarn befragte, aber alle bestätigten mir, dass sie keiner Lärmbelästigung ausgesetzt seien. Obwohl die Messungen das wohl bescheinigten, denn wir erhielten nie eine behördliche Aufforderung, nörgelte Herr Richter weiter. Ich wusste mir keinen anderen Rat und ließ einen zwei Meter hohen Zaun zum Nachbarn bauen. Seitdem höre und sehe ich nichts mehr von ihm.

Auch ein weiterer Zugezogener drangsalierte uns. Familie Grahm bebaute das einzig übriggebliebene Baugrundstück mitten im Wohngebiet. Zunächst gab es keinerlei Probleme. Auch diese Familie bezogen wir ein und luden sie zu einem unserer Stadtteilfeste ein. Wir freuten uns dann auch, dass Herr und Frau Grahm mit einem Kasten Bier anrückten. Bei jedem unserer Feste standen zunächst die Kinder im Mittelpunkt. Frau Grimmberger und ihr Mann, ein freundliches Rentnerehepaar, bereiteten immer liebevoll Wettkämpfe und Spiele vor, an denen auch die Eltern teilnehmen sollten. Immer griesgrämiger schaute sich Herr Grahm das Spektakel an. Bis er plötzlich aufsprang, seinen Kasten Bier schnappte und eilig nach Hause ging. Peinlich berührt folgte ihm seine Frau. Von da an hatten wir zunächst nichts mehr zu lachen. Bei jeder Gelegenheit schimpfte er über die auf der Straße spielenden Kinder, über Rauchbelästigungen beim Grillen und das ausgelassene Lachen bei unseren Feiern. Doch irgendwann arrangierten wir uns damit und genossen sogar zeitweilig die oftmals grotesken Reaktionen. So hüpfte Herr Grahm wie Rumpelstilzchen mit einem Schlauch in der Hand zum Zaun seines Nachbarn und versuchte über eine Leiter das dort brennende Gartenfeuer zu löschen. Als ihm einmal die Freudenausbrüche bei der Fußballweltmeisterschaft zu laut wurden, fuhr er sein Auto auf die Straße und schaltete das Autoradio bei offener Tür bis zum Anschlag auf. Freude bereitete uns auch, wenn er innerhalb seines Grundstückes im Winter eine Langlaufloipe anlegte und er seine Runden drehte. Das Ganze sah so grotesk aus, dass selbst die Elstern und Krähen erstaunt in einem großen Eichenbaum saßen und stumm das Treiben verfolgten. Ähnlich war es auch, wenn der schon erwachsene Sohn der Familie seinen Taucheranzug anzog und sein Vater mit einem Gartenschlauch prüfte, ob der Anzug noch ganz dicht ist.

In der Folge siedelten sich noch ein Ingenieur und ein Unternehmer mit den jeweiligen Familien an. Dabei blieb irgendwann unsere ursprüngliche Gemeinschaft auf der Strecke. Jeder denkt mit Wehmut daran zurück, doch die Vergangenheit lässt sich nicht zurückdrehen. So kann ich nur das Jetzt und Heute schildern und das werde ich jetzt tun, schon allein deshalb, um nicht irgendwann wieder zu wehklagen, es nicht festgehalten zu haben.

Der Tag beginnt mit dem entfernten Hupen der 6.07-Uhr-Bahn in Richtung Rostock. Danach wird es nur noch kurz still und der Tag beginnt mit seinen vielfältigen Geräuschen. Das Rauschen der vorbeifahrenden Autos auf der naheliegenden Rostocker Straße wird intensiver. Zunächst fahren einzelne Autos. Dazwischen immer wieder Stille. Die Vögel im Vorgarten fühlen sich genötigt ihren Kommentar abzugeben. Oder schimpfen sie über die Störung ihrer Nachtruhe? Doch es kommt schlimmer: Das Surren der Autos wird kaum noch unterbrochen. Auch in unserer Straße bewegen sich die ersten Autos auf die Hauptstraße zu. Da ist zunächst Jens; er arbeitet in einer Metallfirma in Rostock als Disponent. Wenn er unseren Muschelweg passiert, zieht er seinen Gurt in die Schlaufe und seufzt, weil er diesen Ort jetzt einen ganzen Tag verlassen muss. Seine Frau sitzt in der Zeit mit den beiden Jungen am Frühstückstisch. Ein Haus weiter bereitet Ute das Frühstück für ihre Tochter zu. Sie hört, wie nun auch Thomas, der schräg gegenüber wohnende Nachbar, mit seinem Auto das Carport in Richtung Rostock verlässt. Seine Frau sitzt derweil allein am Frühstückstisch. Die Kinder sind schon ein paar Jahre aus dem Haus. Mit Wehmut denkt sie an die zwar hektischen, aber gemeinsamen Morgen zurück. Selbst das Hinterherlaufen mit den vergessenen Frühstücksbroten vermisst sie. Irgendwann rafft sie sich auf, schnappt sich ihre Nordic-Walking-Stöcke und das Kratzen auf der steinernen Straße entfernt sich in Richtung Mittelweg auf das Meer zu. Erst dann beruhigt sie sich und atmet gierig die Seeluft ein. Zu dieser Zeit verlässt auch Ute das Wohngebiet. Sie arbeitet in einem Küchenstudio in Rostock. Vorher hat sie ihrer Tochter noch liebevoll die Wange gestreichelt und ihr viel Spaß in der Schule gewünscht. Wenn ihr Auto vor unserem Haus vorbeifährt, haben die Vögel ihr Morgengeschnatter schon eingestellt. Es scheint, als warten sie, bis sich das Wohngebiet geleert hat und sie wieder unter sich sind. Nach Ute kommt der direkt gegenüber wohnende Arne aus dem Haus. Seine Frau Christine und die Kinder sind vor ihm, wie immer in großer Hektik, in Richtung Schule aufgebrochen. Christine ist, wie bereits erwähnt, Lehrerin und nimmt die Kinder je nach Stundenplan im Auto mit. Das hat zur Folge, dass, kaum noch wie früher, die Kinder an unserem Haus vorbeigehen. Da auch der älteste Sohn unserer Nachbarin Petra schon ausgezogen ist, kommt es auch zu keiner Begrüßung der Kinder an unserem Gartenzaun. Da ist plötzlich eine Leere, die durch nichts ausgefüllt wird. Ein kleiner Trost ist nur das Geplauder der noch verbliebenen Kinder auf dem Nachhauseweg. Wie habe ich sie so manches Mal verflucht, wenn sie morgens auf dem Weg zur Schule laut plappernd an meinem Schlafzimmerfenster vorbeizogen und meinem Schlaf ein Ende setzten. Und jetzt vermisse ich sie.

Aber ich war bei Arne stehen geblieben. Arne war eigentlich mein bester Freund im Wohngebiet. Wir verbrachten viel Zeit miteinander. Bis sich diese Beziehung über die Jahre entfremdete. Ich weiß nicht mehr, wie das anfing. Vorher fuhren wir zusammen in den Winterurlaub, besuchten gemeinsam Veranstaltungen und teilten Erlebnisse in unseren Familien. So lag es nahe, dass wir sogar ein gemeinsames Unternehmen gründen wollten. Es sollte ein Fitnessstudio werden, das sich auf Rückentraining spezialisiert hatte. Das Franchisekonzept war sehr vielversprechend, so dass wir uns als Franchisenehmer bewarben. Nach einem Besuch beim Franchisegeber in Zürich und weiteren Prüfungen erhielten wir den ersehnten Zuschlag. Die Freude war groß, doch sie währte nicht lange. Arne machte leider einen Rückzieher. Verzweifelt versuchte ich ihn umzustimmen, doch vergeblich. Ich hatte nun schon meinerseits neue Projekte abgesagt, so dass ich jetzt plötzlich ohne eine Perspektive dastand. Diese Enttäuschung muss es wohl gewesen sein, dass unser Verhältnis sich zunächst abkühlte, aber da bald darauf ein guter Freund einsprang, nahm ich ihm das nicht mehr lange übel. Im Gegenteil: Irgendwie war ich ganz froh, dass geschäftliche Beziehungen unsere Freundschaft nicht gefährden konnten.

Doch unsere Beziehung war nicht mehr wie früher. Ich glaube, wir zogen uns beide voneinander zurück und in diese Lücke sprang mit Freude ein Neuer im Wohngebiet – Lothar. Lothar war Unternehmensberater, konnte Klavier spielen und war ein Surfgenie. Gefühlt konnte er eigentlich alles. Er hatte auf alle Lebensfragen immer eine passende Antwort. Er kannte sich mit Weinen aus, besaß eine ansehnliche Sammlung an Rum- und Whiskysorten und sogar eine Zigarrensammlung nannte er sein Eigen. Da Arne und auch seine Frau das Surfen liebten, war eine neue Freundschaft schnell geboren. Als ich das sah, zog ich mich immer weiter zurück. War ich eifersüchtig? Ich beantwortete mir das mit Nein. Trotzdem versetzte es mir immer wieder einen Stich in der Herzgegend, wenn ich Arne und die anderen von weitem feiern hörte. Doch fest stand, ich konnte es nur bedingt ertragen, wie schlau Lothar daherredete und seine geistigen Ergüsse zu jeder sich bietenden Gelegenheit ausschüttete. Ich muss zugeben, er hatte seine Zuhörer, aber ich wusste im Inneren, dass ihn früher oder später jeder durchschauen würde. Doch Jahre vergingen und ich zweifelte schon an meiner Menschenkenntnis. Bis mein Nachbar Fred mir eines Tages einen Vorfall schilderte, der mich aufhorchen ließ. Fred, der gemeinsam mit Lothar einen Masterabschluss gemacht hatte, berichtete von unmutigen Reaktionen, als Fred ein neueres größeres Auto bekam. Fred war wie geplättet. Wie konnte er auf ein Auto neidisch sein? Doch was konnte ich mit dieser Erkenntnis anfangen? Nichts. Doch ich schweife ab.

Wenn Arne dann mit seinem Auto bei uns vorüberfährt, passiert es häufig, dass er noch einmal abbremst und sich vergewissert, dass er alles Notwendige eingepackt hat. Nicht selten fährt er noch einmal zurück, um einen vergessenen Schlüssel oder Unterlagen zu holen. Nebenan öffnet Petra ihr Auto und fährt zur Arbeit nach Hohe Düne. Sie hatte großes Glück, einen Job im Forschungszentrum für Robben zu bekommen. Ihr Mann Axel hatte die Familie verlassen und seine Frau musste nun ihren Lebensunterhalt selbst bestreiten. Mit Axel verband mich eine freundschaftliche Nachbarschaft. Wie oft plauderten wir am Gartenzaun, halfen uns mit Gartengeräten aus und philosophierten bei Grillfesten bis in die Nacht über den Sinn des Lebens. Doch er ist nicht mehr da und so fährt nur Petra mit ihrem Peugeot aus der Einfahrt.

Etwas später kommt Frau Grimmberger vorbei. Sie ist auf dem Weg zu ihren Kindern, die sich bei Ribnitz-Damgarten einen alten, ziemlich heruntergekommenen Bauernhof gekauft haben. Jahrelang hatten sie und ihr Mann dabei geholfen, den Hof wieder bewohnbar zu machen. Doch Herr Grimmberger ist im vergangenen Jahr gestorben und nun sitzt sie traurig und allein im Auto. Herr Grimmberger war für uns alle der freundliche Opa und wir schätzten seine mit Augenzwinkern vorgebrachten Lebensweisheiten.

Gerade fährt Herr Schröder mit seinem in die Jahre gekommenen Wohnwagen vorbei. Mit diesem Gefährt hat er Frankreich, Italien und sogar Russland bereist. Er gehört zwar nicht zu den ersten Siedlern, doch wir bewundern seine Unternehmenslust. Schon lange Rentner, macht er abenteuerliche Paddeltouren, besteigt Dreitausender-Berge und radelt schon mal von Graal-Müritz nach Berlin.

Um die Mittagszeit fährt ein Schornsteinfegerauto vorbei. In ihm sitzt Frank. Frank ist Schornsteinfeger des Kehrbezirkes Graal-Müritz und Rövershagen. Er wohnt zwar nicht in unserem Stadtteil, aber da er Besitzer eines Mehrfamilienhauses in unserer Straße ist, gehörte er von Anfang an zu unserem Kreis. Er ist auch der Vermieter der Grimmbergers. Frank und seine Frau sind sehr gesellige, aber sich nie in den Vordergrund stellende Graal-Müritzer. Ich unterhalte mich sehr gern mit beiden.

Dann kehrt plötzlich Ruhe ein, die später nur von den Hausmeistern und Urlaubern unterbrochen wird. Da sich daran bis heute nichts geändert hat, brauche ich das nicht noch einmal zu schildern.

Beim Schreiben dieser Zeilen hatte ich die Idee, eines unserer Feste wieder neu zu beleben. Was nützt es, verlorenen Zeiten und kostbaren Jahren nachzutrauern? Noch sind ja alle, außer Herr Grimmberger, da.

Es sollte eine unserer schönsten Feiern werden – ein Wildschweinessen am Spieß. Das Ganze sollte in unserem Garten stattfinden. Wir luden alle ein und keiner sagte ab. Ich hatte den Eindruck, als hätten alle nur darauf gewartet. Als am späten Abend Arne, Jens, Toralf und ich an einem Stehtisch mitten in unserem Wohnzimmer bierselig plauderten und ringsherum das fröhliche Plappern der Frauen zu hören war, hätte ich jubeln können vor Glück. Niemand verspürte Lust, die Wärme der vertrauten Runde aufzugeben.

Mittlerweile sehen wir uns wieder regelmäßig. Zwischenzeitlich haben wir eine gemeinsame Paddeltour, Fahrradtouren, Weinverkostungen und Grillabende veranstaltet. Jetzt merke ich erst, wie ich vor allem Arne, Christine, Ute, Toralf, Antje, Jens und Petra vermisst habe. Ich mag sie alle so sehr, dass ich manchmal in der Nacht aufgewühlt im Bett liege und vor Glück nicht schlafen kann.

Horst, Toralf und Svetlana

Ich wollte es einfach besser machen. Die Erlebnisse mit meinen bisherigen Arbeitgebern ließen in mir den Entschluss reifen, menschenwürdiger, fairer und kameradschaftlicher mit meinen zukünftigen Mitarbeitern umzugehen. Als ich im Jahre 2005 meinen eigenen Betrieb gründete, hatte ich diese Grundsätze verinnerlicht. Da ich aus eigener bitterer Erfahrung weiß, wie es ist, arbeitslos zu sein, gab ich vor allem dieser Bewerbergruppe eine Chance. Ich konnte mich immer noch an meine schlaflosen, mit Herzschmerzen einhergehenden Nächte erinnern und die panische Existenzangst, als das Arbeitslosengeld auslief. Und ich sah immer wieder meinen Betreuer im Arbeitsamt mitleidig und hilflos lächeln.

Von den über hundert Bewerbungen sah ich mir den Lebenslauf von Arbeitslosen besonders sorgfältig an. Stieß ich dann auf den unbedingten Willen, für sich selbst zu sorgen und dafür Entbehrungen auf sich zu nehmen, lud ich diejenigen zu einem Gespräch ein. Ich stellte mir deren Verzweiflung und Resignation vor. Wenn ich während meiner Arbeitslosigkeit Ablehnungsschreiben bekam, brach bei mir jedes Mal eine Welt zusammen und erst mit erneuten Bewerbungen und das dann folgende Warten kam die Hoffnung nur ganz leise zurück. Aber je länger es dauerte, umso mehr bröckelte der Glaube, dass ich angenommen werde.

Jetzt aber hatte ich es in der Hand, diesen Menschen die Verzweiflung zu nehmen und ihnen eine Perspektive zu geben. Am liebsten hätte ich alle eingestellt, aber mit dem Beginn des Unternehmens benötigte ich leider nur sechs Mitarbeiter. Davon wiederum fiel schon eine Stelle weg, die ich Horst Brett, einem Bekannten aus Magdeburger Zeiten, versprochen hatte. Horst folgte mir aus Magdeburg an die Ostseeküste. Er besuchte mich mit seiner Frau und seinem damals fünfjährigen Sohn in Graal-Müritz und bat um Arbeit. Diese kleine

Familie rührte mich und ich brachte ihn in einem meiner damaligen Projekte in Zingst unter. Als dieses Vorhaben für mich abgeschlossen war und ich plante in Rostock ein Rückentrainingsstudio aufzubauen, bat er mich erneut ihn einzustellen.

Eine weitere Stelle bekam Svetlana Helwig, eine hübsche Frau, die offensichtlich wenig Glück hatte, in ihrem Beruf Fuß zu fassen. Zunächst Verkäuferin gelernt, erkannte sie ihre Berufung, Menschen bei der Verbesserung ihrer Fitness zu unterstützen. Sie absolvierte hartnäckig diverse Trainerscheine, bekam aber nie die Chance, in diesem Bereich zu arbeiten. Das tat mir sehr leid und da sie auch noch gut anzusehen war, zögerte ich nicht lange. Und meine Hoffnungen wurden auch nicht enttäuscht. Obwohl sie etwas Puppenhaftes an sich hatte, war sie sich nicht zu schade, auf der Baustelle des zukünftigen Studios zu arbeiten. Das Haus, in dem wir den Fitnessbetrieb eröffnen wollten, wurde entkernt, so dass nur noch die Grundmauern übrig blieben. Da wir, bedingt durch die Bauarbeiten, in Zeitverzug waren, musste Svetlana auf der kalten und zugigen Baustelle Informationsgespräche mit Interessenten führen und Prospekte verteilen. Das ertrug sie, ohne zu murren, und als es daran ging, das Inventar einzubringen und die Räume zu reinigen, packte sie tatkräftig mit an. Ich freute mich, dass sie Skeptikern, die meinten, sie mache sich ihre langen, wohlgepflegten Fingernägel nicht schmutzig, Lügen strafte. Jeden Tag war sie zwar stark geschminkt, aber immer mit Engagement pünktlich zur Stelle.

Ein weiterer Mitarbeiter, den ich aus der Arbeitslosigkeit geholt habe, war Toralf Gimpel. Ein Mann Mitte dreißig, der in früheren Jahren Bodybuilding betrieben hatte und mit seinem muskulösen Körper und den Tattoos etwas anrüchig wirkte. Später erfuhr ich, dass er schon einmal wegen Schlägereien im Gefängnis gesessen hatte. Das wusste ich zum Zeitpunkt der Einstellung aber noch nicht. Da im Einstellungsgespräch der unbedingte Wille, aus der Arbeitslosigkeit herauszukommen, spürbar war, ignorierte ich auch hier die Zweifler und stellte ihn ein. Ich war der Meinung, dass auch er gut in das Team passen würde und seine eigene körperliche Fitness motivierend für unsere Kunden sein könnte. Mit Beginn des Betriebes wurde meine Hoffnung voll erfüllt. Er war ein guter Trainer, der den Mitgliedern half ihre Ziele zu erreichen. So war er auch von Beginn an immer auf der Trainingsfläche präsent und ich gratulierte mir innerlich zu meiner Entscheidung. Als ich dann etwas später von seinem Gefängnisaufenthalt erfuhr, beruhigte ich mich mit der Gewissheit, dass jeder Mensch mal einen Fehler macht und eine zweite Chance verdient hat. Es wurden dann noch drei weitere Mitarbeiter eingestellt. Allesamt zuvor arbeitslos. Ich fühlte mich gut dabei und hatte das Gefühl, bestimmten Arbeitgebern eine Lektion zu erteilen.

Trotz katastrophaler räumlicher Bedingungen, die Handwerkerfirmen hielten keinen Termin ein, bekamen wir einen guten Start hin. Die Eröffnungsveranstaltung war bis auf den letzten Platz ausverkauft. Unzählige Menschen mussten stehen. Als vorne die ersten Gäste das Studio betraten, verließen hinten die letzten Handwerker die Räumlichkeiten. Alle Mitarbeiter hatten am Vortag bis spät in die Nacht an der Vorbereitung gearbeitet. In meiner Eröffnungsansprache stellte ich dann auch mit stolzgeschwellter Brust mein Team vor. Ich war mir sicher, dass wir gemeinsam dieses Unternehmen zum Erfolg führen werden. Das Konzept zum gesundheitsorientierten Krafttraining war brillant und einfach zugleich. Mit der Kräftigung der Muskulatur konnte man Rücken- und Nackenschmerzen sowie Verspannungen beseitigen und damit die Lebensqualität der Menschen erheblich verbessern. Noch nie in meinem bisherigen Berufsleben hatte ich eine so sinnvolle Tätigkeit. Ich sprühte vor Energie und Tatendrang.

Auf Grund meiner Erfahrungen im Marketing gelang es mir, die Menschen durch plausible Werbung in Strömen anzulocken. Doch das in der Werbung Versprochene musste auch eingehalten werden. Ich konnte ja viel erzählen, aber erst mit der eigenen positiven Erfahrung der Menschen ging das Ganze auf. Es musste gelingen, Mitgliedern die Schmerzen zu nehmen und ihnen damit einen Mehrwert zu bieten. Das war nur möglich, wenn alle Mitarbeiter das Konzept auch hundertprozentig umsetzten. Und das taten sie. Es war eine Freude, mit anzusehen, wie der Mitgliederbestand von Monat zu Monat stieg und dankbare Kunden die Räumlichkeiten bevölkerten. Von Jahr zu Jahr stieg der Kundenbestand, so dass auch weitere Mitarbeiter eingestellt werden mussten. Ich hatte immer ein offenes Ohr für Mitarbeiterprobleme. Meine Tür stand für jeden jederzeit offen und ich versuchte auch bei privaten Problemen zu helfen. Die von der ersten Stunde Dabeigewesenen erhielten mit den Jahren immer höhere Umsatzbeteiligungen. Das war so in anderen Betrieben nicht die Regel, aber ich war der Meinung, dass der Anteil am Erfolg auch gebührend honoriert werden sollte.

In dieser Zeit spürte ich bei Toralf und Horst trotzdem eine gewisse Unzufriedenheit. In den deshalb folgenden Gesprächen äußerten sie die Meinung, dass sie unterbezahlt seien und eine höhere Entlohnung erwarteten. In ihrer betriebswirtschaftlichen Unkenntnis meinten sie, dass der Bruttobetrag auch der Nettobetrag sei. Ich versuchte ihnen zu erklären, dass nach Abzug aller Kosten nur wenig überblieb, aber sie glaubten mir nicht. Ich begann damit, die monatliche betriebswirtschaftliche Auswertung, in der das schwarz auf weiß nachzulesen war, im Personalraum auszuhängen, aber das Misstrauen blieb. Ich sah es daran, dass sie mir nicht mehr fest in die Augen schauen konnten und es waren unehrliche Augen, die ich da sah. Wenn ich in dieser Zeit den Betrieb betrat, sah ich Blicke, die im tiefsten Inneren hasserfüllt und geheimnisvoll schienen. Doch ich suchte immer wieder das Gespräch, um die Zweifel zu zerstreuen. Ich versuchte ihnen klarzumachen, dass ich nicht ihr Feind sei und sie keineswegs ausbeuten wollte. Im Gegenteil, dass der Erhalt der Arbeitsplätze für mich das Wichtigste sei und dass alle gebührend am Erfolg beteiligt werden. Doch vergeblich. Ich spürte immer intensiver, dass etwas im Busch war.

Im siebenten Jahr unseres Bestehens erfuhr ich von meinem Steuerberater, dass es zu Minusdifferenzen gekommen war. Nun sind zeitweilige

Differenzen in einem Fitnessstudio oft normal, da Beiträge immer zu unterschiedlichen Zeiten fällig waren und Monatszahlungen oder Einmalzahlungen üblich sind. Doch der ermittelte Differenzbetrag überstieg diesen möglichen Betrag. Ich war davon überzeugt, dass das Ganze eine finanztechnische Ursache oder ein Kassensystemfehler sein musste. Mit keinem Gedanken dachte ich an einen Betrug durch meine Mitarbeiter. Eine darauf folgende Untersuchung der Vorgänge ergab einen Fehlbetrag, der andere Ursachen haben musste. Wir schrieben Mitglieder an und erfuhren so, dass die meisten immer bei Toralf oder Horst bar bezahlt hatten. Diese Barbeträge kamen aber in der Kasse nicht an.

Ich konnte es nicht glauben und hoffte immer noch auf ein Versehen bzw. nicht gewollten Fehler, doch als einige Kunden davon berichteten, dass sie von Horst und Toralf bedrängt wurden unbedingt in bar zu bezahlen, gab es keinen Zweifel mehr. Mich schmerzte dabei nicht nur der Verlust des Geldes. Ich war maßlos enttäuscht über diesen Vertrauensbruch. Wie konnten diese Menschen, denen ich geholfen hatte, so etwas tun? Immer wieder hoffte ich aus einem Traum zu erwachen und in die Normalität zurückzukehren, doch es gab kein positives Erwachen. Im Gegenteil, es kam noch schlimmer.

Nachdem ich Anzeige bei der Staatsanwaltschaft gestellt hatte, tauchten anonyme Anzeigen in der hiesigen Presse und dem zuständigen Finanzamt auf. Es ging um angeblichen Steuerbetrug, den ich begangen haben sollte. Belegt wurde das mit Kopien von Rechnungen und Überweisungen. Die Beschuldigungen waren ungeheuerlich. Ich war froh, dass die Presseorgane diese Diffamierung nicht aufgriffen und Verdächtigungen in die Öffentlichkeit brachten. Das Finanzamt ging der Anzeige nach und konnte keine Unregelmäßigkeiten und schon gar keinen Steuerbetrug feststellen. Doch das tröstete mich nur wenig. Meine in mir aufgebaute heile Welt von kameradschaftlichem Miteinander, Respekt und Vertrauen stürzte wie ein Kartenhaus zusammen. Und ich hatte das unbestimmte Gefühl, dass auch das noch nicht alles gewesen ist.

Nachdem Toralf entlassen wurde und Horst von einem Tag zum anderen untergetaucht war, spielten sich mysteriöse Dinge ab. Plötzlich meldete sich Svetlana krank. Sie gab vor, einen Unfall gehabt zu haben. Auch ein Auszubildender blieb plötzlich der Arbeit fern. Da ich ihn nicht erreichte, rief ich seine Mutter an. Sie beteuerte mir, dass es ihm gar nicht gut ging. So fehlten mir in kurzer Zeit vier Mitarbeiter. Mit drei Mitarbeitern sicherten wir den weiteren Betrieb des Studios. Fieberhaft suchte ich nach neuen Trainern. Aber da jeder in unserem Studio Arbeitende eine mindestens halbjährige Ausbildung absolvieren musste, war eine kurzfristige Lösung nicht in Sicht. An einem dieser Tage kamen Kunden auf mich zu, die berichteten, dass sie von Svetlana und den Auszubildenden angesprochen wurden, ob sie nicht das Fitnessstudio wechseln wollten. Gemeinsam mit Toralf und Horst seien sie dabei, ein ähnliches Studio mit Rückentraining zu eröffnen. Ich traute meinen Ohren nicht. Doch kurze Zeit später berichteten andere Kunden, dass unsere ehemaligen Mitarbeiter in der Einkaufspassage Flyer verteilten. Meine Recherche im Internet bestätigte, dass noch im folgenden Monat ein neues Fitnessstudio aufmachen würde. Immer wieder wurden unsere Kunden angesprochen und zum Wechseln aufgefordert. Begründet wurde die Neugründung mit der Unzufriedenheit mit meinem Leitungsstil und dem Wunsch, die angeblichen Mängel in unserem Konzept zu verbessern.

Für mich brach eine Welt zusammen. So viel Hinterhältigkeit hätte ich keinem Menschen zugetraut. Ich ging mit mir hart ins Gericht. Wie konnte ich nur so vertrauensselig sein? Jetzt musste ich schnell handeln. Wenn unsere Kunden auf den Schwindel hereinfallen, stände ich bald ohne Kunden da. Ich schrieb alle Mitglieder an und schilderte in einem offenen Brief, was vorgefallen war. Zunächst schien alles gut zu laufen. Es gingen kaum Kündigungen ein. Aber immer öfter versuchten Kunden den Mitgliederbeitrag zu drücken, da sie ja im neuen Studio viel weniger bezahlen mussten. Als dann einige das Studio wechselten, war ich verblüfft über so viel Skrupellosigkeit und so wenig Unrechtsbewusstsein. Wenn die Moral wegen ein paar Euro über Bord geworfen wird, wo soll das dann noch hinführen? Jeder dieser Kunden wusste, dass sie zu Kriminellen wechselten? Einige, die als Zeuge schriftlich ausgesagt hatten, widerriefen plötzlich ihre Aussage. Etwas tröstlich war, dass nur wenige auf die Versuchung reinfielen. Aber über jeden Einzelnen, der wegging, machte ich mir Gedanken über seine Wertvorstellung und sein Gewissen. Und mein Bild von moralischen Menschen bekam Risse. Eine derartige Enthemmung kam in meinem Menschenbild bisher nicht vor.

Die Mehrzahl unserer Kunden hielt uns aber die Treue. Der Aufruf an meine Kunden »Wir ehemaligen Mitarbeiter sind jetzt hier, kommt uns nach, dann werdet ihr wie bisher betreut« verhallte fast ungehört. Mit neuen Mitarbeitern gelang es uns, einen noch besseren Service anzubieten und die Mitgliederzahlen stetig zu erhöhen.

Irgendwann hörten wir davon, dass Horst und Toralf auch dieses Studio wegen Diebstahl wieder verlassen mussten. Kurze Zeit später wurde Horst inhaftiert und Toralf später zu einer Geldstrafe verurteilt.

Das Haus am Meer

Das war schon immer mein größter Wunsch: ein Haus am Meer. In meinen Träumen sah ich mich in einem reetgedeckten Haus gleich hinter den Dünen. Von meinem Wohnzimmer aus beobachtete ich, in einem Schaukelstuhl sitzend, das Spiel der Wellen, sah ich die Sonne glutrot untergehen. Ich hörte das Kreischen der Möwen und wie der Wind an den Fensterläden rüttelte. Der Geruch von Tang und leichter Fischgeruch umwehten meine Nase ...

Durch einen Berufswechsel könnte dieser Traum schneller wahr werden als gedacht. Ich hatte einen Job im Ostseeheilbad Graal-Müritz angenommen. Das ehemalige Fischerdörfchen lag direkt am Meer und wurde auf der anderen Seite von einem großen Wald, der Rostocker Heide, eingegrenzt. Schon am ersten Tag meiner Ankunft machte ich mich an die Erkundung des Ortes und hatte dabei schon immer mein zukünftiges Haus im Blick. Insbesondere inspizierte ich die Straßen, die parallel zum Meer verliefen. Dort sah ich auch schöne Häuser, die geeignet waren, meine Vorstellungen in die Tat umzusetzen. Ich schlenderte aufgeregt die Straßen entlang, notierte mir Straßennamen und Hausnummern und ließ meiner Phantasie freien Lauf. Ich sah mich in den Alltag der Bewohner integriert, plauderte mit den Nachbarn am Gartenzaun, ging am Strand spazieren, besorgte Einkäufe, schnitt die Hecke, fegte den Bürgersteig, begutachtete meine Rosen ... Und ich sah meine Familie das Haus mit Leben erfüllen. Ich hörte das glückliche Kinderlachen, sah meine Frau bei einem Glas Wein ergriffen auf den Sonnenuntergang schauen und unseren Hund Emma zufrieden vor dem prasselnden Kamin liegen.

Euphorisch besuchte ich die hiesigen Immobilienmakler und schilderte meine Wünsche. Ein Haus mit Meerblick mit einem ordentlichen Garten drum herum sollte es sein und wenn das nicht möglich ist (ich hatte kein Haus gesehen, das zum Verkauf stand), dann zumindest ein Grundstück, auf dem wir ein Haus mit Meerblick bauen können. Dann bauen wir eben nochmal ein Haus. Man sagt ja sowieso, dass das zweite oder sogar dritte Haus erst richtig gelingt. Unser Hausbau in Magdeburg war mit vielen Unannehmlichkeiten verbunden. Erst dauerte es ewig, bevor es überhaupt losging und dann kam es immer wieder zu Bauverzögerungen, weil die Baufirma sich übernommen hatte und auf zu vielen Baustellen präsent sein wollte. Hinzu kam, dass sie fast vor dem Konkurs stand und bei Lieferanten nur noch bei Vorkasse Baumaterial bekam. Die Verzögerungen hatten zur Folge, dass wir weiterhin Miete zahlen mussten und der Kredit bei der Bank bedient werden musste. Irgendwann wurde das Haus aber fertig und wir genossen unser neues Zuhause in vollen Zügen. Aber beim Wohnen stellten wir die ersten Unzulänglichkeiten fest wie zum Beispiel zu wenig Steckdosen, keine Trennung des Wohnzimmers zum Kinderbereich, zu wenig Kellerbereich usw. Diese Fehler passierten uns nicht noch einmal.

Als ich meine Wünsche bei Maklern des Ostseeheilbades schilderte, übersah ich damals ihr mitleidsvolles, ja spöttisches Lächeln. Erst viel später erzählten sie mir, dass sie am liebsten vor Lachen laut losgebrüllt hätten. Optimistisch wartete ich auf ihre Angebote, innerlich darauf eingestimmt, nicht gleich das Erstbeste zu nehmen, sondern von meinen Vorstellungen nicht abzuweichen. Fast täglich lief ich die schönsten Ecken von Graal- Müritz ab und spann weiter an meinen Zukunftsvisionen. Doch es tat sich erst einmal gar nichts. Nach wiederholtem Nachfragen bekam ich ein Angebot eines Hauses in der Koppenheide, einem Stadtteil von Graal-Müritz, der vor nicht allzu langer Zeit auf einer Wiese errichtet wurde und sich nicht in Strandnähe befand. Dieses Haus wollte ich mir deshalb auch erst gar nicht ansehen. Als aber weitere Angebote ausblieben, fuhr ich widerwillig zur Besichtigung. Es war ein nicht unattraktives Reihenhaus mit schöner Zimmeraufteilung und einem kleinen Garten dran, aber nach kurzer Überlegung lehnte ich ab.

Ich wollte nicht einen Meter von meinem Wunschtraum abrücken. Nach ein paar Tagen kam ein weiteres Angebot. Ich schöpfte wieder Hoffnung. Etwa zweihundert Meter näher zur Ostsee und fast am Wald gelegen. Diesmal lud ich meine Familie zur Besichtigung ein. Ich wollte nicht irgendwann als Buhmann dastehen. Das Erste, was meine Kinder beim Betreten des Hauses sagten, war, dass es stank. Und es stank wirklich nach Öl. Der Makler versuchte uns zu beruhigen. Die Ölheizung könnte ohne Weiteres ausgebaut werden und durch eine moderne Heizung ersetzt werden. Doch die Kinder wollten schnell wieder raus und so lehnten wir auch dieses Angebot ab.

Wieder verging viel Zeit, bis wir eines Tages vom Makler ein Grundstück in Ostseenähe angeboten bekamen. Ich war wie elektrisiert, konnte die Nacht vor der Besichtigung nicht schlafen. Ich sah mich wieder in meinem Schaukelstuhl versunken aufs Meer schauen. Als ich dann vor dem Grundstück stand, machte sich Ernüchterung breit. Das Grundstück war mindestens fünfhundert Meter vom Meer entfernt und durch eine Wiese und einen kleinen Küstenwald so getrennt, dass nur mit einem Hochhaus Meerblick erreichbar war. Hinzu kam, dass es bereits eine Bodenplatte gab, auf der zwei Reihenhäuser gebaut werden sollten, und dass eine Seite bereits vergeben sei. Abgesehen vom Meerblick wäre das Haus dann viel zu klein und böte uns viel schlechtere Platzverhältnisse als in unserem Magdeburger Haus. Ärgerlich lehnte ich ab und nahm die Sache nun in meine eigenen Hände.

Ich inserierte in der Ostseezeitung eine Suchanzeige und wartete wieder euphorisch auf die zahlreichen Angebote. Dem zu erwartenden Besichtigungsstress sah ich kühn und abenteuerlustig entgegen, aber die Angebote blieben aus. Erst nach einigen Tagen war ein einziges Angebot in der Post und das war das mit der Bodenplatte.

Mein Freund Peter Schlee

Als ich Peter Schlee das letzte Mal sah, war er dick und im Gesicht aufgequollen. Er besuchte mich an meinem Arbeitsplatz im AMO Kultur- und Kongresszentrum in Magdeburg. Ich war dort Geschäftsführer. Über viele Jahre hatte ich das Haus zu einer beliebten Stätte für Kultur, Kunst und Geselligkeit entwickelt. Anlass seines Besuches war eine Singleparty und die Zerrüttung seiner Ehe. Er klagte weinerlich über sein Leben und stürzte sich in das Getümmel der Veranstaltung, doch er hatte kein Glück. Seine unwiderstehliche Wirkung auf Frauen gab es nicht mehr. Seine jetzt sarkastische Art schreckte die Frauen ab. Und bei jedem dieser Rückzüge schüttete er Beleidigungen und Hohn über sie aus. Immer wieder kam er nach seinen missglückten Kontaktversuchen zu mir und schimpfte über meine zu dicken, zu dünnen und zu dummen weiblichen Gäste. Seine Verbitterung saß tief und kam mit steigendem Alkoholpegel mit Wucht an die Oberfläche.

Nun war die Singleparty schon seit Jahren ein Renner im Kulturhaus. Einsame, Verstoßene, Unglückliche, Unternehmenslustige und das Abenteuer Suchende bevölkerten die Säle und hofften auf das Glück einer wenigstens kurzen Zweisamkeit. Das war für alle das erste Ziel, aber vielleicht, so die Hoffnung, könnte auch mehr daraus werden. Mit Beginn der Veranstaltung sah man dann auch in angespannte, erwartungsvolle Gesichter. Alle hatten sich sorgfältig zurechtgemacht und ihre Stärken hervorgehoben. Frauen, die ihre beste Zeit schon hinter sich hatten, gelang es, mit Kosmetik und vorteilhafter Kleidung noch einmal auf sich aufmerksam zu machen. Doch das Innerste blieb, wie es war, voller Enttäuschung über missglückte Beziehungen, in Gedanken an einsame Abende und Nächte. Sie versuchten das an diesem Abend zu verdrängen, sich treiben zu lassen in der Hoffnung auf Glück. So strahlten ihre Gesichter voller Erwartung. Doch mit Fortschreiten des Abends und ausbleibenden Kontakten wurde die Verbitterung wieder sichtbar. Auch der Alkohol tat sein Übriges. In verkrampften und stumpfen Gesichtern verstarb das für diesen Abend verordnete Lächeln. Und auch den Männern ging es nicht viel anders. Sie hatten sich ein den Bauch kaschierendes Hemd und ihre beste Hose angezogen und die Haare kühn gekämmt. Sie saßen lässig an der Bar und begutachteten mit leicht spöttischem Blick die anwesenden Frauen. Sie nippten an ihren Getränken und versuchten die Anspannung und den sich selbst auferlegten Erfolgsdruck zu verdrängen. Mit fortschreitender Zeit kehrte auch hier Ernüchterung ein. Diejenigen, die es schafften, jemand kennenzulernen, schauten, zumindest im ersten Augenblick, zufrieden aus. Diejenigen, die sogar in Begleitung das Haus verließen, strahlten über das ganze Gesicht. Doch die, die zurückblieben und erfolglos an der Bar ihren Kummer ertränkten, sahen schrecklich unglücklich aus. Zu ihnen gehörte auch Peter Schlee. Ich konnte es nicht ertragen, ihn so zu sehen. Ihn, der immer die schönsten Mädchen hatte. Ich dachte an die Zeit, in der ich ihn beneidete für sein Glück bei den Frauen. Auch ich hatte davon profitiert. Ihm flogen die Frauen nur so zu und dabei fiel auch für mich immer eine ab.

Als er im Laufe des Abends wieder schwermütig und angetrunken zu mir kam, ließ ich mich irgendwann verleugnen. Ich war enttäuscht von meinem Freund, sah angewidert, was aus ihm geworden war. Ich konnte die immer wieder gleichen Sprüche nicht mehr hören. Sein geistiger Horizont schien zurückgeblieben sein. Ich wollte an seinem Unglück nicht teilhaben. Das war auch der Grund, warum ich Klassentreffen hasste. Ich konnte es nicht mit ansehen, was aus einstigen, von mir früher beneideten Klassenkameraden geworden war. Da ich wusste, dass Peter Schlee sogar seine Frau geschlagen hatte, gab ich ihm die Schuld an seinem verkorksten Leben. Ich selbst fühlte mich auf der Gewinnerseite, hatte eine glückliche Beziehung und, mit drei Kindern, ein tolles Familienleben.

Heute, fünfundzwanzig Jahre später, sitze ich hier in meinem Haus in Graal-Müritz und schäme mich für mein damaliges Verhalten. Trotz Bemühungen konnte ich nicht in Erfahrung bringen, was aus ihm geworden ist.

Von allen geliebt zu werden

Ich wollte schon immer von allen geliebt werden. Deshalb versuchte ich auch immer es jedem recht zu machen. Da war als Erstes mein Vater, ich stimmte zwar mit seinen Ansichten nicht überein, fügte mich aber seinen Wünschen. So ließ ich mir die Haare kurz schneiden, schuftete in seinem Garten und überraschte ihn mit Aktionen, wie die Ausbesserung eines Zaunes oder die Pflege der Gartengeräte. Trotzdem, glaube ich, liebte er mich nicht. Sicher auch, weil er ja nur mein Stiefvater war.

Auch in der Schule wollte ich geliebt werden. Da ich aber nur ein mittelmäßiger Schüler war, verzichtete ich auf die Liebe der Lehrer und einiger strebsamer Mitschüler. Mein ganzes Tun richtete sich darauf, meine mir genehmen Mitschüler zu beeindrucken. Ich organisierte skurrile Klassenfeiern und andere Freizeitaktivitäten, die mir bescheidenen Ruhm bescherten. Ich wurde dafür geachtet, beachtet, aber nicht geliebt. Ich konnte das nicht verstehen. Ich fand mich durchaus sympathisch und deshalb, so meine Schlussfolgerung, auch liebenswert. In vielen Nächten grübelte ich darüber nach, fand aber keine Lösung.

Während meiner Lehre zum Lokschlosser sah das schon anders aus. Die ersten Mädchen liebten mich und ich war darüber sehr glücklich. Aber ich musste hier stark nachhelfen. Ich ließ mir die Haare lang wachsen, rollte sie in Lockenwickler ein und trainierte meine bis dahin dünnen Arme. Der Durchbruch aber war die Gründung einer Band. Ich hatte gesehen, wie die Menschen, und hier vor allem die Mädchen, Musiker anhimmelten. Wir spielten dann zwar nicht vor großen Menschenmassen, aber in den kleinen Klubs begeisterten wir schon so fünfzig bis hundert Besucher. Und immer wieder gab es auch das ein oder andere Mädchen, das sich in mich verliebte. Dann war ich mit mir zufrieden und liebte plötzlich mein Leben. Ich liebte es, wenn Mädchen mich auf der Bühne anhimmelten. Ich lächelte dann schüchtern zurück und die eine oder andere fühlte sich dadurch angespornt mich zu erobern.

Auch während meines Studiums ging das so weiter. Ich lernte Freunde kennen, die mich augenscheinlich mochten. Sonst hätten sie sicherlich nicht auch noch die Wochenenden, die eigentlich der Heimfahrt vorbehalten waren, mit mir verbracht. Hier punktete ich nicht nur mit Äußerlichkeiten, sondern auch mit dem durch das viele Lesen angeeigneten Wissen. Ich konnte so zur Bewältigung von Lebensproblemen meiner Kommilitonen beitragen. Ich freute mich, dass ich um Rat gefragt wurde. Meine Lebensweisheiten halfen Konflikte zu lösen und Stimmungen zu verbessern. Dadurch stieg mein Selbstwertgefühl. Ich war mit mir im Reinen.

Nach dem Studium wurde es ernst. Der Start in das Berufsleben war hart. Plötzlich musste ich diszipliniert und strukturiert Aufgaben lösen, von denen das Wohl des Betriebes abhing. Zum ersten Mal wurden mir Mitarbeiter unterstellt. Und von Anfang an wollte ich ihnen gefallen, wollte von ihnen geliebt werden. So waren meine Entscheidungen immer davon geprägt, niemandem weh zu tun und alles für eine angenehme Arbeitsatmosphäre zu tun. Meine Tür stand jedem der einhundert Mitarbeiter immer offen. Ich hörte mir jederzeit ihre Probleme an und löste sie so, dass keiner benachteiligt wurde. Dieser Führungsstil hatte zur Folge, dass mich viele Mitarbeiter für weich hielten. Das wusste ich, aber solange ich das Gefühl hatte, ich wurde geliebt, nahm ich das in Kauf. Dass viele der weiblichen Kollegen sogar mit mir ins Bett gehen wollten und einige das auch taten, bestätigte meine Empfindungen. Immer wieder taxierte ich an meinen Geburtstagen die Blumensträuße und kleinen Geschenke. Wenn das Büro davon fast überquoll, war ich zufrieden. Aber erst als sich mit der Wende viele meiner Mitarbeiter gegen mich wendeten und meinen Rücktritt forderten, sah ich ihre wahren Gefühle mir gegenüber. Schockiert blickte ich in den Hass in ihren Augen. Nur mit harter Hand konnte ich meinen Arbeitsplatz retten. Eine Illusion brach zusammen und mein Herz bekam die erste Hornhaut.

Doch offensichtlich zog ich daraus keine Lehren. Auch auf meiner nächsten Stelle wollte ich geliebt werden. Auch hier biederte ich mich bei meinen Mitarbeitern an und tat alles, um das Arbeitsumfeld für sie so erträglich wie möglich zu machen. Ich sah mich wieder mal bestätigt und hatte das Gefühl, dafür geliebt zu werden. Insbesondere ein kleiner Mitarbeiterkreis wich nicht von meiner Seite und versuchte mir alles recht zu machen. Auch an den Geburtstagen überhäuften sie mich mit Blumen und anderen Aufmerksamkeiten. Ich war so begeistert, dass ich ihnen mein Herz ausschüttete und meine Probleme mit ihnen besprach. Insbesondere die harten betriebswirtschaftlichen Vorgaben des Eigentümers und die immer größer werdenden Entnahmen durch ihn belasteten mich. Ich kämpfte verbissen darum, dass trotz des regelmäßig geplünderten Kontos vor allem die Löhne pünktlich bezahlt wurden. Aber als ich wegen meiner Widerstände beim Eigentümer in Ungnade gefallen war, wendeten sich alle von mir ab. Nicht einer schlug sich auf meine Seite. Betreten schauten einige weg, andere hatten auch hier Hass in den Augen und viele liefen mit schadenfrohen Gesichtern umher. Was waren das für Menschen? Sicher musste ich das Team zu Höchstleistungen führen, aber ich blieb dabei doch immer Mensch und hatte das Wohl meiner Mitarbeiter im Auge. Warum wurde ich dafür, dass ich ihren Arbeitsplatz und ihr Auskommen sicherte, nicht geliebt, ja sogar gehasst?

Und wieder begann ich zu grübeln, was ich falsch gemacht hatte und innerlich wuchs die Hornhaut weiter um mein Herz.

Bei der nächsten beruflichen Station versuchte ich es als Eigentümer. Ich gründete meinen eigenen Betrieb und wollte diesmal alles besser machen. Wieder tat ich alles Mögliche zum Wohl meiner Mitarbeiter. An den Geburtstagen bekam ich wie gewohnt Blumen von den Kollegen. Aber auch hier wurde ich hintergangen. Ja sogar von ihnen bestohlen.

Jetzt hatte ich endgültig genug. Mit hartem Herzen leite ich nun schon über zwölf Jahre meinen Betrieb. Mitarbeiter kamen und gingen. Niemals wieder stellte ich den Anspruch, von ihnen geliebt zu werden. Emotionslos führe ich sie so, dass der Betrieb gedeiht und sie ihr Auskommen haben. Zu meinen Geburtstagen bekomme ich von ihnen jetzt nichts als eine profane Geburtstagskarte.

Leben im Paradies

Als meine Mutter starb, machte ich mir zum ersten Mal Gedanken, wie es nun mit ihr weitergehen würde. Während ihrer Krankheit hatte sie oft davon gesprochen, dass sie nun bald bei ihrem Mann sein würde. Mein Vater starb vor zwanzig Jahren. Er war immer gut zu seiner Frau und ich konnte es schon verstehen, dass sie sich nach ihm sehnte. Obwohl meine Mutter nicht gläubig war, war sie innerlich davon überzeugt, dass sie sich wiedersehen würden. Sicher erklärte sie sich das physikalisch. Da wir aus Energie bestehen und diese Energie nach dem Tod nicht verschwindet, kam sie zu dem Schluss, dass die verbleibende Energie der Toten sich kreuzt, berührt, eben kontaktiert. Ich stellte mir dann eine Art Wolkengeflecht vor, in dem die Seelen der Verstorbenen sich im ewigen Rhythmus vereinen, auch trennen, aber immer wieder zusammenfinden. Eine schöne Vorstellung.

Nach meiner Mutter und auch davor verstarben viele von mir verehrte Menschen. Ich denke da zum Beispiel an Manfred Krug, einen Schauspieler, den ich besonders gern gesehen habe, an Hermann Hesse, einen Schriftsteller, der mehr als jeder andere auf mein literarisches Empfinden Einfluss genommen hat, oder an den Staatsmann Fidel Castro, der unbeirrbar am Sozialismus festgehalten hat und Invasoren trotzte. Sollte es womöglich so sein, dass man diese Menschen, die man zu Lebzeiten nie persönlich kennengelernt hatte, jetzt so einfach treffen könnte? Wie wäre es, wenn man dann auch Idole aus der Jugendzeit aufsuchen könnte? Es wäre ein Traum, John Lennon zu sehen, mit ihm zu plaudern und vielleicht sogar gemeinsam Musik zu machen. Schön wäre es auch, Rolf Herricht und Heinz Erhardt zu treffen und sich gegenseitig lustige Geschichten zu erzählen. Ich würde auch gern Anne Frank trösten und ihr sagen, wie ich es bedaure, dass sie so jung sterben musste. Ich würde ihr aber auch sagen, falls sie es nicht mitbekommen hat, dass sie auf der Erde und unter den Menschen einen unsterblichen Eindruck hinterlassen hat. Ich würde meiner Überzeugung Ausdruck verleihen, dass sie mit mehr Lebenszeit eine große Künstlerin geworden wäre, die der Menschheit noch viel hätte geben können. So würde es mir auch mit Brigitte Reimann gehen, die viel zu früh sterben musste. Ich würde ehrfurchtsvoll, aber mutig das Gespräch mit Christa Wolf suchen und mich an ihrer Anwesenheit erfreuen. Und ich würde natürlich Ernest Hemingway umschwärmen und ihm unaufdringlich meine Freundschaft anbieten. Ich würde mich für die vielen schönen Stunden bedanken, die ich mit seinen Büchern, seinen Gedanken und Empfindungen verbringen konnte. Doch was mache ich, wenn dieses Ansinnen noch weitere hunderte, ja tausende Verstorbene haben? Ich tröste mich dann damit, dass die körperliche Anwesenheit ja nicht stattfindet und damit das weltliche Gedränge entfällt und nur die Gedanken und übereinstimmende Empfindungen zählen. Doch war das nicht schon auf der Erde so, dass diese Gemeinsamkeiten Freundschaften begründeten, in deren Folge man zum illustren Kreis des Künstlers gehörte oder eben nicht?

Doch diese Einschränkung möchte ich nicht vertiefen. Zu unbekannt ist das Miteinander nach dem Tode. Keiner kam je zurück und konnte darüber berichten. Fest steht für mich, dass sich die aus dem Weltlichen kennenden Seelen suchen und finden und sich wieder vereinen. Und ich glaube, dass ähnlich empfindende Seelen gute Chancen haben, sich zu treffen und sich auszutauschen.

Ich stell mir einen Reigen vor, in dem ich meine Mutter an der einen unsichtbaren Hand und all die anderen Seelenverwandten an der anderen Hand habe. Wir singen Lieder von und mit Walter von der Vogelweide, wir rezitieren Gedichte von Goethe, der dazu wohlwollend nickt und wir diskutieren einmütig Weltbilder, die wir gern der Menschheit zur Verfügung stellen würden, es aber nicht können. Und jeder, auch ich, bekommt die Gelegenheit, seine Texte vorzutragen und zumindest anerkennende Blicke zu erhaschen.

Es werden aber auch neue Werke erschaffen. Aus dem riesigen Erfahrungsschatz der Verstorbenen und den Erfahrungen nach dem Tod entstehen Werke, die unbeschreiblich sind und der Menschheit das Überleben sichern könnten. Doch es ist unmöglich, mit den Lebenden zu kommunizieren. Und so schweben die Gedanken ohne Zeit und Raum und nützen nur den Verstorbenen zur eigenen Erbauung.

Letztendlich kommt man nur zu dem einen Schluss, dass die Menschheit noch vor dem Tod auf ihre humanistischen Denker hören sollte. Aber da gibt es keine großen Chancen. Schon allein deshalb, weil immer weniger Menschen lesen und nur noch oberflächlich, fast völlig materiell eingestellt leben. Ich glaube, nicht mal ein Zurückkehrer wie zum Beispiel Goethe könnte die Menschheit bekehren.

So bleibt den Verstorbenen nur ihre Scheinwelt und die genießen sie in vollen Zügen. Es gibt ja keine körperlichen Schmerzen mehr. Der Schmerz ist mit dem Verschwinden des Körpers vergangen. So kann man auch niemandem mehr Schmerzen zufügen. Dadurch dominiert eine Leichtigkeit, die Launen und Befindlichkeiten gar nicht aufkommen lässt. Eine Zufriedenheit, die unendlich glücklich macht.

Der Auswanderer

Er hatte alles versucht: Berge von Bewerbungsschreiben verschickt, immer in der Hoffnung, den Traumjob zu bekommen. Aber seine Glückssträhne schien zu Ende. Jahrelang hatte er immer wieder das Glück, eine Arbeit zu machen, an der er Spaß hatte und die ihn voll ausfüllte. So arbeitete er einige Jahre als Fitnesstrainer. Er liebte es, seinen Kunden ein besseres Körperbewusstsein beizubringen und ihre Fitness zu verbessern. Voller Stolz sah er an ihnen das Ergebnis seiner Arbeit. Viele sahen einfach besser aus als vor dem Training. Außerordentlich dankbare und ihm hörige Kunden gaben ihm das Gefühl von Macht und stärkten sein Selbstwertgefühl. Da er selbst auch regelmäßig trainierte und sich auch in seinem Körper wohlfühlte, war er mit seinem Leben zufrieden. Leichtfüßig stiefelte er durch seine Welt und war einfach nur glücklich. Er fühlte sich innerlich und äußerlich sehr wohl. Er strotzte vor Elan, da aber das Geld nicht reichte, sah er sich nach einem anderen Job um.

Ein Bekannter forderte ihn auf, sich als Leiter eines Fitnessstudios in Magdeburg zu bewerben. Er tat es und bekam diese Stelle. Nun stimmte auch das Geld. Sein Glück schien vollkommen. In der Zeit als Trainer hatte er auch seine Traumfrau kennengelernt. Beide bewohnten eine schöne Wohnung am Stadtpark mit Blick auf die vorbeifließende Elbe. Jeden Morgen beim Frühstück hätte er schreien können vor Glück. Er streckte dann die Beine aus und ein Wohlgefühl durchströmte seinen ganzen Körper. Am liebsten hätte er die Welt angehalten, dieses Gefühl für immer bewahrt.

Die Geschäfte liefen gut. Von Monat zu Monat konnte er die Mitgliederzahlen des Studios steigern. Sein Chef, der in dieses Unternehmen viel Geld investiert hatte, war mit seiner Arbeit zufrieden. Jeden Monat entnahm er aber den Gewinn. Als er dann irgendwann immer mehr Gelder vom Geschäftskonto abhob, konnte er als Leiter des Fitnessstudios seine Zahlungsverpflichtungen nicht mehr einhalten. Gespräche mit seinem Chef brachten nichts. Im Gegenteil, von Mal zu Mal hob der mehr Geld ab. Nun konnten die Löhne und Krankenkassenbeiträge nicht mehr pünktlich bezahlt werden und er begann den Unmut des Personals zu spüren. In schlaflosen Nächten suchte er nach Lösungen, fand sie aber nicht. Sein Chef bezichtigte ihn vor den Mitarbeitern des Missmanagements. Als er sich dagegen zur Wehr setzte, wurde er fristlos entlassen.

Plötzlich verlor er von einem Tag auf den anderen den Boden unter den Füßen. Er fiel in ein tiefes Loch. Dass bald darauf das Fitnessstudio in Konkurs ging, war für ihn kein Trost. Schon allein deshalb, weil sein ehemaliger Chef ihm öffentlich die Schuld am Niedergang des Studios gab.

Seine Leichtfüßigkeit war verschwunden. Seine Beine waren schwer wie Blei. Er schleppte sich durch den Tag mit einem Gefühl der Leere und des Nichtgebrauchtwerdens. Nachts konnte er kaum schlafen, doch er gab nicht auf. Berge von Bewerbungen schrieb er und mit jedem Umschlag, den er zur Post brachte, keimte die Hoffnung wieder auf. Doch schon nach einigen Tagen überwogen die Zweifel und er konnte sie nur zerstreuen, indem er immer neue Bewerbungen abschickte. Über diese Zeit hatte er wohl über einhundert Bewerbungen geschrieben. Wenn dann dicke Umschläge zurückkamen, brach er in sich zusammen. Kamen dünne Briefe von Bewerbungsadressen hätte er schon vorab hoffnungsvoll jubeln können. Aber meistens waren das auch Absagen. Er ertappte sich dabei, etwas Positives in den freundlichen Formulierungen zu suchen. Aber es blieben Absagen. Er redete sich ein, dass die schwierige wirtschaftliche Situation ihn eigentlich nicht berührte. Er, als ehemaliger Manager eines erfolgreich fungierenden Unternehmens, muss doch gebraucht werden? Und deshalb schrieb er weiter Bewerbungen. Seinen Freunden erzählte er davon nichts. Im Gegenteil, begeistert sprach er von etlichen Anfragen aus ganz Deutschland, konnte sich nur noch nicht so richtig entscheiden.

Zu Hause lief er wie ein Tiger im Käfig herum. Immer wieder schaute er aus dem Fenster und wartete auf jedes Klingeln an der Tür und des Telefons, als wenn dort die Lösung seiner Probleme käme. Aber es klingelte niemand.

Mittlerweile vergingen die Monate und der Anspruch auf Arbeitslosengeld lief in absehbarer Zeit aus. Die Existenzangst fraß ihn innerlich fast auf. Immer panischer werdend, suchte er nach Lösungen. Schon mit dem Arbeitslosengeld war es schwierig, die Raten für die Eigentumswohnung pünktlich zu bedienen. Nur durch das Einkommen seiner Freundin ließ sich die Wohnung halten. In dieser Phase war er plötzlich bereit jeden Job anzunehmen. Und als er durch einen Freund erfuhr, dass an der Ostsee immer Kellner und Küchenkräfte gesucht werden, machte er sich mit bangem Herzen und einem winzigen Häufchen Optimismus auf den Weg an die Küste.

Irgendwann muss doch seine Pechsträhne zu Ende sein, so dachte er, als er im Zug nach Graal-Müritz die Landschaften an sich vorbeisausen sah. Schon immer war das Meer sein Sehnsuchtsort. Gemeinsam mit seiner Partnerin hatte er schon immer davon geträumt, an die Ostsee zu ziehen und in einem Haus am Meer zu wohnen. Die Mentalität der Norddeutschen entsprach seinem Wesen. Zurückhaltend, bedächtig, kein Wort zu viel reden und doch tiefe Freundschaften pflegen. Und natürlich die atemberaubende Landschaft, die die Seele beruhigt und trägt.

Als er dann, noch am Tag seiner Ankunft, über die Dünen gehend das Meer sah, dachte er, jetzt wird alles gut. Er fand dann auch ganz schnell eine Anstellung als Abräumer und Abwäscher an einem Kiosk direkt an der Ostsee. Die Arbeit war schwer, aber immer wenn er aufschaute und das Meer sah, wurde ihm warm ums Herz. Sein Arbeitgeber, ein typischer Mecklenburger, redete nicht viel, aber zahlte ihm regelmäßig auch einen Anteil am Trinkgeld aus und ein Essen bekam er jeden Tag gratis. Trotzdem reichte das Geld nicht, um seinen Teil für das Familienleben beizusteuern. Er zerbrach sich den Kopf, wie er mehr Geld verdienen könnte. Er sah, wie die Einnahmen am Kiosk sprudelten und immer mehr reifte in ihm der Entschluss, eine eigene Kneipe aufzumachen. Er hatte auch gute Ideen, wie man mit einer richtig originellen Fischkneipe ein Vermögen machen könnte. Aber es haperte an geeigneten Objekten und dem notwendigen Startkapital. Wenn er die entsprechenden Räume gefunden hatte, wurde seine Hoffnung durch horrende Mieten wieder zerstört. Nachts grübelte er bis zum Morgengrauen.

Der Kiosk hatte nur den Sommer über geöffnet und als er sich von seinem Chef verabschiedete, war er wieder arbeitslos. Er sah, dass in Graal-Müritz im Winter kaum Touristen den Ort bevölkerten. Man müsste dieses Kneipenprojekt dort umsetzen, wo immer die Sonne scheint und das Meer das ganze Jahr über angenehm warm war. Immer wieder hörte er von Teneriffa und von Deutschen, die sich dort eine Existenz aufgebaut hatten. Er führte nächtelange Gespräche mit seiner Freundin, die versuchte ihn von diesem Plan abzubringen, aber da keine seiner Bewerbungen in Deutschland Erfolg hatte, begann er mit den Vorbereitungen seiner Reise nach Teneriffa. In seinen Träumen sah er sich immer wieder in einem Haus am Meer. Vor dem Haus sitzend, sah er atemberaubende Sonnenaufgänge und betrachtete das als gutes Omen.

Als er beim Landeanflug auf Teneriffa-Süd die Bananenplantagen und die idyllische Küste sah, war er so aufgewühlt, dass es ihn kaum noch auf dem Sitzplatz hielt. Er hatte das Gefühl, innerlich zu explodieren, wenn er nicht bald den lauen Luftzug seiner neuen Heimat spüren würde. Er drängte sich aus der Sitzreihe, nahm seine Winterjacke aus dem Gepäckfach, schulterte seinen Rucksack und wartete ungeduldig im Gang, dass sich die Flugzeugtüren öffneten. Am liebsten hätte er alle vor ihm Stehenden beiseitegestoßen. Als er dann auf der Gangway stand, hatte er ein unbeschreibliches Gefühl von Freiheit und Abenteuerlust.

Er hatte sich zunächst in einer Pension in Adeje, einer bekannten Hafenstadt, eingemietet. Das Zimmer war zwar klein, aber preiswert.

Da er ohnehin dort nur so lange bleiben wollte, bis er eine eigene Wohnung gefunden hatte, störte ihn das wenig. Dass er das Meer von seinem Fenster aus nicht sah, aber schon. Doch das würde er bald ändern. Und mit diesem Gedanken schlief er ein. Am nächsten Morgen war sein erster Gang zum Hafen von Adeje. Er musste das Meer sehen und damit Kraft für seine Zukunft schöpfen.

Er frühstückte im Café Viktoria, einer Kneipe direkt an der Promenade. Auf der Straße davor war ein Kommen und Gehen. Mitarbeiter der angrenzenden Surfschule fuhren vor und nahmen den ersten Kaffee des Tages. Kleine Touristenbusse brachten die Teilnehmer der Schiffstouren. Aufgeregt schauten sie auf die direkt vor dem Café liegenden Boote. Lieferantenfahrzeuge brachten frische Ware und immer wieder kamen neugierige Touristen vorbei und durchstreiften den Hafen auf der Suche nach einem kleinen Abenteuer. Irgendwie fühlte er sich sofort dazugehörig. Er setzte sich an einen direkt an der Straße stehenden Tisch, um so den besten Blick auf das Szenario zu haben. Noch war das Café spärlich besetzt. Zwei Tische weiter saß ein Paar mit Mitte vierzig. Beide waren von Sonne gebräunt, aber man sah, dass Lachfalten sich mit etlichen Sorgenfalten kreuzten. Sie machten beide den Eindruck, als hätten sie seit längerem nicht mehr richtig gegessen. Beide rauchend, teilten sie sich danach ein Essen, bestehend aus einem panierten Schnitzel, Pommes und einigen Salatblättern. Ganz am Ende der Terrasse trank ein dunkelhäutiges Mädchen einsam einen Espresso. Seine Stimmung kühlte sich auf einmal etwas ab.

Er bestellte sich das Tagesmenü, das aus verschiedenen Tapas bestand und einen Viña Sol, einen spanischen Weißwein. Nach dem ersten Schluck wurde ihm wohler und als er die Tapas und ein zweites Glas Weißwein verzehrt hatte, kehrte seine euphorische Stimmung wieder zurück. Mittlerweile hatte sich das Café gefüllt. Mitarbeiter von den Touristenbooten, Reiseleiter und Tourenguides machten Mittagspause. Trotz des nun einsetzenden Betriebes rauchte die Chefin des Cafés, eine spindeldürre Niederländerin, mit dem dicken Eigentümer eines

Taschenladens nebenan ganz in Ruhe und genüsslich eine Zigarette. Auch die Kellner machten, trotz vollbesetzten Cafés, einen entspannten Eindruck. Sie ließen es sich nicht nehmen, mit den Gästen zu scherzen und auch mal kurz eine Zigarette zu rauchen. Genauso einen gastronomischen Betrieb könnte er sich vorstellen. Er sah sich schon als Eigentümer auf die sich vor der Terrasse aneinanderreihenden Boote schauen und den einen oder anderen Plausch mit den Eigentümern führen.

Doch zunächst musste er schnell Arbeit finden. Für das Zimmer in der Pension musste er 35 EUR pro Nacht bezahlen. Da seine Ersparnisse begrenzt waren, war absehbar, wie lange er sich das Dach über dem Kopf leisten konnte. So zwang er sich in der momentanen euphorischen Stimmung die Chefin des Cafés nach Arbeit zu fragen. Sie schaute ihn freundlich an und bestellte ihn schon am nächsten Tag zu einem Probearbeiten. Am liebsten hätte er sie umarmt. Seine gute Stimmung hielt den ganzen Tag an. Er schlenderte die Promenade lang bis nach Los Cristianos und konnte sich nicht sattsehen an seiner neuen Heimat. Das ewige Plätschern des Meeres, die sanften Bewegungen der Palmen im warmen Wind und die entspannten Gesichter der Urlauber und Einheimischen.

Als er am Morgen nach einer unruhigen Nacht erwachte, hatte er ein flaues Gefühl in der Magengegend. Eigentlich hatte er sich vorgenommen vor dem Frühstück zu laufen. Er hatte schon in Deutschland die Erfahrung gemacht, dass er dann den Tag viel besser bewältigen kann, doch das Unwohlsein hielt ihn davon ab. Im Übrigen war er vor seinem ersten Arbeitstag viel zu aufgeregt. Er aß ein paar Happen von einem schon trockenen Baguette, schnitt sich dazu ein Stück Käse ab und spülte das Ganze mit einem Schluck Wasser herunter. Noch vor der Zeit machte er sich auf den Weg in das Café. Die Tür war noch verschlossen, die Terrassenstühle standen noch in Grüppchen durch ein Stahlseil und ein Schloss gesichert. Er setzte sich auf einen dicken Betonpoller und schaute den Booten beim Schaukeln zu. Er fühlte sich jetzt besser, aber seine Anspannung hatte sich noch nicht gelegt. Als die Köchin, die als Erstes erschien, dann aufschloss und ihm freundlich eine Tasse Kaffee anbot, wurde er ruhiger. Mit dem Eintreffen des Servicepersonals wurde es geschäftig. Man zeigte ihm, wie er die Terrasse herrichten müsse und wie die Tische eingedeckt wurden. Seinen ersten Arbeitstag musste er allerdings in der Abwäsche verbringen. Im Laufe des Tages türmte sich das Geschirr auf seinem Arbeitstisch so, dass er zeitweilig das Gefühl hatte, dass es kein Ende gab. Irgendwann am Abend, die Sonne ging schon unter, hatte er es wirklich geschafft, dass er die Tischplatte trocken rieb und alles Geschirr und Besteck in den entsprechenden Schränken verstaut war.

Am nächsten Morgen taten ihm sämtliche Glieder weh und wieder ließ er das Laufen ausfallen. Diesmal ging er nicht ganz so früh in das Café. Als er ankam, waren die Türen bereits geöffnet und die Kellner dabei, die Bestuhlung aufzustellen. Schon etwas routiniert griff er mit zu und schon bald war alles zum Empfang der Gäste vorbereitet. Auch am zweiten Tag stand er über acht Stunden in der Küche und spülte Geschirr und polierte Bestecke und Gläser. Der einzige Lichtblick war, wenn er rausgeschickt wurde, um die Tische mit abzuräumen. Dann schaute er wehmütig auf den Hafen und auf das Meer und dachte an sein Vorhaben, ein eigenes Café zu betreiben. Am darauffolgenden Tag fragte er seine Chefin, ob er nicht auch einmal bei der Bedienung der Gäste helfen könnte. Sie stimmte zu, wies ihn aber darauf hin, dass die Abwäsche trotzdem erledigt werden müsste. Freudig nutzte er jede Gelegenheit, den Gästen ihr Essen an den Tisch zu bringen und ihnen einen guten Appetit zu wünschen. Wie bei den anderen Servicekräften beobachtet, ließ er sich auf Gespräche mit den Gästen ein. In der Abwäsche türmte sich mittlerweile das Geschirr und als irgendwann nicht mehr genügend Bestecke vorrätig waren, bekam er Ärger mit den Kollegen. Am nächsten Arbeitstag durfte er die Abwäsche nicht mehr verlassen. Hier in der Küche konnte er nicht einmal mehr das Klappern der Stahlseile von den Segelbooten hören. Da er fand, dass seine

Art und Weise der Bedienung bei den Gästen gut ankam, forderte er seine Chefin selbstbewusst auf, ihn ab sofort als Kellner zu beschäftigen. Die schaute ihn amüsiert an, willigte aber ein. Seine anfängliche Euphorie kehrte augenblicklich zurück und nun sah er sich schon einen großen Schritt näher in Richtung Selbstständigkeit machen.

Der erste Arbeitstag als Kellner war ein Fiasko. Er nahm Bestellungen falsch auf, so dass die Gäste nichtbestelltes Essen bekamen, er brachte Getränke durcheinander und vergaß so einiges zu bongen. Am Ende stimmte seine Kasse hinten und vorne nicht. Er versuchte sich zu rechtfertigen, schob alles auf die Gäste und verdächtigte sogar Kollegen. Seine Chefin schaute ihn mit einer Mischung aus Mitleid und Wut an und sagte ihm, dass er am nächsten Tag nicht wiederkommen brauchte.

Er hatte dann noch ein paar Gelegenheitsjobs als Gärtner und Hausmeister, aber irgendwann blieben auch hier die Aufträge aus. Schon nach ein paar Wochen konnte er sich die Pension nicht mehr leisten. Er kam dann noch für einige Tage bei einer Bekannten unter, aber da er keine großen Anstrengungen unternahm, etwas zur Miete beizutragen, bat sie ihn zu gehen.

Nach all der Anspannung in letzter Zeit fühlte er sich so frei wie lange nicht mehr. Plötzlich hatte er keine Verpflichtungen mehr, sah nicht die vorwurfsvollen Blicke seiner Bekannten. Mit einem Rucksack zog er die Küste entlang. Ihm kam es vor, als wenn erst jetzt sein neuer Lebensabschnitt begann. Er nahm sich Zeit, die Surfer am Strand von Las Américas zu beobachten, und bewunderte ihre Kühnheit und Ausdauer. Immer in der Hoffnung auf die Welle. Er teilte sein Brot mit den Tauben auf der Promenade und lauschte dem ewigen Wellenschlag. In diesen Momenten war er glücklich. Nachts schlief er am Strand so tief, dass er erst vom Aufstellen der Liegen durch die Bademeister wach wurde.

In Los Cristianos gefiel es ihm am besten. Hier hatte der Ort noch einiges seiner Ursprünglichkeit bewahrt. So konnte man, trotz zahlreicher Neubauten, noch das einstige Fischerdorf erahnen. Am Hafen wurde, wie schon eh und je, morgens der frisch gefangene Fisch verkauft. Und dort sah er es: sein Haus am Meer. In zahllosen Träumen sah er immer wieder eine kompakte Villa, direkt am Strand. Große ausladende Fenster zur Meerseite hin, gaben den Blick ungehindert frei auf die See. Und selbst in seinem Bett liegend, konnte er das Wellenspiel beobachten. Er spürte den warmen Passatwind auf seiner Haut … Fast am Ende der Promenade, aber direkt auf einem Küstenstreifen, stand eine alte Villa. Das Haus hatte schon bessere Tage gesehen. An den Wänden bröckelte der Putz ab, ein Teil der Nordwand war bereits eingestürzt und der Bereich durch Bauzäune gesichert. Auf dem lädierten Dach wuchsen bereits Gräser und kleine Bäume. Trotzdem barg die Ruine noch einen gewissen Charme vergangener Zeiten. Neugierig schlängelte er sich durch die Umzäunung und wurde plötzlich von einem wütend kläffenden Hund gestoppt. Sogleich erschien eine etwas dickliche, braun gebrannte Frau und herrschte ihn auf Deutsch an, was er hier wolle. Er entschuldigte sich mit seiner spontanen Bewunderung des Gebäudes und da sie ihn als Landsmann erkannte und sympathisch fand, lud sie ihn ein, sich alles anzuschauen. Das Haus sah von innen genauso verwahrlost aus wie von außen, aber es gab drei Räume, die sorgfältig gefegt waren und in denen mehrere Schlafsäcke lagen. Im Gespräch erfuhr er, dass hier ein Dutzend Obdachlose illegal wohnten. Als er von der Frau zu einem Kaffee auf der maroden Terrasse eingeladen wurde, verschlug es ihm die Sprache. Er sah das Meer, genauso wie in seinen Träumen.

Er wusste nicht, wie lange sie so dasaßen. Mittlerweile trudelten auch die übrigen Bewohner nach und nach ein und als er ihnen seine Geschichte erzählt hatte, luden sie ihn ein zu bleiben. Die Tage vergingen in glücklicher Erregung. Den ganzen Tag schaute er versonnen auf das Meer. Irgendwie konnte er sein Glück kaum fassen. Seiner Freundin schrieb er, dass er jetzt sein Traumhaus gefunden hat, er aber noch einiges zu klären hätte.

Der Mann, der einst Schriftsteller werden wollte

Er wollte immer ein Schriftsteller sein. Schon als kleiner Junge war er fasziniert von der Erzählkunst Jack Londons. Als er dann später die Romane von Hemingway regelrecht verschlang, begann er selber die ersten Schreibversuche. Aber schon damals dauerte es eine Ewigkeit, bis er sich mit einem Blatt Papier hinsetzte. Er zögerte das Schreiben so heraus, dass man meinte, er solle zum Schafott gebracht werden. Das Vorbereitungsritual nahm manchmal groteske Züge an. Zunächst schmierte er sich, gerade mal dreizehn Jahre alt, Stullen, um sich für das Schreiben zu stärken. Meist waren das Käsebrote, die er mit einer Tasse Brühe mit großen Appetit herunterschluckte. Da es oft nicht bei ein oder zwei Broten blieb, hatte er danach ein derartiges Völlegefühl, dass an Schreiben nicht zu denken war. Er schaltete sich dann den Fernseher an, machte es sich im Sessel bequem und wenn dort ein Bericht über Künstler lief, war er kurzzeitig so inspiriert, dass er sich zumindest vor das leere Blatt Papier setzte und manchmal sogar ein paar Sätze zusammenbrachte. Aus diesen Fernsehberichten wusste er, dass Schriftsteller oft Schreibblockaden haben und es dann keinen Sinn machte, etwas zu erzwingen. Außerdem, so dachte er dann, ist auch morgen noch ein Tag. Und er setzte sein ganzes Hoffen auf den nächsten Tag. So ging das eigentlich fünfzig Jahre lang. Außer ein paar Gedichten, ein bis zwei Kurzgeschichten und einem stümperhaften, im Selbstverlag herausgebrachten Kinderbuch hatte er nichts weiter zusammenbekommen. Und selbst in diesen geistigen Ergüssen fand sich Geklautes aus Erzählungen seiner Lieblingsschriftsteller.

Immer wieder nahm er sich auch vor, ein Tagebuch zu schreiben. Er wollte seine Empfindungen, seine Sicht auf die Dinge zu Papier bringen, um daraus für die Zukunft zu schöpfen. Aber er hielt nie länger als zwei Wochen durch. Er setzte zunächst seine ganze Hoffnung auf die Zeit nach dem Verlassen des Elternhauses. Große Abenteuer erwarteten ihn, von unschätzbarem Wert für seine schriftstellerischen Arbeiten. Aber auch während der Lehre als Schienenfahrzeugschlosser in Stendal vertrödelte er die Zeit und kümmerte sich mehr um eine von ihm gegründete Band und um Mädchen. So zog er mit seinem besten Freund über die Dörfer und das, was sie dabei erlebten, wäre ein guter Stoff für seine Erzählungen. Er aber schrieb nichts auf und erinnerte sich später nur spärlich an die Ereignisse.

Auch während seines Studiums in Berlin hätten seine Erlebnisse für einen Roman gereicht. Da Kunst und Literatur hier breiten Raum einnahmen, fühlte er sich auch motiviert, brachte aber auch hier so gut wie nichts zu Papier. Er arrangierte sich mit einer inneren Stimme, die ihm sagte, dass sein Gedächtnis ein viel besseres Tagebuch sei und völlig ausreichte.

Auch ein weiteres großes, ja historisch einmaliges Ereignis, die Wende, ließ er unkommentiert. Mit eigenen Existenzkämpfen beschäftigt, gelang es ihm nicht, seine Empfindungen, Erlebnisse, Ängste und Hoffnungen zu dokumentieren. Im Nachhinein ein unwiederbringlicher Verlust.

Sein Leben nahm in dieser Zeit erheblich an Fahrt auf. Wie ein Lichtbildervortrag wechselten sich die Ereignisse ab und immer neue Bilder löschten die alten aus. Plötzlich sah er nur noch die Gegenwart und nur die letzte Zeit der Vergangenheit. Er konnte sich nicht richtig erinnern. Wenn Freunde und Bekannte über vergangene Zeiten sprachen, staunte er immer wieder, dass er dabei gewesen sein sollte. Er stand dann plötzlich neben sich und bedauerte, nicht wacher und intensiver in dieser Zeit gelebt zu haben. Denn dann wäre, so dachte er, auch seine Erinnerung daran wach geblieben.

Er begann in der Folge bewusster und aufmerksamer durchs Leben zu gehen. Er erfreute sich jetzt auch an den kleinen Dingen des Lebens. Er genoss Sonnenaufgänge und Sonnenuntergänge, Gespräche mit Freunden, das Zwitschern der Vögel und das Rauschen der Wellen und des Windes. Er versuchte vernachlässigte Freunde zurückzugewinnen und seiner Familie mehr Aufmerksamkeit zu widmen. Doch auch hier schrieb er nichts auf. In seinen Gedanken formierten sich die schönsten Erzählungen, doch sie fielen immer wieder in das Loch des Vergessens.

Mittlerweile war er dreiundsechzig Jahre alt. Er hatte einen Baum gepflanzt, er hatte Kinder gezeugt und ins Leben begleitet, aber er hatte kein Buch geschrieben.

Meine Mutter lebt doch

Meine Mutter, die seit anderthalb Jahren tot war, erschien mir jüngst im Traum. Sie kam mit ihrem Rollator in unseren Garten. Ich freute mich riesig, dass sie doch nicht tot sei, und wandelte mit ihr durch die von ihr so sehr geliebten Blumenbeete und sagte ihr lauter Nettigkeiten. Ich war so gerührt sie wiederzusehen. Das war nicht immer so. Zu oft schimpfte ich mit ihr, wenn sie nicht richtig essen wollte, zu wenig trank und lieber auf der Couch liegen wollte, als nach draußen zu gehen. Jetzt aber war ich so erleichtert, dass sie wieder da war. Ich schwor mir, nie wieder ein böses Wort in ihrem Beisein zu verlieren.

Mein Vater lebt wirklich noch

Als mein Vater nach dreiundsechzig Jahren, auf meine Initiative hin, den Kontakt zu mir aufnahm, war ich sehr aufgeregt, freute mich aber. Wir unterhielten uns dann nicht wie zwei Fremde. Als ich ihn später wiedersehen wollte, sagte er, mit ihm sei nicht mehr viel los. Aus diesem Grund möchte er das Ganze nicht weiter vertiefen. Im Übrigen hätte ich mir das früher überlegen sollen.

Der Wald trägt Gelb

Der Wald trägt schon seit Wochen Gelb. Manchmal trägt er auch Weiß. Dann sieht er elegant und vornehm aus. Am besten aber steht ihm Grün. Das wird schon bald so weit sein und darauf freue ich mich.

Liebe zum Meer

Immer, wenn ich die Dünen überquere und das Meer sehe, bin ich aufs Neue überwältigt. Seit ich an der Ostsee wohne, vergeht kaum ein Tag, an dem ich es nicht besuche. Wenn das doch einmal passiert, habe ich Sehnsucht und ich setze alles daran, das Meer so bald wie möglich wiederzusehen. Ist das Liebe? In unserem Ort wohnen Leute, die sehen das Meer nur bei schönem Wetter. Das ist keine Liebe. Dabei kann die Betrachtung des Meeres ein ganzes Leben ausfüllen. Es entstehen immer wieder neue, unglaublich berauschende Bilder.

Freunde

Freunde kommen und gehen nicht. Freunde bleiben.

Die hundertjährigen Eichen

Auf meinen Spaziergängen besuche ich immer die drei viele hunderte Jahre alten Eichen im Küstenwald von Graal-Müritz. Die zwei jüngeren begrüße ich dann mit einem Handschlag. Die ältere umarme ich. So zeige ich ihnen, dass nicht alle Menschen nur Wälder zerstören, sondern Bäume achten und ihre Bedeutung für das Überleben der Menschheit würdigen. Doch was nützt das? Sie sehen mich vielleicht zwanzig, höchstens dreißig Jahre, ein Wimpernschlag in ihrem Leben.

Der Graureiher

Ich kannte ihn eigentlich nur von seinem Standort auf der Salzwiese. Jahrelang sah ich den Graureiher im Wiesengraben stehen und auf Beute lauern. In diesem Winter besuchte er uns zum ersten Mal. Aber nicht unseretwegen, sondern wegen der Goldfische in unserem Teich. Ich versuchte ihn immer wieder zu verscheuchen, doch als ich ihn vor meinem Fenster rappeldürr auf dem Dach des Nachbarhauses traurig sitzen sah, hörte ich damit auf. Jetzt ist er wieder weg und mit ihm auch unsere Fische.

Die Schlange

Irgendwann tummelte sich eine Schlange in unserem Gartenteich. Wir hatten Angst um unsere Frösche und auch Angst um unsere Kinder. Mein Bruder fing sie in einem Kescher und brachte sie auf eine naheliegende Wiese. Wochen später, wir frühstückten gerade auf der Terrasse, schlängelte sie sich ganz ruhig an unserem Tisch vorbei und verschwand unter den Steinen am Teich. Noch quakten die Frösche, also war alles in Ordnung. Wenn dem so ist, dann soll sie eben bleiben. In der Fachliteratur las ich, dass, wenn Schlangen sich ansiedeln, das ökologische Gleichgewicht stimmt. Wir sahen sie nun regelmäßig. Wenn der Winter vorbei war, warteten wir auf ihr Erscheinen. Wenn wir sie dann sahen, waren wir beruhigt. Eines Tages, an einem schönen warmen Sommertag, hörten wir im Teich einen markerschütternden schrillen Schrei. Wir liefen aufgeregt herbei und sahen gerade noch, wie die Schlange einen Frosch verschlang. Der Kopf des Frosches war noch zu sehen. Doch kurz darauf war er verschwunden.

Schönes Wetter

Ich laufe durch den Wald. Nach tagelangem trüben Wetter – blauer Himmel. Alles ist still, kein Blätterrauschen, kein Vogelzwitschern. Als wenn alle Welt das Wetter genießt, es aufsaugt. Erst zum Schluss, als die Geräusche der Straße immer näher kommen, zwitschert ein Vogel ein vorsichtiges Lied.

Der Weg

Der Weg beginnt langsam zuzuwachsen. Wir sind ihn lange nicht gegangen. Auch der Mann mit dem Schäferhund benutzt ihn nicht mehr. Der Hund ist gestorben. Eine Zeit lang lief er ihn traurig und verstört noch alleine. Auch der Schweizer mit seinem Labrador läuft ihn nicht mehr. Er ist weggezogen. Ein älteres Ehepaar, das ebenfalls fast täglich den Weg ging, ist nicht mehr dabei. Der Mann ist an einem Herzinfarkt gestorben. Die Frau lief nur noch eine kurze Zeit den Weg allein. Doch auch sie habe ich schon lange nicht mehr gesehen. Bleiben noch die Touristen, die mit ihren Hunden vor allem in den Sommermonaten den Weg als Gassistrecke nutzen. Doch das reicht nicht. Der Weg wächst immer weiter zu. Schon jetzt sieht er aus, als wenn es ihn nie gegeben hat.

Die Gräber der Bäume

Traurig schauen die Baumstümpfe in den Himmel. Sie sehen aus wie Gräber. Wurden auf einem ganzen Waldstück Bäume gefällt, sieht es aus wie auf einem Friedhof. Dort, wo nur vereinzelt die Baumreste aus der Erde schauen, sieht es nicht ganz so traurig aus. Noch lebende Bäume spenden den ehemaligen Nachbarn Trost, Schatten und Gesellschaft. Manchmal halten sie einen gefällten Baum über eine Wurzelversorgung sogar am Leben. Manch ein Mensch sollte sich an so viel Fürsorge ein Beispiel nehmen.

Der verliebte Hund

Unser Neufundländer Bruno ist verliebt. In wen, weiß er nicht so recht. Eigentlich in alle geschlechtsreifen Hündinnen. Auf unseren täglichen Gassirunden schnüffelt er jede Erhebung, jede Ecke, jeden Grasbüschel und jeden Baum ausführlich ab. Beginnend bei den Eichen vor dem Rathaus geht es nach dem zügigen Überqueren der Hauptstraße im Kirschsteinweg munter weiter. Keine der links und rechts wachsenden Buchen und Kiefern wird ausgelassen. Selbst die Buchensträucher werden begutachtet. Immer tiefer schnüffelt er sich in die Blätter des vergangenen Herbstes. Auch den links abbiegenden Poetenweg scheinen etliche Hundedamen genutzt zu haben. Immer wieder stoppt er an jeder herausragenden Wurzel oder den abgebrochenen Ästen. Es ist eine Qual, immer wieder muss ich ihn gewaltsam weiterziehen. Zu Hause angekommen, frisst er nicht. Stattdessen liegt er am Zaun und heult wie ein Wolf. Es dauert auch nicht lange und schon stellen sich die ersten Hundedamen ein. So einfach unkompliziert kann das Leben sein.

Der Traum vom Sommer

Ich verliere die Fassung. Eben habe ich mich auf die ersten Knospen an den Kirsch-, Apfel- und Birnbäumen und den damit beginnenden Frühling gefreut. Und schon sehe ich die Bäume mit prallen Früchten, die Äste von deren Gewicht bis auf die Erde gebeugt. Schon beginnen die Wespen die sehnsüchtig erwarteten Früchte anzufressen. Sie werden dadurch schon braun und ungenießbar. Es schmerzt dabei nicht so sehr der Verlust der Birnen, Äpfel und Kirschen, sondern der Umstand, dass der Sommer schon wieder zu Ende geht. Innerlich aufgewühlt erwache ich. Erleichtert sehe ich durchs Fenster, dass an den Bäumen nur die ersten Knospen zu sehen sind.

Termine

Ich hasse Termine. Ich fühle mich nicht nur gestört, sondern meiner Freiheit beraubt.

Totenstille

Ich sitze an meinem Schreibtisch. Draußen wird es immer dunkler. Auch das Haus meiner Nachbarin ist dunkel. Im etwas weiter liegenden roten Backsteinhaus brennt in zwei Fenstern nur ein trübes Licht. Es ist totenstill. In unserem Haus bin nur ich. Wenn jetzt wenigstens der Hund bellen würde.

Glück muss man haben

Ich hatte viel Glück im Leben. Von Geburt an kurzsichtig, musste ich von klein an eine Brille tragen. Ich wurde als Brillenschlange verspottet. Glücklicherweise wurde Brille tragen irgendwann modern. Ausgerechnet in der Zeit suchte ich die für mich richtige Frau. Da ich außergewöhnliche Brillengestelle trug, erregte ich die entsprechende Aufmerksamkeit. Ein weiteres Handicap waren später meine schwindenden Haare. Gerade meine Haare bescherten mir in meiner Jugend etliche, schön anzusehende Mädchen. Aber auch hier hatte ich Glück. Gerade in der Zeit, als meine letzten Haare sich in meinem Kamm verfingen, war es modern, eine Glatze zu tragen. Mittlerweile bin ich dreiundsechzig Jahre alt. Und wieder meint das Schicksal es gut mit mir. Gegenwärtig gelten ältere Herren in unserer bisher auf Jugend getrimmten Gesellschaft als sexy. Ist das nicht toll?

Der Mann und der Cockerspaniel

Viele Jahre traf ich fast jeden Morgen einen Mann mit einem Cocker-spaniel. Er ging allerdings nicht mit ihm spazieren, sondern fuhr den Hund mit seinem Škoda aus der Ortsmitte kommend, den Mittelweg zum Strand hoch. Auf dem Parkplatz gegenüber dem Fischrestaurant »Boje« stellte er sein Auto ab, ließ den Hund raus und schaute zu, wie der die Gegend abschnüffelte. So dicht am Meer wunderte ich mich, warum er nicht mit ihm an den Strand ging. Mein Neufundländer nahm kaum Notiz von dem Cockerspaniel. Sicher war er ihm viel zu alt. Aber ich wechselte immer ein paar Worte mit dem Mann. Er war freundlich, aber der Wortwechsel wurde von Jahr zu Jahr kürzer. Bald stieg er nur noch aus dem Auto, um den Hund rauszulassen. Dann setzte er sich wieder ins Auto und schaute permanent auf das Armaturenbrett. Immer noch grüßte er freundlich, indem er die Hand hob, doch seine wenigen Worte verloren über die Jahre einen Sinn. Er stammelte kleine Sätze, die ich nicht zuordnen konnte. Ich schob das Ganze auf die sprichwörtliche Muffigkeit der Norddeutschen und akzeptierte sein Verhalten großzügig. Bis ich eines Tages sah, dass er mit Hilfe des Navigationsgerätes nach Hause fuhr.

Allein

Wie freue ich mich immer wieder, wenn ich allein bin. Meine Frau ist für eine Woche mit dem Hund zu ihrem Bruder gefahren. Ich fühle mich irgendwie unbeschwert, ja sogar glücklich. Keine vorwurfsvollen Blicke, wenn ich mir im Flur die vom Strand sandigen Schuhe ausziehe, keine krause Stirn, wenn mir beim Frühstück ein Krümel auf den Boden fällt, kein Geschimpfe, wenn ich die Toilette im Stehen benutze. Kein Krach durch den surrenden Staubsauger, kein Geruch von Sanitärreinigungsmittel und Zitronensäure im Ausguss, keine nassen Strümpfe durch den frisch gewischten Fußboden. Kein Meckern über das die ganze Nacht geöffnete Fenster und mein Schnarchen. Kein Wegräumen der Bücher und des Fotoapparates. Kein Waschen des erst einmal benutzten Badetuches, keine Auseinandersetzung, wenn ich schon vor ihr mit dem Frühstück beginne … Ist sie dann weg, dauert es nicht lange und ich vermisse sie.

Kein Traum vom Fliegen

Ich fahre stolz mit einem Sportwagen durch die Gegend. Als ich von einem Feldweg kommend nach rechts auf eine Hauptstraße abbiegen möchte, sind da viele Menschen, die alle zu Fuß unterwegs sind. Nur mit Mühe komme ich auf die belebte Straße. Keiner macht mir den Weg frei und so schiebe ich die Menschen sacht beiseite. Auf einmal stehe ich ohne Auto an einem stark abschüssigen Weg. Ich will mir meine Turnschuhe anziehen, aber ich bekomme meine Schnürsenkel nicht zu. Ich kann das Gleichgewicht nicht halten und auch das Runterbeugen gelingt mir nicht. Erst mit Hilfe zweier Passanten kann ich die Schuhe anziehen. Dann wache ich auf.

Die Möwe

Am 17. März 2017 gingen wir, auf den Spuren von Bertolt Brecht, Helene Weigel und Ekkehard Schall, die immer noch triste Marienstraße vom Berliner Ensemble kommend entlang. Die Schauspieler kehrten nach den Aufführungen gern in den naheliegenden Künstlerclub »Möwe« ein. Aufgeregt schauten wir am Ende der Straße auf das besagte Gebäude, doch da gibt es keinen Künstlerclub mehr. Das Land Sachsen-Anhalt hat hier jetzt seine Vertretung. Das Haus sieht traurig aus, so als erinnert es sich mit Wehmut an das ursprüngliche Leben in seinen Räumen. Auch seine Seele ist gebrochen. Man hört nicht mehr das ausgelassene Lachen der Besucher, die Musik und im Alkoholrausch dargebotene Gedichte. Es ist still wie auf einem Friedhof. Wir laufen wieder zurück zum Berliner Ensemble. Vor dem Haus sitzt lebensgroß in Bronze Bertolt Brecht. Ich setze mich dazu, greife nach seiner Hand, doch die ist kalt.

Die Pechsträhne

Er hatte schon immer Pech. Eigentlich ging es bei der Geburt schon los. Er bekam Fruchtwasser in die Augen und hatte jahrelang jeden Morgen zugeklebte Augen, die erst mit Borwasser wieder geöffnet werden mussten. Er erinnert sich nicht, wie er gestillt wurde, aber sehr wohl an das Brennen in den Augen, wenn seine Mutter die Augen auswusch. Durch sein Heulen vermischte sich das Borwasser mit den Tränen und durch sein Strampeln und Wegdrehen des Kopfes fühlte er einen schmerzhaften Druck auf seinen Augäpfeln. Es war schrecklich, wenn er morgens erwachte und so gut wie nichts sah. Immer wieder aufs Neue geriet er dann in Panik und hatte Angst, nie mehr sehen zu können. Blindheit war von allem das Schlimmste, was er sich an menschlichen Qualen vorstellen konnte. Er liebte es, als Kind mit seinen Freunden durch das Dorf zu laufen und allerhand Schabernack zu treiben. Dort nicht mehr dabei sein zu können, war für ihn nicht vorstellbar.

Bei all den schönen Erlebnissen in seiner Dorfclique ließ auch hier das Pech nicht auf sich warten. Außer freundschaftlichen Rangeleien hasste er es, Gewalt anzuwenden, sei es aus Angst oder aus Respekt, sei mal dahingestellt. Schlägereien überließ er immer anderen. Er hielt sich immer so zurück, dass er nie in Gefahr geriet, darin verwickelt zu werden. Doch einmal, als ein Freund ihm eine seiner schönsten Murmeln stehlen wollte, stellte er ihn zur Rede. Er packte Günter Grassler, so hieß der Freund, an den Schultern und forderte ihn auf, die Murmel zurückzugeben. Der Junge wehrte sich und da er nicht lockerließ, trat er ihn vor das Schienbein. In seinem unbändigen Schmerz ließ er los und sah eine klaffende, stark blutende Wunde an seinem Bein. Der Freund erschrak und fing ganz heftig an zu weinen. Sicher hatte er nicht daran gedacht, dass er an diesem Tag die mit Eisen besohlten Schuhe seines Vaters angehabt hatte. Die Wunde war so tief, dass sie genäht werden musste. Noch heute erinnert ihn eine große Narbe an dieses Erlebnis.

Dann, so ging es mit seiner Pechsträhne weiter, wollte sein Vater ihn und seine Mutter nicht haben. Das Ergebnis eines Schäferstündchens war nicht beabsichtigt und passte so gar nicht in die Planung seines Erzeugers. Seine Mutter sah ihn das letzte Mal vor Gericht, wo es um den Unterhalt des Kindes ging.

Er bekam dann einen Stiefvater, den er nicht liebte und dazu einen Halbbruder, der ihn hasste. Durch diese neue Beziehung seiner Mutter musste er sein geliebtes Dorf und ein Dutzend guter Freunde verlassen. Von Stunde an wurde er kränklich. Immer wieder hatte er Mandelentzündungen gepaart mit hohem Fieber. Als entschieden wurde, dass die Mandeln rausmüssten, war er schon vierzehn Jahre alt. Aus diesem Grund war die Operation alles andere als ein schon damals sprichwörtlicher Routineeingriff. Schon die Untersuchung durch den operierenden Arzt erzeugte bei ihm einen so großen Brechreiz, dass der Arzt zu seiner Schwester vor Beginn der OP sagte: »Das kann ja heiter werden.« Heiter wurde es dann nicht. Da er nur eine örtliche Betäubung bekam, nahm er alles wahr. Noch heute träumt er davon, wie der Arzt nur mit großer Mühe die stark verwucherten Mandeln rausbekam.

Es fiel ihm schwer, im neuen Wohnort Fuß zu fassen. Eine so innige Freundschaft, wie er sie bisher erlebt hatte, gelang ihm dort nicht so schnell wieder. Das war natürlich auch bedingt durch eine Schüchternheit und Zurückhaltung, die Gelegenheiten zum Kennenlernen reduzierten. Einzig sein Mitschüler, Werner Böttcher, konnte zu ihm durchdringen und durch seine witzige Art die Rückkehr aus dem Schneckenhaus bewerkstelligen. Sie verbrachten dann viel Zeit miteinander. Sie waren ausgelassen und unbeschwert und nahmen die ernsten Dinge wie Schule und häusliche Verpflichtungen nicht mehr so ernst. Pech nur, dass Böttcher nur einen Winter lang blieb und dann mit dem Eiswagen seines Vaters weiterzog.

Er war eine Leseratte. Und in seinen Vorstellungen wollte er auch so ergreifende Bücher wie die von Hemingway und Jack London schreiben. Doch sein Vater tat das Vorhaben, Schriftsteller zu werden, mit sarkastischen Sprüchen ab. Da er in der Schule, außer in Literatur und Kunst, keine große Leuchte war, entschied der Stiefvater, dass er eine Lehre als Schienenfahrzeugschlosser beginnen sollte. Für ihn brach eine Welt zusammen. Einzig die Aussicht, von zu Hause wegzukommen und dem nie geliebten Wohnort Adieu zu sagen, ließ ihn hoffen. Doch zunächst musste er einen ungeliebten Beruf erlernen. Da er handwerklich völlig unbegabt war, schlängelte er sich durch die entsprechenden Prüfungen. Schlimm war für ihn auch, dass er bei der Reichsbahn Uniform tragen musste. Es war zwar nur während der theoretischen Unterrichtsstunden vorgeschrieben, aber da er sich gern individuell kleidete, war das für ihn eine große Pein. Am schlimmsten war für ihn die Mütze, die seine schönen langen Haare verdeckte und die Frisur zerstörte. Er fand aber während der Lehre gute Freunde, mit denen er viel Spaß hatte. Als er mit einigen von ihnen eine Band gründete, schien das Glück zurückzukommen. Die Band mit Namen »Team 4« spielte gar nicht so schlecht, so dass sie bald kleine Auftritte hatten. Als aber der Leadgitarrist die Band wieder verließ, stürzte alles wie ein Kartenhaus zusammen. Er versuchte es dann noch in einer Singegruppe, aber hier warf ihm eine FDJ-Kommission mangelnde Haltung und damit eine Missachtung der Arbeiterklasse vor. Er begriff das nicht. Er war doch ein Teil der Arbeiterklasse?

In der Singegruppe waren hauptsächlich Abiturienten mit Ärzten und Ingenieuren als Väter. Alle wollten studieren und das wollte er auch. Was sollte er in der Arbeiterklasse, wenn er doch nicht die entsprechende Haltung an den Tag legte? In seinem Betrieb wurden Leute gesucht, die eine Kulturschule besuchen wollten. Das einjährige Studium sollte die sozialistische Kultur vermitteln und neue Kulturfunktionäre hervorbringen. Er fühlte sich seinem Ziel einen Schritt näher und meldete sich. Er wurde auch angenommen und verbrachte in Leipzig eines seiner schönsten Jahre.

Als das Jahr zu Ende war, kam er hochmotiviert und voller Tatendrang zurück. An der Kulturschule gab es einige Absolventen, die ein Kulturhaus leiten sollten. Das wollte er auch, aber sein delegierender Betrieb bot ihm nur seinen ehemaligen Arbeitsplatz an. Nebenbei sollte er ehrenamtlich die Kultur im Betrieb aktivieren. Er fühlte sich hintergangen, hatte man ihm doch vor der Delegierung eine hauptamtliche Stelle im Kulturbereich in Aussicht gestellt. Und wieder brach eine Zukunftsvision wie ein Kartenhaus zusammen.

Er meldete sich freiwillig für die Arbeit in einer Baubrigade, um vor allem aus der stinkigen und stickigen Produktionshalle rauszukommen und nicht mehr in drei Schichten arbeiten zu müssen. Gerade der Schichtbetrieb bekam ihm gar nicht. Während der Nachtschichten hatte er Nasenbluten und der Schlaf am Tage wollte sich nicht richtig einstellen. Er bekam den Job und freute sich leise an frischer Luft und in der Sonne arbeiten zu können. Parallel bewarb er sich in Kulturhäusern des Bezirkes. Immer wieder erhielt er Absagen, bis er eines Tages in das Kulturhaus eines kleinen Ortes zum Vorstellungsgespräch eingeladen wurde. Der Kulturhausleiter, ein älterer, freundlicher Herr, war von ihm angetan und bot ihm eine Beschäftigung als Mitarbeiter des Stadtkulturhauses an. Er sagte sofort zu und beschwingt fuhr er mit dem Zug wieder zurück.

Endlich war er ganz raus aus der Produktion, in der er sich nie so richtig wohlgefühlt hatte. Er sah sich schon mit der Organisation von Buchlesungen, Kunstgesprächen und Konzerten beschäftigt. Er würde bekannte Künstler treffen und selber die Zeit haben, seine künstlerischen Ambitionen auszuleben. Doch am ersten Arbeitstag trat Ernüchterung ein. Der Kulturhausleiter machte ihn zunächst mit seinen kranken Beinen und seinen unerschütterlichen Ritualen vertraut. Dazu gehörte, dass er schon zum zweiten Frühstück ein Solei verdrückte, das mit Bier und einem Kräuterschnaps hinuntergeschluckt wurde. Immer wieder schimpfte er auf seine Beine, die er als »Kackstelzen« bezeichnete. Mittlerweile war es Mittag und er wies ihn an, Dokumente und Bücher zu ordnen. In einem staubigen Büro unter dem Dach sah er seine Illusionen in einer dicken Staubschicht versinken. Die einzige kulturelle Veranstaltung, die er in dieser Zeit mit organisierte, war ein Jägerball. Ansonsten bestand seine Tätigkeit darin, den Briefmarkensammlern und der Schalmeienkapelle die Räume aufzuschließen und am Abend wieder abzuschließen. Ihm war langweilig und er fühlte sich wie auf einem Abstellgleis. Durch seine Beschäftigung mit Literatur wusste er, dass schon der Romancier Stendhal an diesem Ort sehr unglücklich war und nicht sehr lange blieb.

Fieberhaft bewarb er sich in weiteren Kulturhäusern. Und nach Wochen mit Soleiern, Kräuterschnaps und Kackstelzen bekam er einen Arbeitsvertrag als Stellvertretender Kulturhausleiter in einem Betriebskulturhaus in der Bezirkshauptstadt. Er konnte es nicht fassen. Doch das Einstellungsgespräch hätte ihn stutzig machen müssen. Der vor Fett japsende Kulturhausleiter rannte hektisch hin und her und erledigte neben dem Gespräch immer wieder andere Arbeiten. Auch er hatte erst vor kurzem die Leitung der kulturellen Einrichtung übernommen und freute sich auf eine tatkräftige Unterstützung. Doch mit der Unterstützung war es gar nicht so einfach. Der Kulturhausleiter hatte den Drang, alles selber zu machen. So blies er sogar die Luftballons zu den Kinderfesten eigenhändig auf, kaufte Preise und kümmerte sich um das Stellen der Tische und Stühle. Pausenlos verlor er sich in Details. Und als er einige Veranstaltungen an die Wand fuhr, sah er in ihm den Schuldigen. Er hatte höllische Angst, dadurch einen schlechten Ruf zu bekommen, und warf schon nach wenigen Tagen das Handtuch. Glücklicherweise, er hatte inzwischen geheiratet, wurde in seinem Heimatort ein neues Kulturhaus errichtet und er sollte eventuell der Kulturhausleiter werden. Er schwebte tagelang im siebten Himmel und glaubte zu träumen. Sollten nun doch noch seine Träume in Erfüllung gehen? Doch nach jedem Höhenflug stellte sich

Ernüchterung ein. Es gab mehrere Bewerber für diese Stelle, warum sollten sie gerade ihn nehmen? Was hatte er schon vorzuweisen, ja, die Kulturschule, aber alles andere, Mitarbeiter in einem Provinzkulturhaus mit Erfahrungen im Auf- und Abschließen der Klubhaustüren, Stellvertretender Kulturhausleiter, der Luftballons aufblies, Stühle zurechtrückte und sich die Beschwerden der Schulen über schlecht organisierte Ferienspiele anhörte.

Doch das Wunder geschah: Er erhielt die Stelle. Mit großem Eifer machte er sich an die Arbeit. Er organisierte viel beachtete Buchlesungen und Ausstellungen, gründete Arbeitsgemeinschaften und initiierte Konzerte und gesellige Veranstaltungen, die sich schnell großer Beliebtheit erfreuten. Seine Pechsträhne schien vorbei zu sein, besser konnte es gar nicht laufen. Doch am Horizont braute sich neues Unheil zusammen. Seit einiger Zeit hatte er die Vermutung, dass ein Freund starke Zuneigung zu seiner Frau hegte. Mit diesem Freund, seiner Frau und seinem Kind fuhren sie gemeinsam in den Urlaub, machten Ausflüge und besuchten Veranstaltungen. Er sah das zunächst an kleinen Gesten. So schaute der Freund bei Fahrten in seinem Auto immer wieder verträumt in den Rückspiegel auf seine Frau, bei Begrüßungen hielt er länger als üblich ihre Hand und bei Trinkgelagen legte er schon mal den Arm um sie. Er versuchte immer wieder die bösen Gedanken abzuschütteln. Er redete sich ein, alles sei harmlos und nur Freundschaft. Aber als sie abends nach Dienstschluss immer später nach Hause kam, kontrollierte er sie. Stundenlang stand er am Fenster und wartete auf ihr Erscheinen. Als er dann an mehreren Tagen sah, dass der Freund sie nach Hause brachte und beide noch lange vor der Haustür standen und sich dabei umarmten, hatte er Gewissheit. In ihm breitete sich ein Schmerz aus, der ihn kaum noch schlafen ließ. Am schlimmsten war dabei, dass er seine Tochter, mittlerweile dreizehn Jahre alt, verlieren würde. Er konnte es sich nicht vorstellen, von ihr getrennt zu sein. Nur aus diesem Grund stellte er seine Frau nicht zur Rede, sondern tat so, als sei alles in Ordnung. Abend für Abend stand er am Fenster und versuchte Nuancen zu erkennen, die belegen sollten, dass er sich geirrt hatte, dass es im schlimmsten Fall nur eine Liebelei war und schnell wieder vorbeiging. Das war letztendlich auch der Grund, dass er sich von seinem Betrieb zu einem Kulturstudium nach Berlin delegieren ließ. Er wollte Abstand gewinnen und hoffte, dass ihn seine Frau vermisste und alles wieder gut werden würde.

Und es gelang ihm nicht nur, Abstand zu gewinnen, sondern einzutauchen in eine ganz neue Welt. Er war Student und nun beschäftigte er sich offiziell und entsprechend dem Lehrplan mit Kunst und Kultur. Angefangen von der Klassik bis hin in die Gegenwart. Dass dabei der Sozialistische Realismus eine dominierende Rolle spielte, störte ihn zunächst gar nicht. Im Gegenteil, in Berlin sah er in Theateraufführungen hautnah Schauspieler, die er in seinem Provinzstädtchen nur aus DEFA-Filmen und aus Zeitschriften kannte. Wenn er anschließend in der »Möwe«, einem bekannten Künstlerklub oder im Restaurant Unter den Linden am Nachbartisch Ekkehard Schall oder Erwin Geschonneck sah, fühlte er sich erhoben, im Kreise aufgenommen, die zur Elite der DDR gehörte. Er begab sich auf die Spuren von Bertolt Brecht, sah »Die Gewehre der Frau Carrar« und »Die Dreigroschenoper Mackie Messer«, bewunderte in der Volksbühne Ursula Karusseit und im Deutschen Theater Eberhard Esche. Wenn es nach ihm gegangen wäre, hätte es so weitergehen können.

An seine Frau dachte er kaum noch, nur seine Tochter vermisste er schmerzlich. Doch er wusste nicht, wie er seine Familie retten sollte. Die Liebe zu seiner Frau war erkaltet. Er hatte dann auch einige Affären in Berlin, aber keine, die ihn tief im Innersten berührte. Diese tiefe Liebe empfand er nur für seine Tochter. Das war dann auch der Grund, dass er sich vornahm seine Ehe zu retten. Doch in der Heimatstadt gab es für ihn keine Arbeit. Keine Arbeit ist nicht ganz richtig. Man bot ihm die Stelle als Kultursekretär in der FDGB-Kreisleitung an, doch dann wäre er ein Funktionär des Staatsapparates, der vorwiegend politisch tätig wäre, und das wollte er auf keinen Fall. Doch es gab ein Traumjobangebot, er könnte der Kulturhausleiter eines der größten Kulturhäuser des Landes werden. In sich zerrissen, die Rettung seiner Familie oder berufliche Verwirklichung, trat er den Posten als Leiter der Kultureinrichtung an. Das hieß aber, jeden Tag mit der Bahn in die Bezirksstadt zu fahren und auch an den Wochenenden nicht immer zu Hause zu sein. Doch er war optimistisch, Beruf und Familie in Einklang zu bringen.

Wie zu erwarten war, sah er sein Kind kaum. Wenn er spätabends nach Hause kam, schlief seine Tochter bereits und morgens sah man sich nur flüchtig. Auch die Wochenenddienste wurden immer häufiger, so dass er so manches Mal gar nicht nach Hause kam. Seine Frau tröstete sich wieder mit seinem ehemaligen Freund, so dass die Scheidung nicht mehr zu verhindern war. Als er mit ein paar Mitarbeitern seine Sachen aus der Wohnung holte und für immer seinen Wohnort verließ, weinte er auf dem Weg in seine neue Heimatstadt. Er dachte an die schönen Zeiten mit seiner Frau und dem Töchterchen und ein Kloß in seinem Hals drohte ihn zu ersticken. Als er die Straßen der Bezirkshauptstadt erreichte, wischte er sich die Tränen ab und begann erneut ein neues Leben.

Das begann sehr spannend und auch turbulent. Zunächst versuchten die alteingesessenen Mitarbeiter ihre Macht zu sichern. Sie umgarnten ihn und gaben sich loyal, dienten sich an. Er hatte Mühe, die zu erkennen, die es ehrlich mit ihm meinten. Er hatte dann eine schöne Zeit. Das Kulturhaus gedieh unter seiner Leitung. Trotzdem wollte man ihn nach der Wende stürzen. Obwohl das nicht gelang, verließ er nach einigen Jahren enttäuscht das Haus.

Seine Pechsträhne ging dann munter weiter. Bei einer seiner nächsten Anstellungen griff der Eigentümer in die Kasse und er wurde angeklagt Krankenkassenbeiträge nicht bezahlt zu haben. Bei einem nächsten Auftrag wurde nur sein Wissen und Know-how abgeschöpft und er wieder entlassen. Mittlerweile lief das ihm zustehende Arbeitslosengeld aus und er konnte sich nur mit Mühe über Wasser halten.

Als er genug von skrupellosen Vorgesetzten hatte, machte er sich selbstständig, aber auch hier hielt ihm das Pech die Treue. Im siebenten Jahr wurde er von Mitarbeitern bestohlen und so hintergangen, dass seine Existenz gefährdet war. Nur mir viel Optimismus gab er sich nicht auf und schaffte es, sein Unternehmen wieder zu stabilisieren. Von Stunde an verschwand das Pech und das Glück hielt Einzug. Er war jetzt vierundsechzig Jahre alt und freute sich riesig, dass seine Pechsträhne vorbei war.

Das Haus der Großeltern

In einem kleinen Fachwerkhaus wohnten einst ein alter Mann und eine alte Frau. Das Haus stand in einem kleinen ehemaligen Fischerort und wenn es am Abend ruhig wurde, konnten die Bewohner das Rauschen des Meeres hören. Jeden Tag freuten sich beide über das Glück, so zu wohnen. Die Kinder waren schon lange aus dem Haus. Mit ihnen lebten aber noch der Hund Mischka und eine ganze Reihe wilder Tiere dort. Da das Haus einen schönen, ja romantischen Garten hatte und der Mann auch Obstbäume, Gemüse und Kräuter anbaute, stellten sich auch viele Vögel ein. Über die Jahre hatte der Alte es geschafft, dass sich eine bunte Schar direkt vor und hinter dem Haus ansiedelte. Er tat alles, damit sie sich wohlfühlten. So hatte er eigens für die Kohlmeisen Nistkästen in einer Behindertenwerkstatt anfertigen lassen, damit sie hier in aller Ruhe ihren Nachwuchs aufziehen konnten. Die Kästen waren bunt angemalt und standen jeweils auf einem ca. zwei Meter langen Stiel, so dass keine Katze die Meisen stören konnte. Da die Schlupflöcher in Richtung Haus zeigten, konnte man das Treiben während des Nestbaus und später das Füttern der Jungen im Inneren des Hauses sehr gut beobachten. Unter den Nistkästen befand sich der rechteckige Gemüsegarten mit Blumenkohl, Radieschen, Salat, Erdbeeren und allerhand duftenden Kräutern. Auch die Stachel- und Johannisbeersträucher standen hier. Die Meisen freuten sich, dass sie nicht weit fliegen mussten. Raupen, Blattläuse und Insekten fanden sich zuhauf.

Bevor die Kohlmeisen die Nistkästen annahmen, prüften sie ein Jahr lang die Lage, analysierten das Gefahrenpotential und beobachteten genau die beiden Menschen, die hier wohnten. Schon im zweiten Jahr aber nahmen sie das Gehäuse an und zogen ihre Jungen groß. Das war ein großer Vertrauensbeweis. Da es ihnen hier so gut gefiel, zogen die Meisenkinder, nachdem sie das Nest verlassen hatten, nicht wie sonst üblich weg, sondern blieben in dem gastlichen Garten. Der alte Mann freute sich, dass nun schon mehrere Generationen hier lebten. Auch eine große Spatzenfamilie war hier schon lange zu Hause. Ihnen hatte es vor allem der Fischteich angetan. Jeden Morgen badete die ganze Familie ausgiebig darin und belohnte die Alten anschließend mit ihrem nicht unbegabten Gesang. Spatzen verstehen es ganz wunderbar, andere Singvögel nachzuahmen. Sie sind große Imitatoren und hätten in jeder Karaokebar begeisterte Zuhörer. Auch die Meisen weckten die beiden Hausbewohner jeden Morgen im Kirschbaum direkt vor dem Schlafzimmer mit ihrem Gesang und begaben sich erst dann auf Jagd nach Schädlingen. Zu den Gartenbewohnern gehörten auch ein Rotkehlchen, das schon viele Jahre hier lebte, und ein Paar Bachstelzen. Nicht zu vergessen die Amseln, die den Alten schon viele Jahre bei der Schädlingsbekämpfung halfen.

Sich nicht nützlich machte ein Rabenpaar, die wohnten zwar auf einer in einem Park vor dem Haus stehenden alten Eiche, hielten sich aber mehr im Garten auf. Hier konnten sie ihren Durst stillen und wenn der Hund seinen Napf nicht richtig leergefressen hatte, ergatterten sie immer ein paar Reste. Darauf lauerte auch ein Elsternpaar, das ebenfalls die meiste Zeit des Tages im Garten verbrachte. Gierig saßen manchmal alle zwei Paare auf dem Kirschbaum und warteten, dass der Hund den Fressnapf freigab. Im Gegenzug erfreuten sie den Hund mit allerhand Kunststücken und akrobatischen Vorführungen. Dösend konnte er dabei so wundervoll einschlafen. Als eine Elster aber einmal den Ohrring der Frau, den sie auf einem Tisch liegen gelassen hatte, stibitze, war der Mann darüber so wütend, dass er nun die Elstern bei jeder Gelegenheit ausschimpfte und sie verscheuchte. Auch Mischka bellte sie an, sowie sie den Garten anflogen. Nach ein paar Tagen war der Ring auf wundersame Weise wieder da.

Zum Haushalt gehörte auch eine Schlange. Die ließ sich zwar nur in der warmen Jahreszeit blicken, aber das auch schon viele Jahre. Im Sommer, wenn der Lavendel so richtig duftet, kam sie dünn wie ein Schnürsenkel aus ihrem Versteck und im Herbst verschwand sie irgendwann wohlgenährt, wie ein dicker Gartenschlauch, in ihre Höhle am Teich. Nicht immer anwesend war eine Möwe. Die kam in unregelmäßigen Abständen und schaute nach dem Rechten. Wenn Mischka ihr durchdringendes Kreischen hörte, verließ er umgehend seinen Fressnapf und ließ sie das Übriggebliebene fressen. Ich glaube, er hatte sich über die Jahre mit ihr angefreundet. Früher jagte er die Möwen am Strand vor sich her, das änderte sich dann, so dass ihn die Möwe, wenn er mit Herrchen und Frauchen am Stand spazieren ging, ein Stück begleitete. Und wenn sie sich dann in die Wellen stürzte, sprang er ins Wasser und schwamm zu ihr.

Oh, ich habe noch ein paar ganz wichtige Mitbewohner vergessen: zum einen die Hummeln, die auch schon viele Jahre in einem Erdnest unter dem großen Kirschlorbeerstrauch wohnten, und die Wildbienen, die es sich in einem von dem alten Mann extra errichteten Holzstapel gemütlich gemacht hatten. Geheim hielt der Alte aber die Behausung eines kleinen Wespenvolkes. Gerade weil seine Enkelkinder ihn regelmäßig besuchten, hätte er sonst großen Ärger mit den Eltern bekommen. Doch er wusste ja, dass die Wespen niemandem etwas zuleide taten, solange sie nicht bedroht wurden. Im Gegenteil, sie halfen tatkräftig mit, die bösen Stechmücken zu reduzieren. Viele Jahre teilte der Alte sich deshalb mit den Wespen die Kirschen, Birnen und Äpfel von seinen Obstbäumen.

Apropos Enkelkinder: Obwohl Lotte, Viktor und Frieda zu Hause einen eigenen Garten hatten, kamen sie immer wieder gern, um den Großvater und die Großmutter zu besuchen. Das nicht nur, weil sie hier die leckersten Pfannkuchen bekamen, sondern weil hier so viele Tiere lebten und die Ostsee, mit ihren breiten Stränden, immer ein Abenteuer bereithielt.

In jungen Jahren ärgerte Viktor gern die Tiere. Als er aber merkte, mit welcher Wertschätzung die Großeltern mit den tierischen Bewohnern umgingen, änderte sich das. Lotte, die schon immer alle

Tiere liebte, freute sich darüber. Sie musste ihren Bruder nicht mehr ausschimpfen, wenn er mit Steinen nach den Vögeln warf oder die Schlange mit einem Stock jagte. Beide genossen mit ihren Großeltern den Gesang und das fröhliche Herumtollen der Meisen, Spatzen und Amseln auf den beiden Kirschbäumen. Und selbst Frieda, die noch in ihrem Kinderwagen lag, schaute lächelnd auf die über sie kreisenden Vögel. Im Winter versäumten es die Kinder nie, den Vögeln Sonnenblumenkerne ins Vogelhaus zu streuen. So freundeten sie sich mit den Jahren mit allen Tieren an. Wenn sie das Grundstück betraten, wedelte nicht nur der Hund ausgelassen mit dem Schwanz, sondern auch die Vögel begrüßten sie mit einem ohrenbetäubenden Zwitschern. Selbst die Schlange huschte geschmeidig über die Terrasse und man meinte die Worte zu hören: »Schön, dass ihr mal wieder hier seid.«

Im Teich der Großeltern schwammen auch ein Dutzend Goldfische. Die waren mit der Zeit so zahm geworden, dass sie den Kindern aus der Hand fraßen und den Hund beim Wassersaufen sogar küssten. Während eines besonders harten Winters besuchte ein Fischreiher den Gartenteich. Die Großeltern und auch die Enkelkinder verscheuchten den großen Vogel immer wieder, doch er ließ sich nicht beirren und wartete jeden Tag auf dem Dach des Nachbarhauses auf eine Gelegenheit, sich einen Fisch zu holen. Doch alle passten auf, so dass er nicht zum Zuge kam. Da der Teich aber nicht die ganze Zeit bewacht werden konnte, spannte der Großvater ein Netz darüber. Nun hatte der Fischreiher keine Chance. Trotzdem saß er jeden Tag auf dem Dach und schaute begierig auf den Teich. Flog er am Anfang weg, sowie sich irgendetwas bewegte, blieb er jetzt sitzen, auch wenn der Großvater aus dem Fenster schaute. So konnte er ihn genauer betrachten und sah, dass er ganz dünn, klapprig und traurig vor sich hin schaute. Der Großvater verspürte ein leichtes Stechen in der Herzgegend und baute kurzerhand das Netz wieder ab.

So vergingen die Jahre und die Großeltern wurden immer älter. Beide sahen jedoch noch nicht wie Oma und Opa aus. Der Großvater rasierte sich regelmäßig den Kopf, so dass er keine grauen Haare hatte und auch die Großmutter hatte noch immer ein schönes, fast faltenloses Gesicht und färbte sich die Haare. Nur wenn sie mit ihrem Mann schimpfte, trat eine tiefe Falte auf ihre Stirn und spaltete optisch ihren Kopf. Und beide waren noch gut zu Fuß.

Trotzdem machten sich ihre Kinder Sorgen. Sie befürchteten, dass sie sich bald nicht mehr ohne Hilfe versorgen konnten, und suchten beizeiten nach einer Lösung. Als die Großmutter eines Tages stürzte und sich den Ellbogen brach, beschlossen sie das Haus zu verkaufen und den Eltern in ihrer Nähe eine kleine Wohnung zu besorgen. Der Großvater war darüber sehr traurig. Tagelang grübelte er, wie er das verhindern konnte. Und in seinen wirren Gedanken formte sich die Lösung. Es war zwar nur ein Hoffen, aber er wusste, wenn man wirklich fest an etwas glaubt, geht es auch in Erfüllung. Als die Enkelkinder von den Verkaufsabsichten erfuhren, waren sie fassungslos. Was sollte nun aus den Tieren werden? Wie könnte der Großvater ohne sein geliebtes Haus weiterleben und was wären die Ferien ohne die Reise zu den Großeltern? Keiner konnte es sich vorstellen, nicht mehr mit dem Großvater im Garten zu malen und dort seine selbst ausgedachten Geschichten zu hören. Und was würde aus Bruno und Emma werden, die, als ihr Neufundländerleben zu Ende war, im Garten begraben wurden. Der erste Gang beim Betreten des Gartens war doch immer der Besuch der Gräber. Beide zierte ein Gedenkstein mit den jeweiligen Namen.

Es ergab sich, dass zu dem Zeitpunkt, als die ersten Interessenten das Haus besichtigten, auch die Enkelkinder gerade zu Besuch waren. Sie waren sehr traurig und spielten lustlos mit dem Hund. Als Erstes erschien ein schwerfällig laufender, dickbäuchiger Mann mit schmerzverzerrtem Gesicht. Sein Gesicht sah aus wie eine Riesentomate. Er schwitzte stark und wischte sich immer wieder den Schweiß von der Stirn. Er hatte kleine, abstehende Ohren und sah damit auch wie eine dicke Fledermaus aus. Seine spindeldürre, wie vertrocknet aussehende

Frau ermahnte ihn immer wieder doch schneller zu gehen. Sie hatte im Gegensatz zu ihrem Mann eine blasse, wie ein abgepelltes Ei aussehende Haut.

Als sie im Haus durch die Räume gingen, hörte Viktor im Gespräch mit dem Großvater, dass die Frau eine panische Angst vor Schlangen hatte. Da wurde Viktor auf einmal munter. Mit dem Zeigefinger brachte er seine Brille in die richtige Position und verschränkte seine Arme auf dem Rücken. Spätestens jetzt wusste man, dass er etwas ausbrütete. Er ging innerlich aufgeregt und äußerlich so unauffällig wie möglich zum Teich und rief leise in der danebenliegenden Steinhöhle nach der Schlange. Die schaute schon nach kurzer Zeit verwundert aus ihrem Bau in sein verschmitztes Brillengesicht und als ihr Viktor hastig und stotternd vom Hausverkauf erzählte, war sie sofort bereit zu helfen. Gerade in diesem Moment öffnete sich die Terrassentür und die dünne Frau und der dicke Mann traten heraus. Entzückt lief die Frau auf den Teich zu und bewunderte überschwänglich mit krächzender Stimme die darin schwimmenden Fische und den kleinen plätschernden Wasserfall. Plötzlich schlängelte sich die Schlange über ihre Füße. Entsetzt und angewidert sprang sie zurück, griff nach der Hand ihres Mannes und zerrte ihn ohne weitere Worte in Richtung Gartentür. Draußen begann sie lauthals zu schimpfen. Noch eine ganze Weile trieb der Wind von dem sich entfernenden Paar immer wieder die Worte »ekelhaft« und »widerlich« herüber. Die Kinder tanzten vor Freude. Ungläubig schaute der Hund ihnen zu.

Doch schon kurze Zeit später klingelte es erneut an der Gartentür. Diesmal kam ein etwas älteres, sehr elegant gekleidetes Ehepaar. Beide waren ganz in Weiß angezogen und jeder hatte einen Strohhut auf dem Kopf. Sie machten einen sehr netten Eindruck und als sie die Kinder herzlich über den Kopf streichelten, suchten die verbissen nach negativen Eindrücken. Nach der Hausbesichtigung setzten sich alle an einen Tisch in den Garten. Die Kaufinteressenten sahen sich um und meinten mit besorgter Miene, dass die Art der Gartengestaltung wohl viel Arbeit machen würde. Der Großvater bestätigte das und schilderte die einzelnen Arbeiten, die entsprechend der Jahreszeit notwendig seien. So müsste mindestens zweimal im Jahr die Hecke geschnitten werden, im Frühjahr der Gemüsegarten bepflanzt und regelmäßig gepflegt werden, das Obst geerntet, die Rosen und andere Blumen geschnitten werden … Beide verzogen das Gesicht. Sie betonten, dass Gartenarbeit überhaupt nichts für sie sei und sie deshalb die Bäume fällen und die Büsche roden lassen würden. Mit Entsetzen hörte das Lotte. Aufgeregt fragte sie den Großvater, was dann mit den Tieren werden würde. Da mischte sich süßlich lächelnd die Frau ein. Die Tiere würden schon einen neuen Unterschlupf finden. Im naheliegenden Wald sei doch wohl genug Platz. Wütend überlegte Lotte nicht lange. Sie verließ den Garten und schlich sich auf den Boden. Dort befand sich das durch den Großvater verheimlichte fußballgroße Wespennest. Ängstlich näherte sie sich dem Wohnort der stachligen Gesellen und rief nach der Königin. Die schickte zunächst wütend einige Wespenarbeiterinnen, um das Mädchen zu vertreiben. Doch Lotte wich trotz bedrohlichen Summens keinen Schritt zurück und erzählte hastig vom Hausverkauf und der Rodung der Bäume und Sträucher. Auf einmal waren die Wespenarbeiter verschwunden und eine dicke Wespe, die wie eine Hornisse aussah, erschien erschrocken am Eingang des Nestes. Als sie Lottes hochrotes, aufgeregtes Gesicht sah, verstand sie sofort den Ernst der Lage. Sie trug ihr auf, ihren Bruder, den Kinderwagen mit Frieda und die Großeltern vom Gartentisch wegzubringen. Lotte rannte Hals über Kopf zum Kaffeetisch und gab vor, Großeltern und Viktor etwas sehr Wichtiges im Haus zeigen zu müssen. Als sie die Terrassentür hinter sich schloss, verfinsterte sich plötzlich der Himmel. Es sah aus, als wenn sich eine dunkle Wolke vor die Sonne schob und ein riesiger Schwarm Wespen flog im Sturzflug auf das weiß gekleidete Ehepaar zu. Ängstlich schaute Lotte weg und als sie sich traute wieder hinüberzuschauen, waren die Wespen und auch die Käufer verschwunden.

Doch noch am gleichen Tag, die Sonne wurde schon schwächer, erschien ein weiterer Interessent. Ganz in Schwarz gekleidet, sah er aus wie der Mitarbeiter eines Beerdigungsinstituts. Er war so dünn, dass er mit einer Sense ausgestattet wie der Tod ausgesehen hätte. Als die Alten ihn sahen, wichen sie einen kleinen Moment erschrocken zurück. Irgendwie sahen sie in diesem Besuch ein schlechtes Omen. Am liebsten hätten sie ihn an der Gartenpforte abgefertigt und ihm schnell Lebewohl gesagt. Doch der Mann, der extra aus München angereist war, bestand darauf, das Haus zu besichtigen. Der Garten interessierte ihn nicht. Als er angetan von den Räumen wieder vor die Tür trat, fragte der Großvater, warum der Garten ihn nicht interessiere. Ohne Umschweife erwiderte der darauf, dass er das Haus nur als Wochenendhaus nutzen und den Garten als Parkplatz umfunktionieren wollte. Ungläubig schaute der Großvater die Großmutter an und beide schüttelten kaum merklich die Köpfe. Sie vertrösteten den Mann auf ein Telefongespräch und als er auf der Straße in sein Cabriolet stieg, kam die Möwe kreischend über das Haus geflogen und ließ auf den schwarzen Anzug des Mannes einen weißgrauen Kothaufen fallen. Der Mann schimpfte wie ein Rohrspatz. Der Großvater schaute sich mit unterdrücktem Lachen um und sah in Lottes unschuldige Augen.

Wieder zu Hause angekommen erzählten die Kinder ihrer Mutter das Erlebte. Und sie schilderten die traurigen Augen des Großvaters, während der Verkaufsgespräche. Die Mutter, die ihren Eltern auf keinen Fall wehtun wollte, rief ihre zwei Geschwister an und es wurde noch am Telefon kurzerhand beschlossen, das Haus nicht zu verkaufen.

So lebten die Großeltern bis zu ihrem Tode in dem geliebten Haus. Und wenn man dort heute vorbeigeht, ist das Haus immer noch bewohnt. Wir schauen über die Hecke und sehen immer noch einen alten Mann im Garten arbeiten. Und da geht plötzlich die Tür auf und eine ebenso alte Frau ruft: »Viktor, kommst du essen?« Und im Garten gibt es noch einen dritten Gedenkstein. Darauf steht »Mischka«.

Angst, reich zu werden

Jahrelang hatte ich neben Existenzängsten zeitweilig auch einmal Angst, richtig reich zu werden. Menschen, die plötzlich reich wurden, drifteten ab und waren unglücklich. Manche nahmen sich sogar das Leben. Das waren aber meist jüngere Zeitgenossen. Ich werde jetzt vierundsechzig und bin damit so weise, dass mir das nicht passieren würde. Also bitte.

Gustav aus Bösdorf

Solange er in Bösdorf wohnte, war noch alles gut. Er lebte auf einem großen Bauernhof und seine Kindheitstage verbrachte er mit Schweinen, Kühen, Hühnern und einem Pferd. Immer wenn er morgens sein Frühstücksbrot aß, fieberte er, danach so schnell wie möglich nach draußen zu kommen. Die Sonne lockte ihn ans Küchenfenster. Den letzten Bissen noch kauend, zog er sich seine Schuhe an und trat mit unternehmenslustigem Blick vor die Tür. Er hatte das Gefühl, als warteten alle auf sein Erscheinen. Wenn jetzt Beifall aufgeflammt wäre, hätte es ihn nicht gewundert. Schwanzwedelnd begrüßte ihn der Schäferhund, die Hühner hoben neugierig die Köpfe und selbst die Enten kommentierten schnatternd seine Ankunft. Sein bester Freund aber war ein Puter. Wo er hinging, war auch das Tier. Stand er im Garten und naschte Stachel- und Johannisbeeren, so stand der Puter neben ihm und schlang die heruntergefallenen Beeren schnell herunter. Sammelte er unter dem vor dem Haus stehenden großen Kastanienbaum Kastanien, so war der Puter ihm immer auf den Fersen. Auch wenn er im großen Grasgarten spielte, saß der Puter in einiger Entfernung und ließ ihn nicht aus den Augen. Er fühlte sich verstanden und geachtet. Näherte sich ihm dann ein Huhn oder gar der Hahn, kam er wie ein Pfeil mit hochrotem Kopf angelaufen und verscheuchte sie empört. Der Hahn konnte Gustav überhaupt nicht leiden. Wenn der Puter mal nicht in der Nähe war, flog er ihm auf den Kopf und begann mit seinem Schnabel zu picken. Keiner wusste, warum er das tat. Und da auch ein paar Tage Gefangenschaft in einem Sack nicht halfen, landete er bald darauf im Kochtopf. Doch das wusste Gustav damals nicht.

Als Gustav dann älter war, spielte der Junge mit den Kindern in der Nachbarschaft. Der Puter brachte ihn immer bis zum großen grünen Hoftor und wartete dort, bis er vom Spielen zurückkehrte.

Auch seine ersten Schuljahre verbrachte er in Bösdorf. In die Dorfschule konnte man bis zur vierten Klasse gehen. Sie hatte aber nur zwei Klassenräume. Die erste und zweite Klasse waren in einem und die dritte und vierte waren in dem anderen Klassenraum. Der Lehrer hieß Herr Reinhold. Er hatte einen dicken Bauch und strahlte Ruhe und Gemütlichkeit aus. Er weckte Gustavs Liebe für das Lesen. In dieser Zeit begeisterte er sich für das Buch »Timur und sein Trupp«. Eine Gruppe Jugendlicher half während des Krieges Angehörigen von Frontsoldaten. Auch ihm gefiel es, anderen Menschen zu helfen. Er sah sich als Held, als Timur, der allen Menschen nur Gutes tun wollte. Und so begann er mit einigen Klassenkameraden heimlich gute Taten zu vollbringen. Sie hatten sich auf dem Kirchplatz eine Butze gebaut und hier gingen alle Informationen über Hilfsbedürftige ein. Bewaffnet mit einem Schwert aus Jalousiebrettern, schwärmten sie aus und fingen weggelaufene Hühner wieder ein, fegten die Straße vor dem Haus einer alten Frau, brachten den Einkauf eines Mannes, der sich den Fuß gebrochen hatte, nach Hause und fuhren das Baby einer sechsköpfigen Familie spazieren. Nicht im Traum fiel ihm damals ein etwas Böses anzustellen.

Das änderte sich, als er in die fünfte Klasse kam und dazu in den Nachbarort Rätzlingen fahren musste. Im Winter fuhr er mit dem Bus zur Schule. Im Sommer absolvierte er die Strecke mit dem Fahrrad. Als er sich am ersten Schultag vorstellen musste und dabei erwähnte, dass er aus Bösdorf komme, machte der Lehrer ein dumme Bemerkung in der Art, er sei doch wohl nicht böse. Das war der Anfang vom Ende. Von Stunde an hieß es bei unaufgeklärten Vergehen, wenn das nicht mal der Gustav aus Bösdorf gewesen sei. Er konnte es nicht mehr hören und spielte lange mit den Gedanken, seine Hilfsbereitschaft abzulegen und wirklich ein böser Junge zu werden. Als er wegen einer von ihm nicht begangenen Kritzelei an der Tafel einen Tadel bekam, stand sein Entschluss fest. Wenn er schon bestraft und immer wieder verdächtigt wird, dann sollte das auch gerechtfertigt sein. Von nun an legte er die Imitation eines Kothaufens auf den Lehrertisch, malte er die unvorteilhafte Karikatur seines Klassenlehrers und gab er den Hühnern des Pfarrers in Alkohol eingeweichtes Brot zu fressen. Als er ein Baustellenschild mit dem Hinweis »Zutritt verboten« vor die Eingangstür der Schule stellte und kein Schüler sich pünktlich in den Klassen einfand, wäre er beinahe von der Schule geflogen.

Glücklicherweise zog die Familie bald darauf aus Bösdorf fort und er kam dadurch in eine neue Schule. Als er sich hier in der Klasse vorstellen musste, verschwieg er, wo er herkam. Doch sein Lehrer ergänzte seine Vorstellung mit dem Hinweis, dass der Gustav aus Bösdorf komme und hoffentlich nichts Böses anstellen würde. »Wenn das mal nicht der Gustav war« wurde bald darauf auch hier eine oft benutzte Redewendung. Ärgerlich schmiss er das Buch »Timur und sein Trupp« in den Müll und vertiefte sich in die Streiche von Max und Moritz.

Ich wollte noch so viel fragen

Ich wollte meine Mutter noch so viel fragen – doch sie ist tot. Meinen Töchtern soll das nicht passieren. Deshalb schreibe ich alles auf.

Der Sohn meiner Nachbarin

Als Jugendlicher soll der Sohn meiner Nachbarin angeblich ein Haus angesteckt haben. Er hat seiner Mutter damit viel Leid, Ärger und Enttäuschung zugefügt. Ihre Tränen sind getrocknet. Als Erwachsener hat er sich ein altes, fast verfallenes Bauernhaus gekauft und es Schritt für Schritt ausgebaut. Zurzeit, obwohl es Ostersonntag ist, streicht er das Haus seiner Mutter. Sie ist jetzt sehr stolz auf ihren Sohn und an die tränenreiche Zeit denkt sie kaum noch zurück.

Strand für mich allein

Ich komme gerade vom Strand. Es hat gestürmt und geregnet. Die Wellen plätscherten wie immer vor sich hin, lassen auch die Gedanken gleichförmig plätschern. Am Strand sind keine Menschen und ich lasse meinen Gefühlen freien Lauf. Ich fühle mich so frei wie lange nicht mehr. Ich habe den Strand für mich allein.

Der Blick meiner Mutter

Meine Schwägerin sagte mir gestern bei einem Osteressen, dass sie Karfreitag aus ihrem Küchenfenster nach oben zum Fenster meines Arbeitszimmers geschaut und dort in einem Lichtkegel das Bild meiner Mutter gesehen hat. Sie meinte, eine Erscheinung gehabt zu haben. Das Bild steht seit dem Tod meiner Mutter dort im Regal. Ich dachte bisher, sie schaut dort nur mich an. Jetzt weiß ich, sie hat auch ein Auge auf meinen Bruder, der im Nachbarhaus wohnt.

Die Wunder der Natur

Die Sonne am Morgen war noch sehr unschlüssig. Es war nicht ersichtlich, ob sie den ganzen Tag scheinen würde. Selbst die Kohlmeisen durchschauten sie nicht. Sie ließen sich zunächst nicht sehen. Doch plötzlich waren sie da, flogen laut flatternd hin und her und bauten mit Strohhalmen und Wolle im Schnabel an ihrem Nest im Nistkasten. Und siehe da, die Sonne schien den ganzen Tag. Die Blüten des Birnbaums wagten sich immer weiter aus ihren Knospenhüllen. Am nächsten Tag regnete es und die Teile der Blüten, die bereits sichtbar waren, krümmten sich vor der kalten Nässe. Auch die Kohlmeisen waren den ganzen Tag nicht zu sehen. Doch mit der Sonne der nächsten Tage wurden die Blüten zu weißen Blumen. Die Kohlmeisen begannen zu brüten. Bald sah man am Baum grünbraune Klümpchen. Und im Meisennest hörte man die Jungen vor Hunger schreien. Im Spätsommer baumelten reife Früchte am Birnbaum und die Meisen machten ihre ersten Flugversuche. Diese Wunder der Natur sehen die meisten Menschen nicht. Ist es nicht traurig, ein so armseliges Leben zu führen?

Schweigen im Wald

Jeder geht seinen Gedanken nach. Wir schweigen in großer Übereinstimmung. Wir lieben beide diesen Weg. Am liebsten bin ich mit dem Hund allein im Wald unterwegs. Keiner erwartet eine Unterhaltung. Der Hund erschnüffelt seine Vorgänger und die Tiere der Nacht. Tiefes Einatmen der nach Pilzen, Kiefern und Moos riechenden Luft. Ich umarme die viele hundert Jahre alten Eichen und verhindere, dass der Hund sein Bein daran hebt. Kein Bewohner des Waldes fühlt sich gestört. Man bekommt plötzlich ein wenig Gefühl dafür, wie es sein wird, wenn man eines Tages Teil der Natur ist.

Chaos am Teich

Plötzlich ist es so still. Eben sind noch die Enkelkinder Lotte und Viktor tobend durch den Garten gelaufen. Sie haben sich aufgeregt und übereifrig ein Segelboot gebaut und es über den Fischteich schwimmen lassen. Das war für mich allerdings nur aufregend, weil man immer damit rechnen musste, dass der vierjährige Viktor ins Wasser fällt. Da nur wenige Goldfische den Besuch des Fischreihers überlebt haben, war die Sorge um die Fische diesmal das kleinere Übel. Die übrig gebliebenen kleinen Fische haben sich unter den Steinen versteckt und die Spatzen, Meisen und Amseln warteten auf den umliegenden Kirschbäumen, dass ihr Teich wieder zugänglich wird. Jetzt sind die Kinder mit der Oma an den Strand und die plötzliche Stille wird nur vom Piepsen der langsam zurückkehrenden Vögel unterbrochen. Darüber freue ich mich, vermisse aber im gleichen Augenblick schon die Kinder.

Urteil des Vaters

Mein Stiefvater steht an meinem Bett und liest das von mir am Vortag Geschriebene. Ich schäme mich, bin aber trotzdem gespannt auf sein Urteil. »Dreck«, sagt er und schmeißt es in die Ecke. »Steh lieber auf und miste den Hühnerstall aus!« Und die Tür fällt hinter ihm bedrohlich ins Schloss.

Boris ist weg und keinen stört das

Schon von weitem ist das große halbrunde Haus sichtbar. Halbrund wohl deshalb, damit man von jedem Balkon das Meer sehen kann. So ein Haus gibt es in Los Cristianos nicht noch einmal. Ich glaube, sogar auf der ganzen Insel Teneriffa gibt es keinen vergleichbaren Wohnblock. Davor eine einladende, etwa fünf Meter breite und fünfzig Meter lange Terrasse. Kleine Fliesensteine am Boden und durchsichtige Ornamente in einer kleinen, ein Meter hohen Mauer zum Meer. Es ist windig, die Wellen schleichen sich rauschend heran, um dann in bestimmten Abständen tosend zu explodieren. Die Gischt, gestoppt von der Mauer, brüllt auf und steigt mit einem Donnern in die Luft. Immer wieder versucht sie den Widerstand zu brechen, bis sie irgendwann immer schwächer wird und so tut, als wenn sie aufgibt, um dann aber mit großem Getöse erneut gegen die Mauer anzurennen.

Wir sitzen wie jedes Jahr im November in der Sonne, hören das schmerzvolle Grollen und wundern uns immer wieder über die Kraft des Meeres. Es ist eigentlich wie immer. Doch etwas ist anders. Boris ist weg. Der Hausverwalter, dessen Muffigkeit uns viele Jahre begleitet hat, wurde entlassen. Seine herablassende Art suggerierte uns immer wieder nicht willkommen zu sein. In seinen Augen konnten wir lesen: »Was wollen die hier, in dieses Paradies kann nicht jeder rein!« Da er uns aber reinlassen musste, fühlten wir uns groß und irgendwie privilegiert. Der neue Hausmeister ist freundlicher, aber die Tür klemmt und die Schiebetür zur Terrasse steht bis weit in der Nacht noch offen. Doch irgendwie geht alles weiter seinen gewohnten Gang. Keiner scheint Boris zu vermissen. Er, der kaum grüßte, wurde durch jemanden ersetzt, der überschwänglich grüßt, sobald man das Haus betritt. Und auf einmal fühlen wir uns wie jeder andere.

Alle Vögel sind schon weg

In den Medien wird heute, am 5. Mai 2017, von einem Vogel- und Insektensterben berichtet. Eine beunruhigende Zahl macht die Runde. In den beiden letzten Jahrzehnten hat sich der Bestand um unglaubliche achtzig Prozent verringert. In der Gesellschaft ein kurzes Innehalten und Bedauern. Aber schon am nächsten Tag geht man zur Tagesordnung über. Weiß denn keiner, dass, wenn die Vögel und Insekten sterben, als Nächstes der Mensch stirbt? Für viele ist das noch weit weg, aber die haben doch Kinder in diese Welt gesetzt, die jede Mutter und jeder Vater doch behüten muss?

Schreiende Rinder

Das durchdringende Blöken der Rinder auf der Salzwiese, unweit unseres Hauses, weckte mich abrupt aus meinem Schlaf. Was war passiert? Ich redete mir ein, dass sie wohl Hunger hätten. Ich kannte das aus meiner Kindheit auf dem Bauernhof meines Opas. Erst wenn er die Tiere dann fütterte, hörten sie auf zu schreien. Doch das konnte es nicht sein. Die Rinder stehen auf der Wiese im üppigen Gras. Sie brauchen sich nur zu bedienen. Was war dann der Grund des schon panisch klingenden Brüllens? Es hört sich an wie ein verzweifeltes Rufen. »Sie nehmen ihnen ihre Kinder weg!«, sagt meine Frau. Vielleicht aber haben sie Angst vor einem nahenden Gewitter, hoffe ich.

Wenn ich nicht

Wenn ich mich nicht noch einmal angezogen hätte und nicht zum Strand gegangen wäre, hätte ich den blutroten Sonnenuntergang nicht gesehen. Ich hätte Arne und Christine nicht getroffen und den Hund beim ausgelassenen Spielen mit den Wellen nicht beobachtet. Ich hätte Fabian und Birgit nicht gesprochen und kein Bier getrunken. Mir wäre kein Fuchs über den Weg gelaufen und auch den Schwarm lärmender Krähen in den Pappeln hätte ich nicht gesehen. Und auch das begleitende Rauschen des Meeres auf dem Nachhauseweg hätte ich nicht gehört.

Dazugehören

Als wir neu im Küstenort Graal-Müritz waren, beachtete uns kaum einer der Einheimischen. Wenn überhaupt, dann misstrauisch; bauten wir doch ein Haus auf nicht billigem Land und relativ nah am Meer. Irgendwie waren wir Fremdkörper, nicht dazugehörend, wie die ständig wechselnden Touristen, die den Ort im Sommer bevölkerten. Mit den Jahren gewöhnten sich die Einheimischen an unseren Anblick. Mann und Frau mit einem Neufundländer waren ja nicht zu übersehen. Fast alle mochten den Neufundländer und irgendwann wohl auch uns. Weitere Jahre vergingen und eines Tages gehörten wir zum Ortsbild wie das Rathaus, Bäcker Gotschalk, die Windmühle oder der Wasserturm. Und auch wie der Einsiedler Karunke, der im Wald Früchte sammelte und schon mal seine Kuh mit einem Traktor durchs Dorf fuhr. Wir fanden es gut, gemocht zu werden, weil man dazugehört.

Wiederholung federleicht

Eigentlich sind Wiederholungen langweilig. Er fand sie spannend.
Den Tag, der früh beginnt und spät endet. Er freut sich auf die stets
wiederkehrenden Abläufe, Déjà-vu-gleich. Das Konzert der Amseln
schon um vier Uhr morgens, das Strecken des Hundes beim Anleinen.
Das Grunzen der Wildschweine in den Brombeerbüschen neben den
Salzwiesen, die drei Rehe auf der Wiese und das Blöken der Rinder
am Koppelweg. Den Duft des frisch gemähten Heus und den Geruch
der Wildrosen auf den Dünen. Die Begegnung der Nachbarin Andrea,
die in der Höhe des Fischrestaurants »Boje« von ihrer Nordic-Walking-
Tour zurückkehrt, die Begrüßung des braun-weißen Nachbarhundes
mit Frauchen auf der Promenade. Das Kreischen der Möwen und das
kieselige Plätschern der Wellen am Strand. Das Winken des Strand-
korbvermieters Witt auf seinem Traktor. Die klare Meeresluft, die
die Lungen weitet. Das ausgelassene Spielen des Hundes mit Emmy,
einer Colliehündin, im Wasser. Der knappe Gruß des verschlossenen
Kochs der »Boje« und schon auf dem Rückweg, auf dem Mittelweg,
das freudige Vorbeilaufen der grauen Pudelhündin und der ihr folgenden Besitzerin. Ein Winken zu Joschi und Gitti herüber und man
ist wieder zu Hause. So geht das schon über viele Jahre im immer wiederkehrenden Rhythmus. Und es wird nie langweilig, eher federleicht,
alles Schwere fällt ab, weil eingefahren, abgeschliffen wie ein Diamant
und so angenehm wie ein immer wiederkehrender schöner Traum.

Das Lächeln von Hermann Hesse

Immer wenn ich mein Arbeitszimmer betrete, schaut mich Hermann Hesse leicht spöttisch, aber auch neugierig an. Was mag er denken? Macht er sich lustig über den Möchtemalgernschriftsteller? Sieht er, wie viel Zeit ich mit Nichtigkeiten verplempere? Sein Blick formt die Worte »Na, auch mal wieder hier?«. Ich setze mich an den Computer und beginne zu schreiben. Ich schaue hoch und er scheint zu lächeln. Aber ich kann mich auch irren.

Geöffnet

Wie jedes Jahr besuchte mich meine Tochter Cindy auch im Januar 2017. Sie lebt mit ihrem Mann Toni auf Teneriffa. Dort zeigen sie uns jedes Jahr die tollsten Restaurants mit den schmackhaftesten spanischen Speisen. Auch ich möchte ihnen bei Besuchen in Deutschland unsere gastronomische Kultur zeigen und dafür gelobt werden. Beide lieben die deutsche Küche, so dass das ja nicht schwer sein würde, dachte ich. Ausgesucht hatte ich mir die »Schmiede«, ein Restaurant im Nachbarort. An einem Freitagabend machten wir uns auf den Weg. Während der Fahrt pries ich die Ente mit Rotkohl, die Thüringer Klöße und die XL-Kohlrouladen. In rötlicher Schrift sahen wir schon von weitem die Leuchtreklame »GEÖFFNET«. Wir freuten uns und betraten erwartungsvoll das Restaurant. Die Tische, die wir vom Eingang aus sahen, waren frei. Zielstrebig gingen wir auf einen uns genehmen Tisch zu. Da versperrte uns eine Kellnerin den Weg und wies darauf hin, dass das Lokal bereits geschlossen hatte. Enttäuscht zogen wir wieder ab und versuchten es am nächsten Tag erneut. Diesmal aber eine Stunde früher. Wieder stieg die Spannung und Vorfreude kam auf. Und wieder sahen wir schon von weitem das Schild »GEÖFFNET« leuchten. Im Inneren des Restaurants war es dunkel. Ungläubig drückten wir auf die Türklinke, die Tür war verschlossen. Toni taufte dann die Gaststätte »GEÖFFNET«. Noch heute fragt er uns spöttisch, ob wir denn mal wieder im »GEÖFFNET« waren?

Glaube an Zeichen

Ich glaube schon an Zeichen. Marlene, das Mädchen auf der Milchbank aus meinen Kindheitstagen, gab mir so ein Zeichen. Sie schien mich zu mögen, aber ich verschmähte sie aus Scham vor meinen Freunden.

Gestern erhielt ich wieder ein Zeichen. Am Strand lernte ich einen Menschen kennen, der einmal Lehrer war und jetzt wie ein Wikinger lebt. Bernd, so heißt dieser Mann, hat seinen Job hingeschmissen, um das letzte Drittel seines Lebens nur noch das zu machen, was ihm Spaß macht. Er ist, genau wie ich, vierundsechzig Jahre alt und hat das ausgesprochen, wonach ich und vielleicht auch viele andere Menschen sich innerlich sehnen. Ich weiß jetzt, was ich zu tun habe. Meine Arbeit in meinem Betrieb macht mir im Großen und Ganzen Spaß. Trotzdem gab und gibt es aber immer wieder Mitarbeiter, die mir das Leben schwer machen und an mir innerlich zerren. Ich habe mein Team jetzt informiert, dass ich die Firma nur noch weiterführe, wenn die Mitarbeiter an der Arbeit Spaß haben. Denn dann habe auch ich Spaß. Auch werde ich mir die Zeit nehmen, wieder mehr zu lesen, zu schreiben und zu malen. Und ich werde mich nur noch mit Freunden umgeben, die mir guttun und diese Freundschaften werde ich pflegen und nie wieder aufgeben.

Stille

Er, der die Stille so sehr liebt, dass er sie auch an ihm nahestehende Menschen verschenken würde. Doch wer schätzt dieses Geschenk? Kaum einer mag noch die Stille. Unser Leben wird immer lauter und tötet damit die Stille.

Kinder glücklich machen

Die Erdbeerfelder in unserer Umgebung werden mit Herbiziden besprüht. Die sollen krebserregend sein. Wir wissen es aber angeblich nicht genau. Auf dem Erdbeerhof wird alles getan, um Kinder glücklich zu machen. Eltern pilgern in Scharen mit ihren Kindern dahin. Sie sehen nur die Spielzeugtraktoren und die anderen Belustigungen.

Traum vom Stiefvater

Wieder so ein Traum. Mein Stiefvater umklammert mich im Schlaf. Ich versuche mich zu wehren, aber er umklammert mich immer fester. Ich habe Angst, keine Luft mehr zu bekommen. Ich kralle meine Fingernägel in seine Arme. Ohne Erfolg. Erst meiner Mutter gelingt es, die Armfessel zu lösen und mich zu befreien.

Lächelnde Menschen

Ich habe heute in der Stadt, obwohl die Sonne nicht schien, nur lächelnde Menschen getroffen. Ein Ehepaar, das Hand in Hand die Schaufenster betrachtete, ein junges Mädchen, das mir gedankenversunken entgegenkam, ein etwas wüst aussehender alter Mann, der dabei noch vor sich hin summte ... Nun ist das normalerweise nichts Besonderes, aber ich lief durch die norddeutsche Stadt Rostock.

Grüßen

Ich hatte es mir angewöhnt, in unserem kleinen Örtchen jeden zu grüßen, den ich traf. Da ich mir Gesichter schlecht merken konnte, hatte ich Angst, eingebildet und arrogant zu wirken. Wenn ich mit meinem Hund spazieren ging, klappte das auch ganz gut. Fast alle grüßten zurück, obwohl ich mir nicht sicher war, ob sie nicht eher den Hund meinten. War er nicht dabei, sah das schon anders aus. Die Rückgrußrate sank um mindestens fünfzig Prozent. Ich redete mir ein, dass sie mich ohne Hund nicht wiedererkannten. Trotzdem ärgerte ich mich. So gewöhnte ich mir an, wenn einer nicht zurückgrüßte, im Vorbeigehen trotzig zu sagen: »Dann eben nicht!«, oder: »Nein, muss nicht sein.« Dabei äffte ich das verkrampfte, unfreundliche Gesicht der jeweiligen Person nach. Das gab mir eine gewisse Befriedigung und stützte, wenn auch nur schwach, mein Selbstwertgefühl. Heute hatte ich allerdings ein Erlebnis, das mich hoffen lässt. Eine Frau kam mir mit dem Rad entgegen. Meinen Gruß erwiderte sie mit einem Gesicht, als wenn ich sie tief beleidigt hätte. Wieder sprach ich vor mich hin: »Na dann eben nicht, muss auch nicht sein!«, und schüttelte dabei den Kopf. Die Frau, die mit ihrem Rad schon vorbei war, bremste plötzlich, kam die paar Schritte zurück und entschuldigte sich. Sie sei ganz in Gedanken gewesen und hatte deshalb meinen Gruß nicht mitbekommen.

Von Freunden verlassen

Ich weiß nicht, wann es passierte. War es nach dem Kennenlernen von Michael, einem eingefleischten Veganer, der mit seinen Nahrungskenntnissen neuen Schwung in die Essgewohnheiten unserer Freunde brachte und plötzlich dort sehr präsent war, oder waren es unsere ehrlichen Worte, als wir von Indiskretionen erfuhren? Plötzlich ging eine über fünfzehn Jahre währende Freundschaft schleichend zu Ende. In unmittelbarer Nachbarschaft wohnend, hatten wir uns mit einer Familie so angefreundet, dass wir bald durch dick und dünn gingen. Wir fuhren gemeinsam in den Urlaub, machten Ausflüge, besuchten Veranstaltungen und es gab keine Familienfeier, bei der sie fehlten. Auch die Tochter unserer Freunde verkehrte mit unserer gleichaltrigen Tochter. Mehr noch, da die Freunde ein Restaurant bewirtschafteten und wenig Zeit hatten, wohnte ihr Kind oft bei uns. Wir hatten gleiche Interessen, tauschten uns über Gartengestaltung und Kochrezepte aus und halfen uns gegenseitig bei Problemen. Diese Freunde wurden schon bald zu Familienangehörigen. Man teilte das Schicksal des anderen, nahm Anteil an Kummer und Schmerz und teilte das Glück und die Freude. Wir fühlten uns seelenverwandt, was gleich nach der Liebe das Größte ist. Und sie waren irgendwie auch immer in unseren Gedanken.

Es war eine schöne Tradition, dass mindestens einer von beiden am Morgen oder am späten Nachmittag durch das knarrende Gartentor zu einem Schwätzchen erschien. Am schönsten war es, wenn sich die ersten, noch jungfräulichen Sonnenstrahlen in den Bäumen verfingen und die Blätter silbrig glänzten. Dann plauderten wir im Garten. An der Art, wie das Gartentor geschlossen wurde, erkannte ich, wer uns da besuchte. Und ich wusste durch das Verhalten des Hundes, ob es der Mann oder die Frau war. Die Frau liebte unseren Neufundländer und begrüßte ihn immer überschwänglich. Es gehörte zu unserem

Tagesablauf wie frühstücken oder Zähne putzen. Aber irgendwann blieben die Besuche aus bzw. wurden immer seltener.

Wir spekulierten über Gründe, kamen aber zu keinem Ergebnis. Natürlich war da plötzlich Michael, der immer öfter mit ihnen was unternahm. Und ich wusste, dass die Frau schon immer auf der Suche nach neuen Bekanntschaften und hilfreichen Freunden war. Aber auch wir hatten ja noch andere Freunde, an deren Leben wir teilnahmen, mit denen wir Zeit verbrachten.

Immer wieder sickerten stückweise Informationen durch, die wir aber nicht ernst nahmen bzw. nicht glauben wollten. So berichtete eine Freundin von diffusen Fragen nach dem Ursprung unseres Wohlstandes. Warum wir uns ein neues Auto leisten konnten, oft essen gingen und immer wieder neue Anschaffungen tätigten. Aber das glaubten wir nicht. Vor allem deshalb nicht, da ja auch unsere Freunde sich einen hohen Lebensstandard leisteten und wir bei Unstimmigkeiten immer offen darüber gesprochen haben. Auch Neid hatte ich an beiden noch nie beobachten können. Wochenlang warteten wir auf einen Kontakt. Als der ausblieb, versuchten wir mit kleinen Aufmerksamkeiten eine Belebung. Doch außer höflichen schriftlichen Danksagungen änderte sich nichts. Sie schienen wochenlang für uns wie vom Erdboden verschwunden. Doch in unseren Gedanken waren sie nach wie vor präsent. Doch es waren nicht mehr nur schöne, sondern immer mehr auch schmerzhafte Gedanken.

Nun hatte ich vor Jahren mit dem Freund eine gemeinsame Firma gegründet. Er hatte sich mit einer Summe beteiligt und hielt neunundvierzig Prozent der Anteile. Er war also ein stiller Gesellschafter. Ich führte die Geschäfte. Von Anfang an machte ich ihm klar, dass es für den Konsum der Gewinne keine Ausschüttungen geben sollte. Vielmehr war mir wichtig, dass das Unternehmen immer liquide sein sollte und die Gewinne für Neuinvestitionen und unsere Rente aufgespart wurden. Dieser Regelung stimmte er von Anfang an zu. Einzige Ausnahme waren Zahlungen der Einkommenssteuer für beide Gesellschafter. Trotzdem bekam mein stiller Gesellschafter zusätzlich monatlich eine Rendite von zehn Prozent seiner Einlage. Nach zehn Jahren hatte er damit seine eingezahlte Summe mehr als verdoppelt. Ich verdiente unter großen Entbehrungen für ihn das Geld. Er krümmte dabei keinen Finger. Also konnte aus meiner Sicht auch das nicht der Grund für den Rückzug sein. Oder etwa doch? Misstrauten sie mir? Doch das ist absurd. Jährlich erhielt mein Kompagnon den Jahresabschluss. Dort konnte er sehen, wie die Gelder verwendet wurden, wie ich gewirtschaftet hatte. Nie gab es kritische Hinweise.

So hofften wir auf jeden neuen Morgen, dass, zumindest wie früher üblich, das Gartentor knarrte, einer von beiden vorbeischaute und mit uns einen Kaffee trank. Da das nicht geschah, warteten wir auf den Abend. Aber wir warteten vergebens. Immer wieder nahmen wir neue Anläufe, unsere Freundschaft zu retten, aber ohne Erfolg.

Nun begannen auch die Gedanken langsam zu verblassen. Manchmal kamen sie noch einmal mit Wucht, wie ein letztes Aufbäumen, um dann plötzlich zu verschwinden. Doch immer wieder sinnierte ich über Freundschaft im Allgemeinen. Als ich mir meinen Frust mit der Lebensweisheit »Freunde kommen und gehen nicht – Freunde bleiben!« heruntergeschrieben hatte, wurde ich ruhiger. Wenn ich jetzt an sie denke, schmerzt das kaum noch.

Natürlich laufen wir uns immer mal wieder über den Weg und die Frau begrüßt uns auch betont freundlich und gespielt gut gelaunt. Diplomatische Freundlichkeit trifft es wohl am besten. Aber dieses Gebaren ist so gekünstelt, dass jeder merkt: Es kommt nicht mehr von Herzen. Mehr noch, ich habe das Gefühl, dass mich ein anderer Mensch umarmt. Selbst der Hund wedelt nicht mehr freudig mit dem Schwanz und begrüßt sie wie früher überschwänglich. Der Mann schaut mich offen misstrauisch, manchmal sogar feindselig an. Das alles tut mittlerweile nicht mehr weh. Ich bin nur verwundert und traue meinen Augen kaum, wie das geht, dass aus Freunden plötzlich Fremde werden können.

Wie werden sie sich wohl fühlen, wenn sie in acht Jahren die Früchte meines Tuns ernten. Aus der gegenwärtigen wirtschaftlichen Prognose heraus bekommt mein Kompagnon dann ein hübsches Sümmchen. Fast zehn Freundschaftsjahre voller Glück und schöner Erlebnisse sind dann aber für immer verloren. Was kann man da noch tun, außer trauern und bereuen. Ich möchte nicht in deren Haut stecken. Ihr Schmerz wird meinen weit übertreffen.

Das sterbende Haus

Eine Straße weiter beobachte ich seit Wochen das Sterben eines Hauses. Eigentlich stirbt im Haus eine Beziehung. Die Bewohner haben sich getrennt. Doch dieses Sterben sehe ich nicht. Ich sehe nur täglich das Haus, das nicht mehr wie früher von Leben erfüllt ist. Ab und zu wohnt der Mann noch dort, schauen die Kinder mal vorbei. Doch das Ganze wirkt nur wie eine Trotzreaktion, ein Aufbäumen gegen den Verfall der Familie. Die Kinder und der Vater versuchen die Tatsache wegzulächeln, doch die Traurigkeit wird nur oberflächlich und wässrig übertüncht. Das Haus weiß, dass es alles verlieren wird, was das Leben bisher ausgemacht hat. Es starrt hilflos vor sich hin. Auch die Vögel haben das lustige Zwitschern eingestellt und auch die vor dem Haus stehenden Bäume winken nur noch traurig im Wind. Selbst die zwei Zypressen, die früher ein mediterranes Flair und die Lebensart der Toskana ausstrahlten, sehen plötzlich aus wie Friedhofsbäume.

Seelenverwandtschaft?

Er konnte es nicht ändern. Fast ununterbrochen dachte er an eine Frau, die in seiner Nachbarschaft wohnt. Schon am Morgen geht er in die oberste Etage seines Hauses und schaut als Erstes wie ein Psychopath aus dem Fenster auf ihr Haus. Steht ihr Auto noch vor der Tür oder ist sie schon an seinem Haus vorbeigefahren? Kann er wenigstens einen Blick auf sie erhaschen? Ein kurzes Zuwinken und ihr Lächeln hätten ihm schon gereicht, um über den Tag zu kommen.

Auf der Arbeit werden diese Gedanken nicht weniger. Nur kurzzeitig unterbrochen bei betrieblichen Problemen. Immer wieder blickt er auf sein Handy und prüft, ob nicht eine Nachricht von ihr angekommen ist. Beim Training nach der Arbeit werden seine Anstrengungen nur ihr zuliebe immer größer. Er legt immer mehr Gewichte auf. Sicher würde sie sich über mehr Muskeln freuen. Mit dem guten Gefühl, etwas für sie getan zu haben, verlässt er das Fitnessstudio. Beschwingt stellt er sich auf dem Weg nach Hause ihr nächstes Zusammentreffen vor. Suchende Augen im Wohnort. Ziel, ihr Auto oder ihre Gestalt. Der Abend verläuft nicht viel anders, die Gedanken an sie verlöschen einfach nicht. Im Gegenteil, jedes Klingeln an der Haustür löst plötzliche Glücksgefühle in ihm aus und eine tiefe Enttäuschung, wenn nicht sie vor der Tür steht.

Dabei ist sie überhaupt nicht sein Typ. Sie hat nur kleine Brüste und keine makellosen Beine. Auch ihr Gesicht ist nicht gerade ebenmäßig. Sie hat eine ziemlich große Nase, nur schmale Lippen und schon einige Falten im Bereich der Augen und der Mundwinkel. Wenn sie in Gedanken ist, kaut sie auf ihren Lippen. Aber ihre braunen Augen strahlen so voller Lebensfreude und Humor, dass er sich magnetisch zu ihr hingezogen fühlt.

Umarmungen bei Begrüßungen verfolgen ihn bis in die Nacht. Berührungen ihrer Hand spürt er noch Stunden später. Wenn er sie einige Tage nicht gesehen hat, wird die Sehnsucht immer größer. Sie und ihr Mann und noch eine ganze Nachbarschaftsclique sind mit ihm befreundet. Ist das eine ganz normale Reaktion, wenn Freunde länger abwesend sind? Aber warum dann auch die Gedanken bis tief in die Nacht?

Wenn sie sich dann wiedersehen, fällt die Begrüßung, entgegen seinen Gedanken, kühl aus. In ihren Augen sucht er immer erst nach ähnlichen Gefühlen. Aber vergeblich, sie behandelt ihn wie jeden anderen in der Clique. Letzten Endes ist er darüber froh und tut ebenfalls so, als ob sie ihm gleichgültig wäre. Auch deshalb, weil er sich nicht vorstellen möchte, was daraus für Probleme entstehen würden. Er liebt seine Frau, die ebenfalls mit dieser Frau gut befreundet ist und er mag den Mann dieser Frau, dessen Gesellschaft er nicht mehr missen möchte. Und im Übrigen ist das eine ganz normale Freundschaft, die man nicht durch irgendwelche Phantasien aufs Spiel setzen sollte. So innerlich gestärkt gelingt es ihm auch, mit ihr ungezwungen zu kommunizieren, zu scherzen, sie auch einmal nicht zu beachten und dabei ihre Gesellschaft ohne Hintergedanken zu genießen. Bis dahin ist alles gut. Doch ist sie wieder einmal etwas netter zu ihm, sucht er gleich wieder nach Mehr und er sagt sich dann immer wieder: »Was soll das, bist du nicht ganz bei Trost?«

Er ist wieder und wieder nach dieser Frage in sich gegangen. Es ist richtig, dass er oft an sie denkt. Er fühlt sich so leicht und beschwingt dabei. Er ruft Szenen mit ihr in sich ab, die vor allem lustig und entspannend waren und die ihm ein Lächeln entlocken. Der Tag ist einfach besser mit diesen Gedanken. Deshalb fühlt er eine tiefe Freundschaft, aber wahrscheinlich mehr nicht. Dieses Freundschaftsgefühl, so redet er sich ein, hat er auch bei seinen Nachbarinnen Thekla und Katharina. Auch sie vermisst er, wenn er sie lange nicht gesehen hat. Er denkt, dass es einfach Seelenverwandtschaft ist. Als er dann auch noch von einem weisen Freund erfährt, dass Liebe weit vor der Seelenverwandtschaft kommt, ist er endgültig beruhigt.

Kein erotischer Traum

Ich habe plötzlich ein erigiertes Glied über einen Meter lang. Ich fühle mich großartig, wie in einem meiner früheren Träume, als ich plötzlich fliegen konnte. Die Leute staunen mich ungläubig an. Mehr passiert aber leider nicht. Niemand rührt auch nur einen Finger. Was fange ich an mit diesem prachtvollen Glied? Ich haue unternehmenslustig damit gegen einen Baum. Es tut weh, als hätte ich in einen Kaktus geschlagen. Da mein Glied nun mal so lang ist, versuch ich es zu lutschen. Es gelingt ohne Probleme, aber es tut mir nicht wirklich gut. Ich empfinde nichts. Ich frage mich, ob es den Frauen ähnlich geht.

Ankunft auf der Insel Teneriffa

In Los Cristianos angekommen ist plötzlich ein Lächeln in unseren Gesichtern, das während des gesamten Aufenthaltes nicht mehr verschwindet. Dieses Lächeln begleitet uns in unser Appartement. Räumlichkeiten, die alle unsere Sinne durcheinanderbringen. Dann brauchen wir eigentlich nur noch die Augen zu schließen, um die Düfte des Paradieses und das Rauschen der Wellen des Atlantiks im Gedächtnis zu behalten und nur noch die Gewissheit zuzulassen – hier ist das Leben nur noch schön.

Wahre Hundefreunde

Unten am Strand von Los Cristianos beobachten wir einen Mann und eine Frau mit ihrem Schäferhund. Im Gegensatz zu anderen Passanten, die ihren Hund nur kurz Gassi führen und den Hund genervt schon nach wenigen Minuten an der Leine zerrend wieder in die Wohnung sperren, beschäftigen sich diese beiden liebevoll mit ihrem Vierbeiner. Der Mann filmt ihn beim Herumtollen, tätschelt ihn immer wieder und der Hund honoriert das mit ausgelassenem Schwanzwedeln. Später massiert der Mann den Schäferhund den hinteren Rücken. Er macht das so behutsam und liebevoll, dass wir mit Wehmut an unsere Hündin Emma denken, der wir, wegen ihrer HD und der damit einhergehenden Steifheit, auch ein wenig Erleichterung zukommen lassen haben.

Übernachtwunder

Zum vierten Geburtstag erhielt ich ein Pferdefuhrwerk aus Holz geschenkt. Eines Tages war der Wagen an einer Bordsteinkante kaputtgefahren. Meine Mutter, die mein trauriges Gesicht sah, riet mir, das beschädigte Gefährt für die Nacht in den Schuppen zu stellen. »Vielleicht erholt es sich, wenn es schläft!«, sagte sie mit sanfter Stimme. Am nächsten Morgen standen die Holzpferde nebst Wagen repariert da. Wahrscheinlich hatte mein Großvater sich um das Fuhrwerk gekümmert. Noch heute hoffe ich, wenn ich Probleme nicht gleich lösen kann, auf ein solches Übernachtwunder.

Spröde als Lebenselixier?

Ich glaube, in jedem Menschen gibt er mehr oder weniger diese zwei Seiten. Eine nette und eine spröde. Sozusagen eine gespaltene Persönlichkeit. Ich kenne aber eine Frau, in der diese zwei Seiten sehr ausgeprägt sind. Wenn die spröde Seite am Klingen ist, kaut sie auf ihrer Oberlippe und schaut durch einen durch. Der Kopf leicht angeschrägt, scheint sie voller negativer Gedanken. Die Augen sind nur noch kleine Schlitze und senden Signale wie: »Lass mich bloß in Ruhe, komm mir ja nicht zu nahe.«

In der netten Phase sieht das völlig anders aus. Das Gesicht strahlt wie ein Diamant, die braunen Augen leuchten wie Sterne und die eigentlich schmalen Lippen versprühen Sinnlichkeit. Sie ist dann offen wie ein Scheunentor und überaus charmant und witzig. Ihre leuchtenden rehbraunen Augen ziehen mich dann magisch an. Magnetische Wellen machen es mir unmöglich, woanders hinzugehen. Ich hänge an ihren Lippen und kann mich nicht von diesem Anblick lösen. Diese fast hypnotische Wirkung macht mich unfähig, anderen Tätigkeiten nachzugehen. Und sie macht mich verwundbar. Wenn das im Straßenverkehr passieren würde, wäre ein Unfall unvermeidbar. Deshalb wähle ich unsere Zusammentreffen mit Bedacht.

Immer wieder löchere ich die Frau die spröde Seite aufzugeben. Aber letztendlich sichert diese Seite mir eine Unversehrtheit. Denn in der Öffentlichkeit und damit auch im Straßenverkehr zeigt sie fast ausnahmslos die spröde Seite.

Meine Nachbarin

Wieder so ein eigenartiger Traum. Ich stehe mit Freunden auf der Straße vor unserem Haus. Ein Freund sagt mir bedeutungsvoll, dass meine Nachbarin Karolin mir etwas zum Geburtstag schenken wollte. Ungläubig schaue ich zu ihrem Haus herüber. Gerade mit Karolin hatte ich bisher den wenigsten Kontakt im ganzen Wohngebiet. Ich sehe sie hinter der Haustür stehend mit etwas winken. Ich gehe los, um mir das Geschenk abzuholen. Auf halber Höhe tritt sie aus der Tür und kommt mir entgegen. Sie überreicht mir wortlos, aber nicht unfreundlich einen Umschlag. Als sie sich umdreht und zurück in ihr Haus geht, sehe ich, dass sie nackt ist. Bewundernd schaue ich auf ihre gute Figur. Dann wache ich plötzlich ratlos auf.

Erkennen

Jahrelang haben wir uns regelmäßig gesehen, ohne uns

zu erkennen.

Berührungen ohne Gefühl, Blicke ohne Leidenschaft,

Treffen unverbindlich.

Irgendwann haben wir uns tief in die Augen geschaut

und erstaunt gesehen:

Wir kennen uns, auch im tiefsten Inneren.

So als seien wir Geschwister oder Seelenverwandte.

Wir fühlen verblüfft, wir gehören zusammen.

Die beleidigte Eiche

Wenn ich die hundertjährige Eiche lange nicht besucht

habe, steht sie mürrisch da.

Wie ein störrisches Kind dreht sie sich schmollend von

mir weg.

Meine Umarmung erwidert sie nur widerwillig.

Auch ein Baum, so sehe ich erstaunt, kann sich an

Zuwendungen gewöhnen und bei Entzug beleidigt

reagieren.

Saunabesuch

Am Anfang sprüht man noch vor Gedanken.

Doch mit der Hitze scheint man alles auszuschwitzen.

Der Kopf wird leerer und leerer.

Kein unangenehmes Gefühl.

Der klagende Kirschbaum

Ich habe den Kirschbaum radikal beschnitten. Er reckt die verwundeten Aststumpen klagend in den Himmel. Er scheint zu rufen: »Was hast du getan?« Im darauffolgenden Frühjahr blüht er nur halbherzig. Ich bereue meine Tat zutiefst. Doch ein Jahr später blüht er im Mai wie nie zuvor und er schenkt mir im Sommer die schönsten Früchte.

Ein letzter Wintertag

Die Luft ist klar und kalt. Sanft kommt die Sonne hervor. Zwar noch etwas diesig und noch schläfrig, aber schon leicht wärmend. Der Wind hält die Luft an und staunt. Als könnte er es noch nicht glauben.

Traum von Paula

Ich stehe im Bad und putze mir die Zähne. Aus dem Augenwinkel heraus sehe ich Petra am Badfenster vorbeigehen. Sie ist nicht allein. Ich höre eine Kinderstimme. Wer mag das sein? Marvin, das Enkelkind von Gitti? Oder Lotte, das Kind meiner Tochter Janina? Schon kommt es auf mich zugestürmt. »Papa, Papa, ich hab dir Brötchen vom Bäcker mitgebracht«, plappert es munter drauflos. Erstaunt sehe ich, es ist Paula, meine jetzt achtundzwanzigjährige Tochter im Alter von fünf Jahren. Ich umarme sie so innig, wie ich es wohl damals, als sie so klein war, nie gemacht habe. In meinem Hals ein dicker Kloß.

Ironie des Schicksals

In unserem Ort wohnt eine Frau, die mit ihrem Mann einen Kiosk betreibt. Als auch in Graal-Müritz mit der großen Flüchtlingswelle eine Handvoll Flüchtlinge eintrafen, schimpfte die Frau wie ein Rohrspatz. Jetzt, viele Monate später, staunt sie, wie gastronomische Einrichtungen der Region nur noch mit Hilfe der Ausländer ihren Betrieb aufrechterhalten können. Sie selbst findet keine Mitarbeiter, so dass sie und ihr Mann unter großen Strapazen alles allein machen müssen.